WARRIORS

貓戰士

首部曲之II

烈火寒冰

Fire and Ice

艾琳・杭特（Erin Hunter）著

吳湘湄 譯

晨星出版

獻給我的兒子，約書亞，
他的笑容讓我在寫作時常保歡心，
還有我的編輯薇琪，
要是沒有她，火心永遠也不可能成為一名戰士。

特別感謝凱特・卡里。

見習生　（六個月大以上的貓，正在接受戰士訓練）

沙掌：淡薑黃色的母貓。導師：白風暴。

塵掌：黑棕色的公虎斑貓。導師：暗紋。

疾掌：嬌小的黑白公貓，琥珀色眼睛。導師：長尾。

煤掌：暗灰色的母貓。導師：火心。

蕨掌：金棕色的公虎斑貓。導師：灰紋。

貓后　（正在懷孕或照顧幼貓的母貓）

霜毛：有美麗的白毛、藍色眼珠的貓。

斑臉：漂亮的虎斑貓。

金花：有淡薑黃色的毛。

斑尾：淺白色的虎斑貓，是最年長的貓后。

長老　（退休的戰士和退位的貓后）

半尾：黑棕色的大虎斑貓，少了半截尾巴。

小耳：灰色公貓，耳朵很小，是雷族裡最年長的公貓。

斑皮：小型的黑白公貓。

獨眼：淺灰色母貓，是雷族裡最年長的貓，已經又盲又聾。

花尾：有著可愛花紋的母貓，年輕時很漂亮。

本集各族成員

雷族 *Thunderclan*

族長　**藍星**：毛呈藍灰色的母貓，口鼻處附近有銀灰色的毛。

副手　**虎爪**：暗褐色的大型公虎斑貓，前爪特別長。

巫醫　**黃牙**：黑灰色的老母貓，有張扁平寬闊的臉，過去隸屬於影族。

戰士　（公貓，以及沒有年幼子女的母貓）

白風暴：白色的大型公貓。見習生：沙掌。

暗紋：烏亮的黑灰色公虎斑貓。見習生：塵掌。

長尾：蒼白的公虎斑貓，有暗黑色的條紋。見習生：疾掌。

追風：動作敏捷的公虎斑貓。

柳皮：淺灰色的母貓，有很特別的藍眼珠。

鼠毛：黑棕色的小母貓。

火心：英俊的薑黃色公貓。見習生：煤掌。

灰紋：長毛、穩重的灰色公貓。見習生：蕨掌。

河族 *Riverclan*

族長　曲星：淺色的大虎斑貓，下顎變形。

副手　豹毛：母虎斑貓，身上有特殊的金色斑點。

戰士　黑爪：煙黑色公貓。

石毛：灰色公貓，耳朵上有戰疤。見習生：影掌。

銀流：漂亮纖細的銀色母虎斑貓。

白爪：暗棕色公貓，白色腳掌。

見習生

影掌：暗灰色母貓。導師：石毛。

影族 *Shadowclan*

族長　**夜星**：年長的黑色公貓。之前叫夜皮。

巫醫　**鼻涕蟲**：灰白色的小型公貓。

戰士　**濕足**：灰色的公虎斑貓。見習生：橡掌。
小雲：小型的公虎斑貓。

見習生
橡掌：黑色棕毛，公貓。導師：濕足。

貓后　**曙雲**：個子嬌小的虎斑貓。

長老　**灰毛**：瘦巴巴的灰色公貓。

風族 *Windclan*

族長　**高星**：黑白公貓，尾巴很長。

副手　**死足**：黑色的公貓，一隻前掌扭曲。

巫醫　**吠臉**：棕色的公貓，尾巴很短。

戰士　**一鬚**：年輕的棕色公虎斑貓。

貓后　**灰足**：灰色貓后。
晨花：玳瑁貓。

族外的貓 *cats outside clans*

史莫奇：肥胖友善的黑白貓，住在森林邊緣的一棟小屋裡。

亨利：肥胖的公貓。

大麥：個子小，肥胖的黑白公貓，住在靠近森林的一座農場上。

碎星：黑棕色的長毛虎斑貓，曾是影族族長。被驅逐為無賴貓。

黑足：白色的大公貓，有著黑玉色的大爪子，曾是影族副族長。被驅逐為無賴貓。

爪面：有著戰疤的棕色公貓。曾是影族貓，被驅逐為無賴貓。

烏掌：毛色光滑的黑色大貓，尾巴尖端是白色。之前是雷族貓，和大麥一起住在農場。

公主：淺棕色虎斑貓，胸口和掌上有亮白色的毛，是寵物貓。火心的妹妹。

雲兒：白色的長毛公貓，是公主生的第一隻小貓。

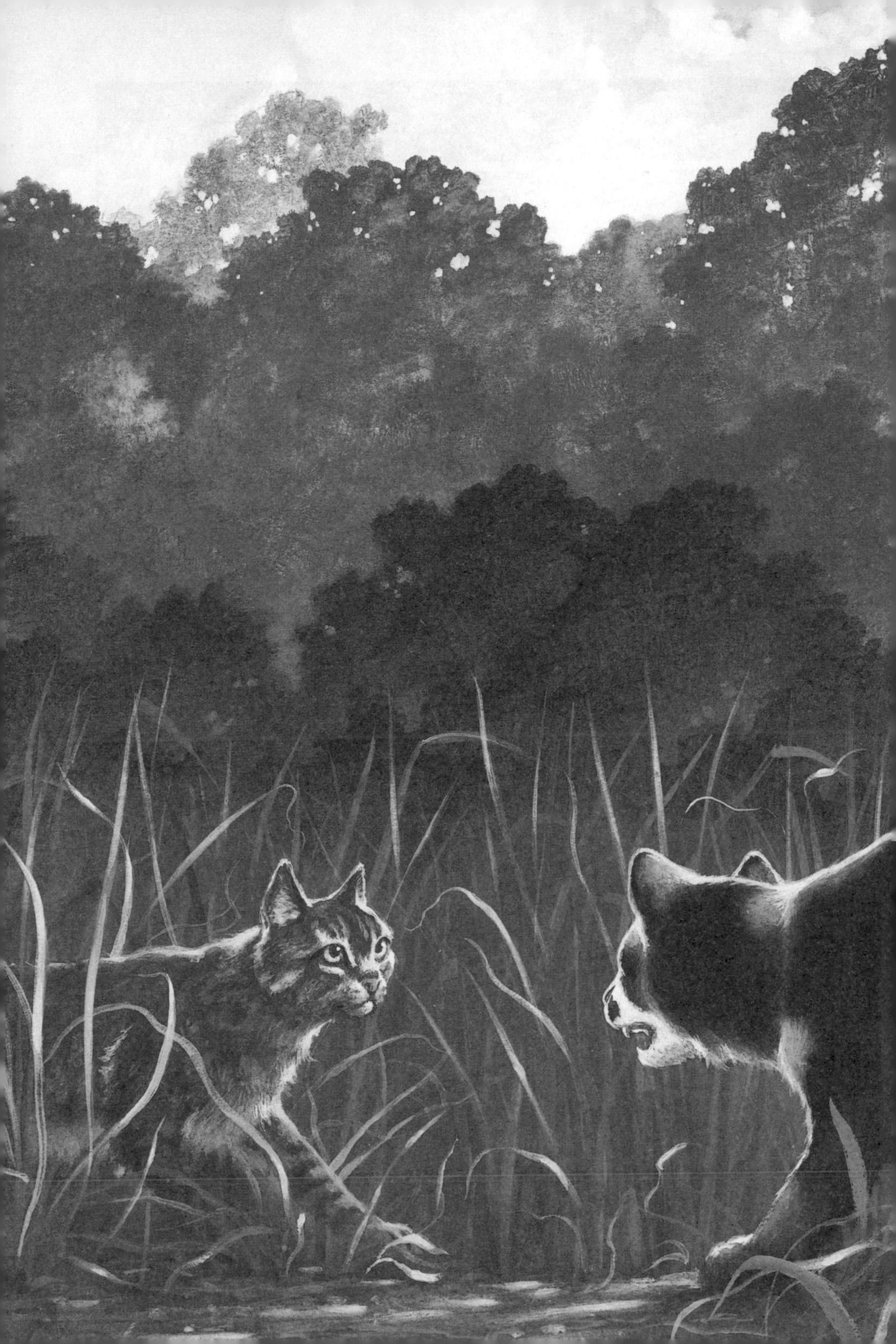

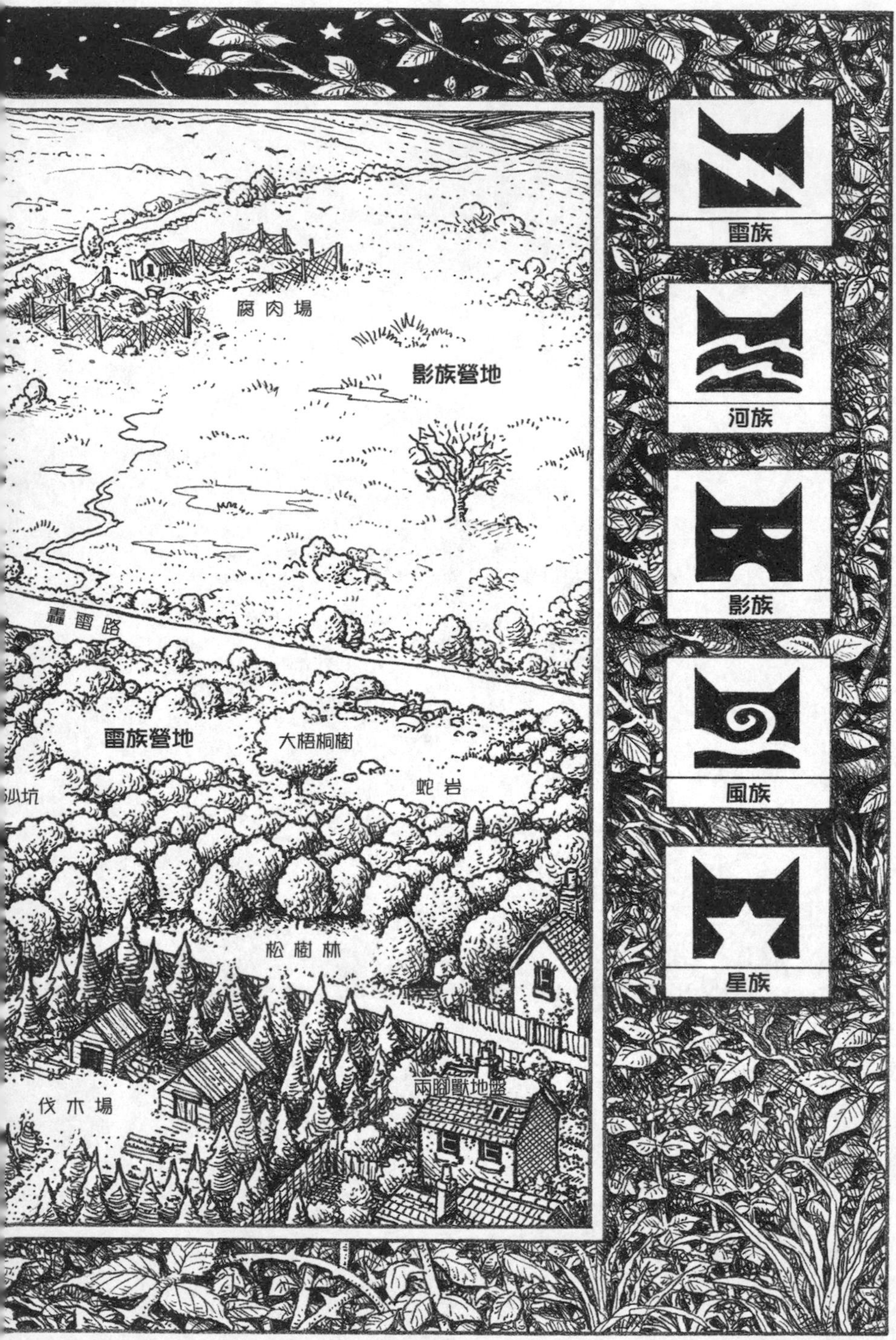
腐肉場
影族營地
轟雷路
雷族營地
大梧桐樹
蛇岩
沙坑
松樹林
兩腳獸地盤
伐木場
雷族
河族
影族
風族
星族

高岩山
大麥的
農場
風族營地
四喬木
瀑布
貓頭鷹
樹
河流
陽光岩
河族營地

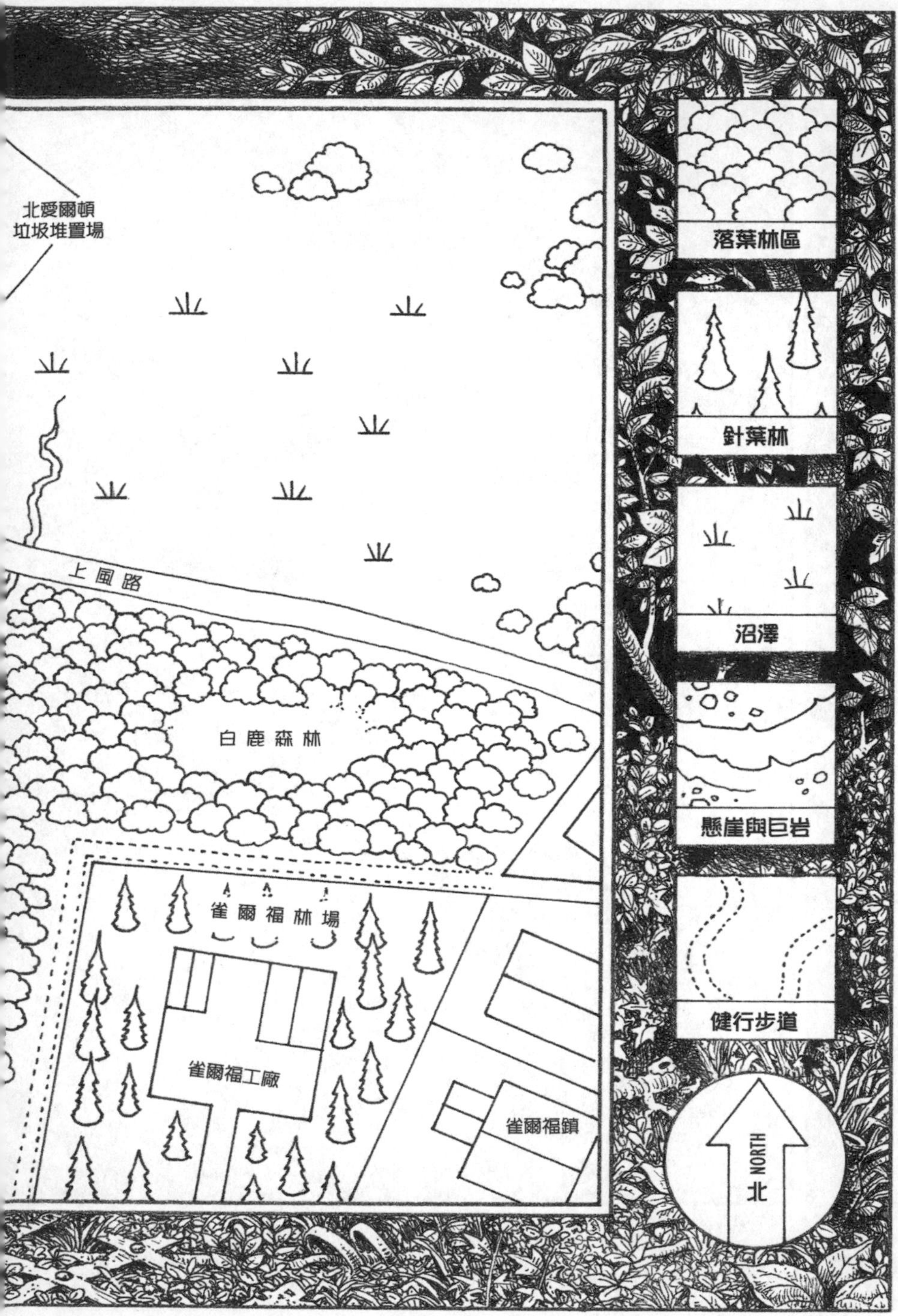
北愛爾頓
垃圾堆置場
上風路
白鹿森林
雀爾福林場
雀爾福工廠
雀爾福鎮
落葉林區
針葉林
沼澤
懸崖與巨岩
健行步道
NORTH
北

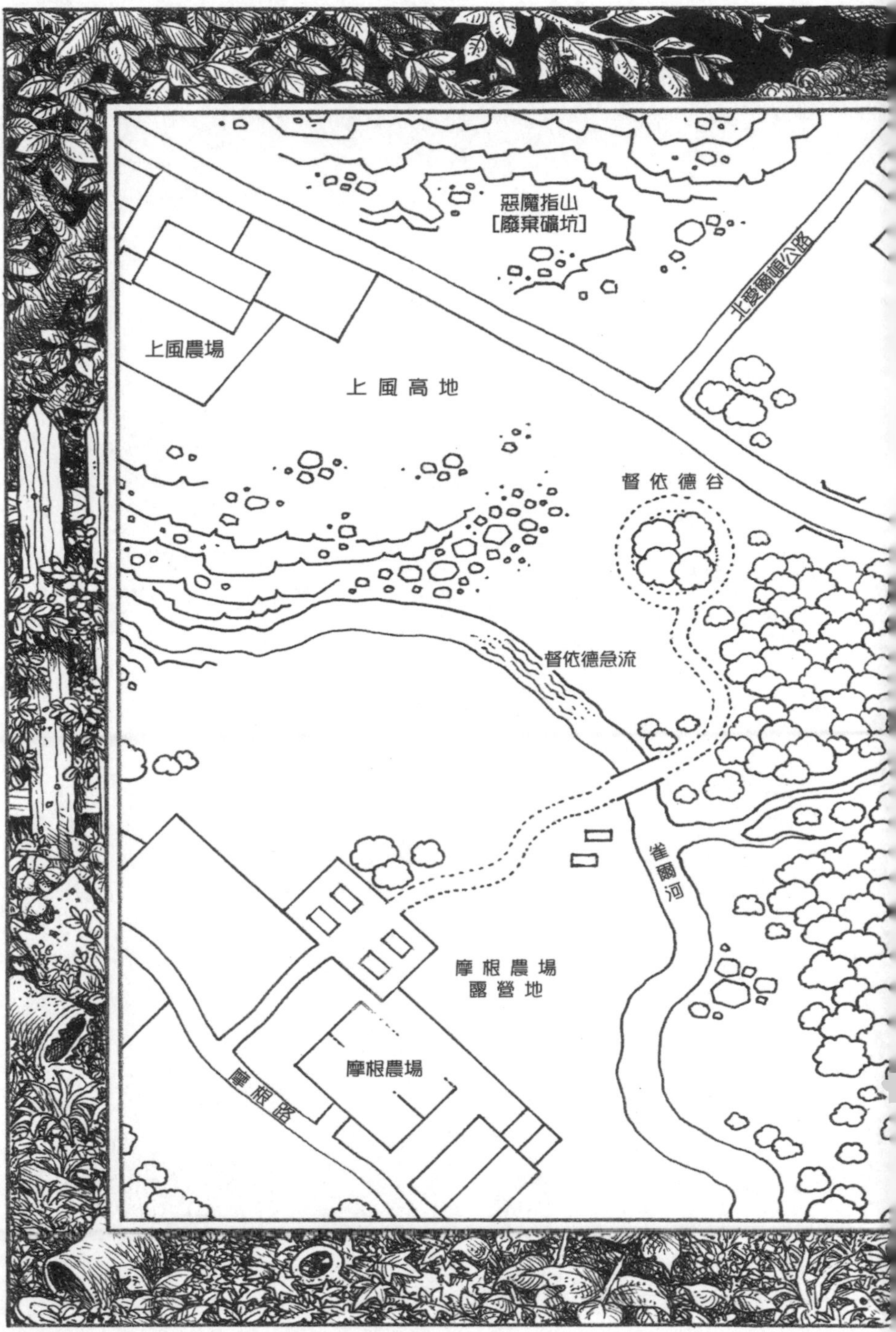
惡魔指山
[廢棄礦坑]
北愛爾頓公路
上風農場
上風高地
督依德谷
督依德急流
雀爾河
摩根農場
露營地
摩根農場
摩根路

序章

橘紅色的火焰在冷冽的空氣中劈啪作響，不時朝夜空噴出點點星火。滿是雜草的崎嶇荒地上有火光跳躍閃爍，映照出一旁兩腳獸瑟縮的身影。

荒地邊上有隻貓走過，他的眼睛在幽暗處閃閃發亮，後面跟著一隻又一隻的貓。他們全都垂下尾巴，嗅聞著空氣。

「要是被兩腳獸看見，怎麼辦？」一隻貓小聲地問。

一隻個子高大的公貓答道：「牠們看不見我們的，牠們晚上的視力很差。」他的眼睛像琥珀一樣，在火光下熠熠生輝。他緩緩向前走，火光照亮他那結實肩膀上的黑毛和白毛。

但其他貓卻都蹲在草地上發抖。這是個陌生的地方。怪獸的噪音不斷震動他們敏感的耳毛，嗆鼻的臭味溢滿了鼻腔。

「高星？」一隻灰色貓后不安地拍打尾巴，「我們為什麼要來這裡？」

黑白公貓轉頭對母貓說：「灰足，我們四處被驅趕，沒有地方可去，也許要在這裡定居下來。」他說。

「定居下來？在這裡？」灰足不可置信地重複一遍。她把小貓推到自己身邊，用肚子保護他們。「這裡有火和怪獸，孩子在這裡不安全。」

「可是我們在家裡也不安全。」另一個聲音說。那是一隻黑色公貓，他正走上前，扭曲的腳掌使他跛得很厲害。他迎向高星的琥珀色目光。「我們抵擋不了影族的攻擊，」他不滿地說，「就算在自己的營地裡也一樣。」

幾隻貓焦慮地號叫，想起當初把他們驅離家園的那場恐怖戰役。

圍坐在火堆邊的一隻兩腳獸聽見號叫聲，警覺不安地站了起來，向暗處張望。貓群立刻安靜下來，壓低身體。

「別出聲。」高星低聲說。

火堆邊的兩腳獸朝地上啐了一口，又重新坐下。

過了一會兒，高星才站起身。

灰足也跟著站起來。「高星，我擔心我們在這裡不安全，我們要吃什麼呢？我根本聞不到獵物的氣味。」

「我知道妳餓了，」高星說，「但我們在這裡比回去安全多了。妳看這個地方！影族根本找不到我們。」

「我們得先找個地方安頓下來，灰足。」她身旁的一隻玳瑁貓溫和地說，「晨花需要休息，她的孩子就快要出生了，她得先養好自己的身體。」

這時，在幽暗處，死足和一鬚瘦巴巴的身影出現了。

「高星，」死足喊著，「我找到可以休息的地方了。」

「快帶路。」高星命令，他拍打尾巴，召集所有的貓。

大夥兒小心翼翼地跟著死足穿過荒地，朝隆起的轟雷路走去。火光跳躍，貓兒們的黑影映照在巨大的石柱上，顯得陰森森。一頭怪獸在他們頂上轟隆作響，地面也跟著震動。

「這裡。」死足說。他停在一個圓型洞穴旁，約有兩隻貓那麼高。那是通往地面的黑色涵洞，不時有水淌流下來。

「這水是乾淨的，」死足補充，「我們可以喝。」

「這下我們的腳乾不了了。」灰足抱怨。

「至少可以擺脫掉兩腳獸和怪獸。」黑貓說。

高星向前一步，抬起下巴。「風族已經流浪夠久了，」他大聲說道，「影族把我們趕出家園，已經快一個月了。天氣愈來愈冷，落葉季馬上要來臨了，我們別無選擇，只能先在這裡住下。」

灰足瞇起眼睛，沒說什麼，默默跟著其他貓進入陰暗的涵洞。

第一章

火心在發抖。他火焰色的毛仍像綠葉季時那般稀疏，還要再過幾個月，才會厚得足以抵擋這種寒冷的天氣。他拖著腳走在堅硬的地面上，天空在黎明時終於逐漸露出魚肚白。即使腳掌很冷，火心還是壓抑不住內心的驕傲，因為在當了好幾個月的見習生後，他終於成為戰士了。

他在腦海裡重溫昨日在影族營地上的勝利：影族族長碎星撤退時閃爍的眼神、威脅的嘶叫聲，然後跟著叛逃的同伴奔進樹叢裡……。其他的影族貓都很感激雷族貓幫他們趕走殘酷的領袖，並保證在他們重整家園期間不受干擾。碎星不僅在自己的族裡製造混亂，也將風族趕出他們的營地，遠離他們原來的地盤。早在火心離開寵物貓生活、加入雷族以前，森林就已經因為碎星而暗影幢幢了。

但對火心來說，困擾他的陰影還有一個：虎爪，雷族的副族長。一想到這個曾嚇跑自己見習生烏掌的雷族戰士，火心打了個寒顫。火心和他最要好的朋友，灰紋，幫助那個嚇壞了的見習生逃到高地兩腳獸的地盤，卻告訴別人烏掌被影族貓殺死了。

要是烏掌說的關於虎爪的事是真的，那麼這位雷族副族長最好相信他的見習生已經死了，因為烏掌握有虎爪非得守住的祕密。烏掌告訴火心，雷族的前副族長紅尾是虎爪殺死的，因為虎爪想當副族長，最後也真的如願以償。

火心搖搖頭、甩開這些沉重的思緒，轉頭去看坐在旁邊的灰紋。灰紋厚實的灰毛全蓬了起來，好抵擋寒風，火心猜想他一定也在等第一道曙光來臨，只是沒大聲說出來而已。在這樣的夜晚，部族傳統要求絕對的靜默。這是他們第一次守夜——這是新戰士護守部族、思索自己的新名字及新身分的夜晚。在昨夜之前，部族的貓還叫他「火掌」，這個見習時期的名字。

半尾是最早醒來的貓之一。火心看到那隻老貓在長老窩的暗影中移動。他瞥向空地另一邊的戰士窩；透過遮掩的樹枝，他認得出熟睡中的虎爪寬闊的背。

高聳岩下，蓋住藍星洞口的苔蘚抽動了一下，火心看見族長推開苔蘚走出來。她停住腳步，抬起頭嗅聞空氣，然後靜靜走出高聳岩的影子，長長的毛在曙光中閃著藍灰色的光芒。我得警告她虎爪的事，火心想。藍星曾經與全體族貓一起哀悼紅尾的殉亡；她一直以為紅尾是在戰場上被河族副族長橡心殺死的。火心知道虎爪是族長倚重的幫手，因此一直很猶豫，不知道該怎麼開口；但潛在的危險實在太大了，藍星必須知道這個部族裡藏著一名冷血殺手。

虎爪從戰士窩裡出來，與藍星在空地邊會合。他對她低聲說話，尾巴急迫地揮動著。

火心本能地想打招呼，但還是忍住了。天色愈來愈亮，不過在確定太陽離開地平線以前，他不敢打破沉默。他胸中的焦躁不安彷彿受困的小鳥般鼓動著。他必須盡快跟藍星談談；但現在，他只能在那兩隻貓從他前面經過時，向他們點頭致意。

灰紋用手肘頂了他一下，鼻子抬高指向天空。地平線上剛剛射出一道橘色光芒。

「很高興看到黎明吧，兩位？」白風暴低沉的喵聲嚇了火心一跳。火心並沒注意到這位白毛戰士靠近。火心和灰紋同時點頭。

「沒關係；你們可以開口了。值夜已經結束。」白風暴的聲音很和善。昨夜與影族的戰役，就是他與火心和灰紋並肩抗敵的。現在看著他們，他眼中有一股新的敬意。

「謝謝你，白風暴。」火心感激地說。他站起來伸展僵硬的腿。灰紋也撐著站起身來。他呼嚕嚕地喵了一聲，把寒意從毛上甩掉，「我以為太陽永遠不會升上來了！」

一個不屑的聲音從見習生窩那邊傳過來。「偉大的戰士開口啦！」是沙掌，她渾身淡橘色的毛因敵意而豎直。塵掌就坐在她旁邊，一身暗色虎斑毛，看起來彷彿是沙掌的影子。他裝模作樣地挺起胸，嘲弄道：「想不到了不起的英雄也會怕冷！」沙掌覺得好笑，呼嚕嚕笑起來。

白風暴狠狠地瞪了他倆一眼。「先找些東西吃，然後好好休息。」他對火心和灰紋下令道。這位較年長的戰士轉頭往見習生窩走去。「來吧，兩位。」他對沙掌和塵掌說，「訓練的時間到了！」

「希望他叫他們追一整天的藍松鼠！」灰紋低聲對火心說，然後與他並肩走向角落，那裡有昨夜留下的一些獵物。

「現在哪有藍松鼠？」火心困惑地問。

「沒錯！」灰紋的琥珀色眼睛閃閃發亮。

「實在不能怪他們，畢竟他們比我們早接受訓練。」火心溫和地說，「昨晚他們如果也參與戰役的話，說不定就當上戰士了。」

「也許吧。」灰紋聳聳肩，「嘿，你看！」他們來到獵物旁。「一人一隻老鼠，還可分享一隻鶇鳥！」

這兩個好朋友叼起他們的早餐，彼此對望。過了一會兒，灰紋的雙眼忽然閃出愉悅的火花。「我想我們可以拿到戰士區去吃。」他說。

「我想應該可以。」火心咕嚕道，跟著他的朋友走到蕁麻地旁，在他們經常看見白風暴、虎爪和其他戰士分享新鮮獵物的地方停下。

「接下來呢？」灰紋問，吞下最後一口肉，「我不知道你怎麼想，但我想我可以睡上半個月。」

「我也是。」火心同意。

兩個朋友站起來，一起走向戰士窩。火心用頭擠過低垂的樹枝。鼠毛和長尾仍在窩的另一邊熟睡著。他擠進去，在角落找到一塊泥炭地，上面的氣味告訴他這裡還沒有任何戰士睡過。灰紋在他旁邊躺下。

火心聽著灰紋的呼吸逐漸變成低而長的打呼聲。其實他也累壞了，但他老想著要跟藍星談話的事。從他躺的地方，剛好可以看見營地的入口；他瞪視著，等族長回來。可是眼睛不聽使嗅，漸漸閉了起來，最後進入渴望的夢鄉。

ϟϟϟ

火心聽見周遭有怒吼聲，彷彿狂風在樹林裡尖聲呼嘯。轟雷路傳來的煙臭味刺激著他的鼻孔，其中還摻雜了一股更尖銳、恐怖的新氣息。失火了！火舌吐向夜空，將火花爆入無星的夜。令火心訝異的是，黑壓壓的貓影相繼奔向火前。他們為什麼不逃呢？

其中一個停下來，直視著火心。那隻公貓的眼睛在黑暗中閃爍著；他舉起又長又直的尾巴，似乎在跟火心打招呼。

火心忽然想起雷族的前任巫醫斑葉，她在猝死前曾對他說：「火會拯救這個部族！」這個回憶令他顫慄：難道那個預言跟這些不怕火的怪貓有關？

「起來了，火心！」

火心猛地抬起頭，虎爪的低吼聲將他從夢中驚醒。

「你在說夢話！」

火心覺得頭昏腦脹；他坐起來，搖搖頭。「什麼事？虎爪！」他很驚恐，不曉得自己有沒有大聲重複斑葉的話。他以前也做過類似的夢——都那麼地栩栩如生、幾乎可以嘗得到，而且後來也都成真了。火心當然不想讓虎爪懷疑，他也擁有星族通常只賜給巫醫的特殊能力。

月光照進來，落在枝葉茂密的牆上。火心明白他睡掉了整個大白天。「你和灰紋要加入今晚的巡邏。」虎爪對他說，「快點！」這隻暗褐色虎斑貓說完，掉頭慢慢走出去。

火心肩上的毛平復下來。虎爪顯然沒有懷疑他的夢有什麼不尋常的。不過，雖然祕密守住了，火心還是決定把虎爪殺害紅尾的事說出來。

火心舔著嘴唇，灰紋躺在他旁邊，清理肚子上的毛。他們剛剛才在營地裡的空地上分享完一頓大餐。太陽已經下山，火心凝視著近乎滿月的月亮在寒冷、清朗的夜空中發光。過去幾天都非常忙碌，好像每次他們才要躺下休息，虎爪就又派他們出去巡邏或狩獵。火心一直保持警覺，想找個機會與藍星單獨談話；但他發現只要沒出去執行虎爪派遣的任務，雷族的副族長似乎總是陪伴在族長身旁。

火心開始清理他的爪子，眼睛搜尋著四周，希望能看到藍星。

「你在找什麼？」灰紋問。

「藍星。」火心回答，放下他的爪子。

「為什麼要找她？」灰紋暫停了梳理，抬頭看著他的朋友，「從我們值夜那天起，你就一直在找她。有什麼事？」

「我得告訴她烏掌的下落，警告她提防虎爪。」火心說。

「你答應過烏掌，你會告訴大家他已經死了！」灰紋的語氣聽起來很驚訝。

「我只答應他，我會告訴『虎爪』他已經死了。藍星應該要知道整件事的來龍去脈，知道她的副族長有本事幹下什麼勾當！」

灰紋連忙壓低聲音說：「但我們只聽到烏掌說虎爪殺了紅尾。」

「你不相信他嗎？」灰紋竟然遲疑，火心不免震驚。

「你聽我說，要是虎爪為了替紅尾報仇而隱瞞橡心被害的真相，那表示一定是紅尾殺了橡心。我不相信紅尾會刻意在戰役中殺害另一族的副族長，那違反戰士守則——我們作戰是為了證明實力和保衛領土，不是為了互相殘殺。」

「但我要控訴的不是紅尾！」火心大聲抗議，「有問題的是虎爪。」紅尾是在虎爪之前的副族長，火心從未見過他，但是他知道整個雷族都愛戴紅尾。

灰紋沒有看火心的眼睛。「你暗示的事可能傷害到紅尾的名譽。而且其他的貓跟虎爪都沒有過節；怕他的只有烏掌而已。」

一股不安的顫慄竄過火心的背脊。「所以你認為那是烏掌因為跟導師不和而編出來的故事？」他不屑地問。

「不是。」灰紋含糊地回答，「我只是覺得我們應該謹慎些。」

火心盯著他朋友焦慮的眼神，開始覺得疑惑。灰紋的話有點道理——他們成為戰士才不過幾天，沒有資格指控族裡最資深的戰士。

「沒關係。」火心最後說，「這事你不用介入。」灰紋點點頭，然後回頭繼續清理自己的毛。一股懊惱在火心肚子裡翻滾著，他認為灰紋覺得「只有烏掌跟虎爪有過節」，這種想法實在不正確。火心的直覺告訴他，雷族副族長根本不值得信任。他必須將自己的懷疑告訴藍星，為了她的安全，也為了全族的安全。

一團灰色身影出現在空地的另一頭，火心知道藍星從她的窩裡出來了，而且只有她。他立刻站起身，但雷族族長直接跳上高聳岩，召集全部族。火心焦躁地揮動著尾巴。

聽到藍星的召喚，灰紋的耳朵興奮地抽動著。「命名典禮嗎？」他說，「一定是長尾收了第一個見習生，他已經暗示好幾天了。」他跳過去，加入聚集在空地邊上的貓。火心跟上前，內心仍充滿挫折感。

一隻嬌小的黑白貓慢慢走入空地，柔軟的腳掌踩在堅硬的地上悄然無聲；他走向高聳岩，蒼白的眼睛看著地上。火心猜那隻小貓會打顫，因為他低垂的肩膀讓他顯得很嫩很膽小，不夠格當戰士的見習生。**長尾不會喜歡他的！**火心想。他憶起自己剛到雷族領土時，長尾對他有多麼鄙視。那位戰士在他抵達的第一天，惡劣地當眾嘲弄、諷刺他是寵物貓。從那時候起，火心就很討厭他。

「從今天開始，」藍星說，往下瞪著那隻小貓，「這名見習生就叫疾掌，直到他獲得戰士封號為止。」

小貓抬頭看著他的族長，眼裡沒有閃過任何決心。相反地，琥珀色的眼睛睜得大大的，充滿焦慮。

長尾往自己的新見習生走去，火心轉頭看他。

藍星又開口：「長尾，你曾經是暗紋的見習生，他將一身技藝傳授給你，而你也沒辜負他，成為一位勇猛、忠實的戰士。我希望你能將這些特質傳下去給疾掌。」

長尾低頭看著疾掌，火心想從他臉上找到鄙夷的神情。但那位戰士與他的新見習生眼神交會時，竟然變得柔和。兩隻部族貓和善地碰著鼻子。「沒關係，你表現得很好。」長尾低聲鼓勵他。**真是的！**火心氣憤地想，就因為他是在這裡出生的；長尾可沒這樣歡迎過我。火心望向其他貓，大家紛紛向這位新見習生道賀，一股怨火在他心中燃起。

「你怎麼了？」灰紋低聲問，「我們也會有這麼一天。」

火心點頭。想到自己以後也會有見習生，他忽然開心起來，恨意也全拋開了。他已經是雷族的一員，這才是最重要的，不是嗎？

⚡⚡⚡

第二天晚上是月圓之夜。火心知道這將是他第一次參加戰士聚會，但他仍決心要找機會告訴藍星有關虎爪的一切，這個念頭讓他的心有如扛了千斤重擔般沉重。

「你在胡思亂想什麼？」灰紋在他旁邊問道，「臉上的表情好怪喔！」

火心看著他的朋友，真希望能對他吐露心事，但火心已經答應會讓他置身事外。「我沒事。」他說，「走吧，我聽到藍星在召喚了。」

兩隻貓信步走向大夥兒聚集的空地。藍星看到他們抵達，客氣地點點頭，然後轉身率領眾貓走出營地。

當其他貓從他身邊的陡坡往上面的森林爬時，火心停下腳步。這次的行程可能讓他有機會跟藍星談話，他必須先整理一下思緒。

「你來不來？」灰紋的聲音從山坡上傳來。

「來了！」火心縮起強壯的後腿，躍過一個又一個圓石，將營地遠遠拋在後頭。到了最上面，他停下來喘口氣。大片森林在他面前展開，腳掌下感覺得到初落葉片的清脆。銀毛星群在天空閃爍，宛如灑在黑毛上的晨露。

火心想起他第一次和虎爪及獅心到四喬木的旅程。想起獅心，他心裡湧起一股傷感。獅心是灰紋的導師，也是紅尾之後、虎爪之前的副族長，是個熱心、傑出的戰士。他在作戰時慘遭殺害，之後虎爪才接替他的位置。火心第一次探訪四喬木時，獅心帶著當時還是見習生的他由松林經過陽光岩，沿著河族的邊界走了一遭。今晚，藍星將帶領他們直接穿過雷族營地的心臟地帶。火心看到她的身影已經竄入樹叢、消失不見了，趕緊加快腳步跟上其他貓。

藍星跑在最前面，虎爪緊跟在她身旁。火心不顧灰紋詫異的喵聲，追上了族長。「藍星！」他跑到她旁邊叫她，大口喘著氣。「我可以跟妳談談嗎？」

藍星瞥了他一眼，點點頭。「你來帶路，虎爪。」她說。

藍星放慢腳步，讓虎爪從身旁跑過，其他貓沉默地跟著這隻深色虎斑貓，往前疾奔。

藍星和火心放慢腳步，很快地，四周只剩下他們了。

他們穿過羊齒叢，走進一小塊空地。藍星跳到一株倒下的大樹幹上坐了下來，捲起尾巴蓋在前掌上。「什麼事？火心。」她問。

火心猶疑了一下，忽然懷疑起自己來。他會離開寵物貓生活、加入雷族，就是因為藍星的鼓勵。從那時候開始，即使其他貓因為他沒有部族貓的血緣，進而質疑他的忠誠度，她仍然一次又一次地相信他。火心若告訴她，有關烏掌的事他之前並未吐露真相，她會怎麼說呢？

「說吧！」藍星看其他貓的身影都消失在遠方了，命令他。

火心深吸一口氣，說：「烏掌並沒有死。」藍星的尾巴因為驚訝而抽動了一下，卻仍安靜地聽他說下去：「灰紋和我把他送到風族的狩獵場去。我……我想他可能已經和大麥在一起了。」大麥是獨行貓，不是部族貓，也不是寵物貓。他住在一個兩腳獸的農場上，就在往部族貓視為聖地的高岩山的路上。

雷族族長的眼神越過火心，瞪著樹林深處。火心焦慮地看著她，想讀懂她的表情。她生氣了嗎？但在她那雙大大的藍眼睛裡，他並未看到一絲怒意。

過了好一會兒，藍星才開口：「我很高興知道烏掌沒死。希望他和大麥在一起，比在森林裡快樂。」

「可是——可是他是出生在雷族的貓！」火心結結巴巴地說。族長平靜地接受烏掌離去的態度，令他震驚。

「那並不代表他就適合部族生活。」藍星說，「你不是在部族生的，還不是成為優秀的戰士。烏掌在別處反而可能找到真正的路。」

「但他離開雷族是出於無奈。」火心辯駁，「當時他根本不可能留下來！」

「不可能？」藍星湛藍的眼睛凝視著火心，「什麼意思？」

火心看著地上。

「說呀！」藍星催促他。

火心口乾舌燥。「烏掌知道虎爪的祕密。」他聲音沙啞，「我——我想虎爪想殺他，或煽動全族敵視他。」

藍星的尾巴左右擺動著，火心注意到她的肩膀變得僵硬。「你為什麼這麼想？烏掌知道什麼祕密？」

火心勇敢面對族長的嚴厲質問，勉強回答：「他說虎爪在與河族作戰時，殺了紅尾。」

藍星瞇起眼睛。「戰士絕不會殺害自己族裡的夥伴！這點連你都知道——你跟我們生活這麼久了。」她的話讓火心退怯，耳朵也塌了下來。這是她今晚第二次提及他寵物貓的出身。

藍星繼續說：「根據虎爪的報告，紅尾是被河族副族長橡心殺死的。烏掌一定弄錯了。他親眼看到虎爪殺害紅尾嗎？」

火心緊張地拂起尾巴，攪動身後的落葉。「他說有。」

「你知道你的說法，等於是在質疑紅尾的名譽，因為這樣一來，他就得為橡心的死負責？能夠避免的話，一位副族長是絕不會殺害另一族副族長的。而紅尾是我所知最有榮譽感的戰士。」藍星露出痛苦的眼神。火心也為自己破壞了她對前副族長的美好回憶而沮喪不已，雖然他不是故意的。

「我無法解釋紅尾做的事。」他喃喃地說，「我只知道，烏掌相信虎爪必須為紅尾的死負責。」

藍星嘆了一口氣，肩膀放鬆了下來。「我們都知道烏掌很有想像力。」她溫柔地說，眼中充滿同情，「他在作戰時傷得很重，而且戰役還沒結束就逃跑了。你確定他對自己錯過的那部分不是靠想像力填補的？」

火心還沒來得及回答，森林裡就傳來一聲巨吼，不久虎爪從樹叢下奔了出來。他用懷疑的眼神打量火心一會兒，才走過去對藍星說：「大夥兒在邊界等妳。」

藍星點頭。「告訴大家我們馬上就到。」虎爪低頭，轉身咻地消失在羊齒叢裡。

火心看著他飛奔離去，內心迴響著藍星的話。她說得對，烏掌的確有非常豐富的想像力。火心想起他第一次參加集會時，各族見習生圍著烏掌，聽他描述與河族的戰役，大家聽得多麼津津有味。而當時他沒提到虎爪。

看到藍星站起身，火心也跳了起來。「妳會把烏掌帶回來嗎？」他問，忽然害怕他可能只是給朋友製造更多麻煩。

藍星深深望進火心的眼裡。「也許他現在更快樂。」她輕聲說，「目前，我們還是讓大家繼續相信他已經死了比較好。」

火心直視她，驚訝得睜大了眼睛。藍星要對全族隱瞞這個真相！

「虎爪是個偉大的戰士，但他也非常驕傲。」藍星繼續說，「對他來說，自己的見習生戰死要比逃跑更容易接受。而且，這樣對烏掌也比較好。」

「因為虎爪可能會去找他？」火心大膽地問。藍星可能相信他嗎，即使只是一點點？

藍星搖搖頭，有些不耐。「不是。虎爪或許很有野心，但他不是殺人狂。對烏掌來說，被大家當成已死的英雄，也比苟延殘喘的懦夫要好。」

遠處再度傳來虎爪的呼喚，藍星從樹幹跳下來，消失在羊齒叢裡。火心也一躍而下，緊追在族長之後。

他在河邊追上她，看著她跳過一塊又一塊的石頭，躍到對岸去。火心小心地跟著她，腦海裡思緒翻騰。紅尾死亡的真相在他肩頭壓了好多天，現在他終於把它吐露給藍星知道，卻什麼都沒改變。顯然，族長並不認為虎爪會幹下那種冷血的勾當。最糟的是，連火心自己都開始懷疑烏掌說的事究竟是不是真的。他躍到對岸，穿過樹叢往前快奔。

快到達雷族眾貓面前時，火心猛地煞住，讓藍星走在他前面。他們全都停在往四喬木去的山坡上——那四棵巨大的橡樹，是每月月圓時，森林裡四大貓族和平聚會的場所。

當火心意識到虎爪正盯著他看時，全身的毛都豎起來了。這位深毛戰士是不是在懷疑他和藍星的對話？火心搖搖頭，讓自己保持清醒，並試著以藍星的方式思考。不用說，虎爪對火心告訴藍星的事一定很感興趣。他是副族長，一定會想知道任何可能影響全族的事。火心又看向虎爪，這隻黑色虎斑貓瞪視著山坡下方，耳朵警覺地豎直。他四周的貓全都摩拳擦掌地等待著。虎爪凝視每一隻貓，以他那鎮靜的琥珀色眼睛默默地召集他們。

藍星抬高鼻子嗅聞空氣。火心感覺自己的肌肉和毛皮都繃緊了。終於，藍星揮動尾巴發出訊號，所有雷族貓同步衝往山坡下的大集會場所。

第二章

藍星在空地前停住，雷族貓列在她兩旁。河族貓和影族貓對他們點頭以示歡迎。

「你去哪兒了？」灰紋出現在火心身旁。

火心搖搖頭。「沒事。」剛剛與藍星的對話仍然讓他感到困擾。他很高興灰紋沒有強迫他回答，只是轉頭看著空地四周。

「嘿，你看！」他說，「影族的貓看起來比我想像的還要健壯。畢竟，碎星敗逃前，他們餓得半死。」

火心隨著他的目光看向一名皮毛光亮的影族戰士。「你說得對。」他同意，露出有點驚訝的表情。

「別忘了，當時幾乎都是我們在替他們作戰！」灰紋諷刺地說。

火心開懷的咕嚕聲被白風暴打斷。「在趕走碎星的那一仗裡，影族貓跟我們一樣奮力作戰。我們應該佩服他們重建家園的決心。」他嚴肅地說，然後走向聚集在橡樹下的戰士們。

「哇！」灰紋喵了一聲，有點罪惡感地瞥向火心。

年輕的戰士都留在空地邊緣。火心很容易就認出其他族的見習生——他們的毛像小貓那般柔軟，臉圓圓的，腳掌肥嫩笨拙。

兩名戰士朝灰紋和火心走過來。一隻棕色的見習生緊跟在後。火心認得這隻灰色的公虎斑貓，他是影族貓，但他身邊那隻煙黑色的公貓，火心就沒見過了。

「嗨！」灰色的公貓說。

「你好！濕足。」火心回應，瞥了黑色棕貓一眼。

濕足介紹，「這是河族的黑爪。」

灰紋和火心點頭致意。後面的見習生也怯生生地向前了一步。

「這是我的見習生，橡掌。」濕足接著說。

橡掌抬頭看著火心，睜大的雙眼滿是焦慮緊張。「嗨——嗨！火心。」他說。火心也點頭打招呼。

「我聽說後來藍星封你為戰士。」濕足說，「恭喜你！守夜那晚一定很冷吧！」

「沒錯！」灰紋同意。

「那是誰？」火心好奇地問。一隻優雅、滿身茶色斑點的母貓吸引了他的注意。她正站在空地中央的巨岩旁，跟虎爪說話。

「那是豹毛，我們的副族長。」黑爪說。

想起河族的前任副族長橡心，還有他在與雷族作戰時如何死亡，火心的毛僵住了。好在藍星已躍到巨岩上，準備進行會議，火心不用表示什麼。另外兩隻貓加入她。其中一隻年長的黑色公貓，出聲召喚眾貓聚集到巨岩下。火心認出那隻黑公貓，心裡不禁詫異。碎星敗逃後，夜皮已經成為影族的族長了？

大夥兒聚集後，藍星說：「雷族帶了我們的新巫醫，黃牙，來參加大集會。」她正式宣布。所有貓都望向那隻厚毛扁嘴的老母貓。火心注意到她駝著背在堅硬的地上拖著步走。剛成為見習生時，他曾經花了將近一個月的時間照顧剛進雷族的黃牙，直到她恢復健康。從她微微抽動的耳朵看來，她不大適應其他族的眼光。黃牙曾經是影族的巫醫；其實貓很少會離開自己的部族，加入別族。她的雙眼慢慢搜尋著，直到與影族的新巫醫鼻涕蟲的目光交會。雙方愣了一下，然後很客氣地互相點頭致意。看見黃牙的耳朵豎立著，火心鬆了一口氣。

藍星又開口了：「我們也帶來了剛任命的兩位新戰士——火心及灰紋。」

火心把頭抬得高高的，當所有的目光望向他時，他緊張得尾巴不由自主地擺動。

夜皮往前走了一步，站到岩石的最高點。「我，夜皮，繼承了影族的領導權。」他宣告，「我們的前任族長，碎星，破壞了戰士守則，因此我們不得不將他驅離。」

「竟然沒提到我們助他們一臂之力的事。」灰紋對著火心耳語。

夜皮繼續說：「我們的祖靈已經指示鼻涕蟲，選擇我為新族長。我還沒到慈母口去接受星族所賜予的九條命，但我會趁月亮還圓時在明天晚上動身。在月亮石守夜後，我將改名為夜星。」

「碎星現在在哪兒？」貓群裡傳出一個聲音。那是霜毛，全身雪白的雷族貓后。

「據我們推測，他已經與其他遭驅離的戰士離開了森林。他知道如果回來，他會很危險的。」夜皮回答。

「希望如此。」火心聽見霜毛對身旁一隻胖嘟嘟的棕色貓后說。

河族的族長，曲星，往前走了一步。「希望碎星明白，他最好永遠離開森林。他對領土權的覬覦威脅到所有的貓族。」

曲星等大夥兒忿怒的附和聲平息後，繼續說：「碎星領導影族時，我曾同意他在我們的河裡狩獵。但現在，影族已經有了新族長，這個協定不再有效。河裡的獵物只屬於我們河族。」

河族貓發出勝利的喵聲，但火心發現夜皮全身的毛都豎起來了。

夜皮提高聲音說：「影族現在的需要，跟碎星領導時沒兩樣。我們嗷嗷待哺的貓口不少，曲星。你當時的協定是跟全影族訂的！」

曲星站起來，轉身面對夜皮。他塌下耳朵，嘴裡發出嘶聲，岩下的貓全都不敢吭聲。

藍星很快走到兩位族長中間。「影族最近遭受不少損失。」她柔聲地說，「在減少許多貓口的情況下，夜皮，你真的還需要河族的魚嗎？」

曲星又發出嘶聲，但夜皮毫不退縮地瞪著他。

藍星再度開口，態度變得比較強硬。「你們才剛趕跑了族長和幾個最強壯的戰士！再說，當年碎星強迫曲星同意共享河流，已經是破壞戰士守則的行為！」

看到夜皮露出爪子，火心不安地嚥了一口口水。但藍星的眼皮卻眨都沒眨，那冰冷的藍眼珠在月光下閃爍著，她忿忿地說：「不要忘記：你根本還沒有獲得星族九條命的賜予呢！你怎麼這麼確信自己有資格做出這些要求？」

火心很緊張，他周遭的貓也都豎起毛，等著夜皮回答。

夜皮憤怒地轉開頭，尾巴左右拂動個不停，卻沒說什麼。

藍星贏了。她的聲音變得柔和。「我們都知道影族過去幾個月來，吃了不少苦頭。」她說，「雷族同意在你們重建家園期間，不干擾你們。」她轉過頭去看曲星。「我相信曲星也會給你們同樣的尊重。」

曲星眯起眼睛，點頭。「但只有在影族不擅入我們地盤的情況下。」他的聲音低沉。

火心鬆了一口氣，肩上的毛也平復下來。現在他知道真正作戰是怎麼回事了，對於他的族長竟敢挑戰這兩位偉大的戰士，更感到敬佩不已。巨岩上的緊張情勢瞬間緩和下來，大家紛紛發出放鬆和贊同的低喵聲。

「你不會聞到我們的，曲星。」夜皮說，「藍星說得對，我們不需要你們的魚。再說，風族已經離開他們的領土，我們可以到他們那邊去狩獵。」

曲星看著夜皮，眼睛亮了起來。「沒錯！」他有同感，「對大家來說，那表示我們都將有額外的獵物！」

藍星猛地抬起頭來。「不！風族必須重返家園！」

曲星和夜皮同時看著雷族族長。「為什麼？」曲星問。

「若能分享風族的領土，就表示我們可以為小貓獵取更多的食物！」夜皮指出。

「這個森林需要四大貓族。」藍星堅持，「就像我們有四喬木、四季一樣，星族也給了我們四個部族。我們一定要盡快找到風族，帶他們回家。」

雷族貓提高聲量，表示支持他們的族長，但曲星不耐煩的吼聲蓋過他們。「妳的說法毫無根據，藍星。我們真的需要四季嗎？難道妳不希望沒有禿葉季，以及它所帶來的寒冷和飢餓？」

藍星鎮靜地看著身旁的戰士。「星族給我們禿葉季，是為了讓大地恢復生機，準備新葉季的來臨。這座森林，還有高地那邊，多少世代以來一直都支持四個部族。我們沒有資格挑戰星族。」

豹毛，河族的副族長，開口了：「我們何必為一個保護不了自己領土的部族挨餓呢？」她低吼。

「藍星說得對！風族必須回來！」虎爪嗆回去，他挺起胸，讓自己比周圍其他的貓更高大。

藍星再度開口。「曲星，」她說，「河族的狩獵場以豐饒聞名。你們擁有河流及盛產的魚。為何還需要額外的獵物？」曲星轉開頭，沒有回答。火心注意到河族貓不安地竊竊私語。他不明白為什麼藍星的問題會讓他們那麼焦躁。

「還有，夜皮，」藍星繼續說，「將風族趕出家園的是碎星。」這隻肩膀寬闊的母貓停了一會兒。「那也是雷族願意幫你們驅離他的主要原因。」

火心瞇起眼睛，他知道藍星在暗示夜皮，他們欠雷族一個大人情。

影族的族長半閉上眼睛。過了彷彿一世紀那麼久之後，夜皮睜大雙眼，打破沉默，「好吧，藍星。我們會讓風族回來。」

火心看到曲星憤怒地轉過頭，氣得眼睛瞇成一條黑色的縫。

藍星點頭。「我們之中已有兩位同意了，曲星。」她說，「我們必須找到風族，帶他們回來。在這之前，不准任何部族在他們的領土上獵食。」

大夥兒準備回家，大集會也開始解散。火心在原地逗留了一會兒，觀察巨岩上那幾位族長。藍星和曲星碰碰鼻子後，跳到地上。仍在巨岩上的曲星則轉向夜皮。他們竊竊私語的樣子讓火心的毛不安地拂動著。藍星是不是終究得不到夜皮真正的支持呢？火心迅速往四周張望了一下；他看到虎爪眼中露出怒氣，知道雷族副族長也沒漏掉方才那一幕。

火心第一次與虎爪有同仇敵愾的感覺。這部族聯盟的異動令他始料未及。在雷族甘冒生命危險，幫助影族趕走碎星之後，他們怎能與河族站在同一邊呢？

第三章

藍星領著雷族貓很快地回到營地。他們返家的喧鬧聲吵醒了留守的貓。貓隊穿過金雀花掩映的入口時，睡眼惺忪的身影開始從不同的窩裡出現。

「有什麼新聞？」半尾大聲問。

「影族也到了嗎？」柳皮問。

「是的，他們也來了。」藍星嚴肅地回答。她經過柳皮，跳到高聳岩上。她不用召集族貓開會，大家已經聚集到岩石下方了。虎爪也跳上去，與她並立。

「今晚的情勢相當緊張。」藍星開始說，「我意識到，曲星和夜皮可能會聯盟。」

灰紋擠到火心旁。「他們在說什麼？」他問，「我以為夜皮已經贊同藍星的提議。」

「夜皮？」獨眼蒼老的聲音從後面的貓群中發出來。

「他現在是影族的新族長。」藍星解釋。

「但是他的名字還——他已經被星族接受

了嗎？」獨眼問。

「他計畫明晚動身前往月亮石。」虎爪說。

「在獲得星族認同之前，任何族長都不准在大集會時為自己的部族發言。」獨眼喃喃自語，但他的聲音大到全族的貓都聽得見。

「他獲得影族的支持，獨眼。」藍星對那隻老母貓點頭、回答，「我們不能忽視他今晚的話。」獨眼不悅地哼了一聲。藍星抬起頭、對全族的貓說：「在大集會時，我建議應該把風族找回來，但曲星和夜皮不這麼想。」

「他們不大可能結盟吧？」灰紋叫道，「他們才因為河流的獵捕權幾乎翻臉。」

火心轉向他的朋友。「你沒看到會議結束後，他們倆交頭接耳的樣子？他們巴不得拿下風族的領土！」

「為什麼？」坐在導師白風暴旁的沙掌問。

白風暴回答她：「我懷疑影族不像我們以為的那麼衰弱。而夜皮似乎比大家預料的還要野心勃勃。」

「但是，為什麼河族貓那麼想要到風族的地盤打獵呢?他們的河很棒，裡面有抓不完的魚，早讓他們吃得肥肥的了。」柳皮低吼，「跑到高地去打幾隻野兔，路途未免太遙遠了！」

曾經很美麗的貓后，花尾，用老邁沙啞的聲音說：「在大集會上，幾個河族的長老說，兩腳獸佔領了他們部分流域。」

「沒錯，」霜毛加入，「他們說有些兩腳獸住在河邊，嚇跑了河裡的魚，讓河族貓必須躲在草叢裡餓肚子，眼睜睜看著兩腳獸獵食他們的魚！」

藍星臉上露出深思的表情。「現在我們必須謹慎，不能做出任何可能促成河族和影族聯盟的事。大家去休息吧。追風，塵掌，黎明前的巡邏由你們兩個負責。」

一陣冷風吹動他們頭頂上的枯葉。眾貓一邊竊竊私語，一邊走回自己的窩去。

連續兩夜，火心都作夢。他夢見自己站在黑暗裡，來自轟雷路的怒吼聲和煙臭味似乎離他很近。奔來跑去、閃爍著兩隻眼睛的怪獸朝他衝來，害得他的眼睛睜不開。忽然間，在這些喧鬧聲中，火心聽到一隻小貓可憐兮兮地唉哼著。那絕望的哭聲隱隱約約，從怪獸轟隆隆的怒吼中傳來。

火心忽然驚醒，以為是哀號聲吵醒了他，卻只聽見睡在四周的戰士低沉的呼嚕聲。靠近窩的中央某處，傳來一聲低吟，聽起來像是虎爪。火心覺得不安，無法入睡，悄悄地爬了出去。

外頭一片漆黑，夜空的點點星光告訴他，離破曉還有一段時間。火心腦海裡仍迴盪著小貓的哭聲，他豎起耳朵往育兒室走去。牆外有腳步聲，他嗅了一下空氣：只是暗紋和長尾而已。火心聞到他們的氣味，他們正在守夜。

族貓們都在沉睡，那股寧靜讓火心覺得安心。他告訴自己：每隻貓一定都會因為轟雷路而作惡夢。他爬回戰士窩，舒服地捲曲在自己的角落。灰紋在沉睡中發出呼嚕聲，火心在他旁邊躺下，閉上眼睛。

灰紋用鼻子弄醒他，戳著他的肚皮。「別吵我！」火心咕噥道。

「起來了！」灰紋低叫一聲。

「幹嘛？我們又不需要巡邏！」火心抱怨。

「藍星要我們去她的窩見她，快！」

火心頭昏腦脹地爬起來，跟著灰紋走出窩去。朝陽剛染紅天邊，營地四周的樹上都結了霜。

兩隻貓躍過空地，奔到藍星的窩前，低喵一聲報告他們來了。

「進來！」低垂的苔蘚後方傳出虎爪的聲音。火心想起去大集會的路上，他跟藍星報告的事，全身都警覺了起來。藍星向虎爪透露火心對他的控訴了嗎？灰紋撥開苔蘚走進去，火心不安地跟著他。

藍星端坐著，抬頭挺胸，雙眼炯炯有神。虎爪站在沙地中央。火心仔細觀察他的表情，但那隻虎斑貓的眼神跟平時一樣，冷漠而鎮定。

藍星立即開口：「火心，灰紋，我有很重要的任務要派給你們。」

「任務？」火心回答，安心和興奮掃除了原先的焦慮。

「我要你們去找出風族的下落，把他們帶回家。」藍星說。

「別太興奮了。記住，這次任務可能很危險。」虎爪聲音低沉地說，「我們不知道風族的下落，所以你們得去找他們留下的氣味——也許得深入敵人的地盤。」

「上回你們跟我一起到月亮石的時候，曾經路過風族的領土。」藍星指出，「所以你們對他們，以及高地那邊兩腳獸的氣味，應該很熟悉。」

「只有我們兩個嗎？」火心問。

「營地裡的戰士有其他任務。」虎爪說，「禿葉季就快到了，我們必須盡可能地囤積食物。接下來幾個月，獵物會變少。」

藍星點頭。「虎爪會幫助你們做好出發前的準備工作。」火心的爪子不安地刺著地面。藍星跟以往一樣，很信任她的副族長。為什麼雷族裡只有火心不相信虎爪呢？

「你們必須盡快動身。」藍星繼續說，「祝你們好運！」

「我們一定會找到他們的。」灰紋承諾。

火心把思緒拉回眼前的旅程上，也點點頭。

虎爪跟著他們走出藍星的窩。「你們還記得往風族領土的路嗎？」

「是的，虎爪。我們才……」

火心打斷灰紋急切的回答。「幾個月前才去過。」他很快地說，迅速給他的朋友一個警告的眼神。灰紋差點就洩露他們幾天前才送烏掌離開的事。

虎爪狐疑了一下。火心不禁屏息。他是否注意到灰紋差點就說溜嘴了？

「那你們還記得風族的味道嗎？」副族長說。

火心默默感謝星族的保佑。

兩位戰士都點頭。火心開始想像自己越過高地上長刺的金雀花，找尋失蹤的風族。

「你們需要藥草來保持體力和消除飢餓感。離開前，先到黃牙那裡去拿。」虎爪停頓了一下，「不要忘記：夜皮計畫今晚到月亮石去，別給他遇上了。」

「是的，虎爪。」火心回答。

「他絕不會知道我們也出遠門了。」灰紋跟他保證。

「希望如此。」虎爪說，「那麼，趕快去吧！」他二話不說，掉頭跳開了。

「他應該祝我們好運呀！」灰紋抱怨。

「他可能覺得我們不需要吧！」火心半開玩笑地說，然後就和灰紋穿過空地一起走向黃牙的窩。他邊走邊回想，虎爪對待他們，好像跟對待其他戰士一樣尊重。他有可能不是烏掌所說的叛徒？太陽雖然升起，天氣卻依然寒冷，但這兩隻貓都沒有發抖——白晝愈來愈短，火心感覺自己的毛也愈來愈厚了。

黃牙的窩在隧道末端的羊齒叢下。在她之前，斑葉就住在這裡。想起那隻溫柔的玳瑁巫醫，火心的心忍不住揪緊了。斑葉是被一名影族戰士殺死的。他真的很懷念她。

「黃牙！」灰紋大叫，「我們來拿旅行用的藥草！」

兩隻貓聽到暗影中傳來低啞的喵聲，接著就看見黃牙從石縫中擠了出來。「你們要去哪兒？」她問。

「我們要去找風族，把他們帶回家。」火心告訴她，聲音裡透露著驕傲。

「這是你們的第一次『戰士任務』呀！」黃牙啞著嗓音說，「恭喜啦！我去拿你們需要的藥草。」過了一會兒，她回來了，嘴裡叼著一小把乾葉子。「好好享用吧！」她咕嚕一聲，將藥草放到地上。

火心和灰紋乖乖咀嚼著那些一點也不可口的葉子。「嘔！」灰紋吐了一下，「跟上次一樣難吃！」火心點頭，臉都扭曲了。上回他們陪藍星到月亮石去之前，斑葉給他們吃的也是這種藥草。

灰紋吞下最後一口，用鼻子碰了碰火心的肩膀。「走吧，慢吞吞先生！我們要上路了！再見！」他轉身對黃牙大喊，然後咻地跑出洞。

「等等我！」火心急著追上灰紋。

「再見！祝你們好運！」黃牙在他們身後喊道。

火心跑出隧道時，聽見羊齒叢在晨風中呢喃，好像在說：「祝好運！一路平安！」

第四章

奔出營地時，兩隻貓幾乎一頭撞上白風暴，他正領著沙掌和追風在森林裡做黎明前的巡邏。

「真抱歉！」火心喘著說。他站住了，灰紋也在他旁邊緊急煞車。白風暴點點頭。「我聽說你們兩位要去出任務。」他說。

「是的。」火心回答。

「那麼，願星族保佑你們！」白風暴一臉嚴肅地說。

「什麼任務？」沙掌諷刺地問，「出門抓田鼠嗎？」

追風轉過頭，在沙掌的耳朵旁低語。她的表情變了，綠眼珠裡的鄙夷轉成了謹慎的好奇。

巡邏隊站到一旁，讓火心和灰紋過去。兩隻貓繼續往前跑，爬上溪谷旁的山坡。

火心和灰紋穿過森林，往四喬木的方向跑去，一路上他們很少交談，要為前面更長的路保留力氣。他們在陡峭的山坡上暫停、休息，那下面就是橡樹蔭下的空地。他們的胸口起伏著。

「這裡的風一向都這麼大嗎？」灰紋咕噥著，鬆開厚毛抵擋掃過高地的寒風。

「我想是因為沒有大樹遮蔽的關係。」火心瞇著雙眼說。這裡就是風族的地盤。火心嗅聞著空氣，忽然聞到一絲他覺得不應該出現的氣味。「你有沒有聞到河族戰士的氣味？」他不安地低聲問道。

灰紋抬高鼻子。「沒有。你覺得他們會在這附近出沒？」

「可能。他們也許想好好利用風族不在的機會大肆狩獵一番，尤其是他們也知道風族就快回來了。」火心提出警告。

「不過，我什麼也沒聞到。」灰紋低聲說。

兩個好朋友保持警覺地在長滿石楠的草地慢慢往前進。

一股新氣味讓火心停了下來。「你聞到了嗎？」他小聲地對灰紋說。

「聞到了。」灰紋低聲回應，身體貼著地面。「是河族！」

火心低伏身體，將耳朵放低到石楠叢下。旁邊的灰紋抬起暗灰色的頭，越過樹叢往前瞄。

「我看到他們了。」他低聲說，「他們在狩獵！」

火心小心翼翼地撐高身體。四名河族戰士正穿過一叢金雀花、追捕一隻野兔。火心認出對方是大集會上打過招呼的黑爪。這位煙黑色的戰士露出爪子往前一撲，但又很快站起來，兩手空空，沒有斬獲。那隻兔子一定安全逃回窩裡去了。

火心和灰紋又低伏下來，肚子貼著冰冷的草地。

「他們不擅長抓兔子。」灰紋不屑地說。

「我想河族貓比較會抓魚。」火心小聲地回答。他的鼻子抽動起來，因為聞到一隻嚇壞的兔子正往他們這兒衝過來。聽到河族戰士追來的腳步聲，火心一陣驚慌。「他們往這邊來了！我們得躲起來！」

「跟我來！」灰紋低聲說，「我聞到獾的臭味。」

「獾！」火心回答，「那樣安全嗎？」他早就聽過，半尾是在跟一隻壞脾氣的獾打架時失去半截尾巴的！

「別擔心！氣味雖強，但不是新留下的。」灰紋跟他保證，「這附近一定有牠們的舊巢穴。」

火心嗅了一下，聞到一股很濃、非常像狐狸的氣味。「你確定那是廢棄不用的窩？」

「等一下就知道了。走，我們得趕快離開這裡！」灰紋回答。他率先迅速地穿過矮樹叢。石楠發出的窸窣聲告訴火心，河族的戰士已經近在咫尺了。

「這裡！」灰紋用肩膀頂開一叢石楠，地上露出一個沙洞。「進去！獾的氣味會蓋過我們，我們可以在這裡待到他們離開。」

火心迅速溜進黑洞裡，灰紋緊跟著他。獾的臭味簡直要他們的命。

腳步聲從他們頭頂經過，當他們停下時，火心和灰紋緊張得屏氣凝神。突然一名河族戰士低吼，「是獾窩！」從那沙啞的喵聲，火心知道對方是黑爪。

另一個聲音說：「是廢棄不用的窩？兔子有可能躲在裡面！」

黑暗中，火心感覺到身旁的灰紋渾身的毛都豎起來了。他露出爪子，瞪視著洞口，準備在河族戰士進窩時給他們迎頭痛擊。「等等，氣味往那邊去了！」黑爪說。火心的頭頂響起雜沓的腳步聲，河族戰士往另一邊快奔而去。

灰紋緩緩地吐出一口氣。「你覺得他們走遠了嗎？」

「我們最好再等一會兒，確定所有的戰士都離開了再出去。」火心建議。

等外面不再傳來任何聲響。灰紋碰碰火心，說：「走吧！」

於是火心跟著灰紋小心翼翼地爬出洞穴。到處都看不到河族戰士的身影了。微風徐徐，吹走火心身上的獾臭味。「我們應該先去風族的地盤探路。」他對灰紋說，「那裡是最容易聞到他們氣味的地方。」

「好！」灰紋答道。

他們慢慢穿過石楠叢，嘴巴微張，想嗅嗅看有沒有其他河族戰士的氣味。他們在一塊平坦的巨岩底下停住，岩坡很陡，比金雀花叢還高。

「我先爬上去，觀察一下周遭的狀況。」灰紋提議，「我的毛色跟石頭比較接近。」

「好！」火心贊同，「把頭壓低一點。」

他看著灰紋爬上巨岩。灰紋趴下來，專心地檢查平原四周，然後退回火心身旁。「那邊好像有個坑洞。」灰紋邊說邊用尾巴指路。「我看見石楠叢裡有條水溝。」

「我們過去看看。」火心說，「那可能是風族的領土。」

「我也這麼想。」灰紋點頭，「那可能是這個高地唯一擋得住寒風的地方。」

快到坑洞時，火心越過灰紋衝到坑邊張望。那個坑看起來就像某位星族戰士從天而降的傑作：他在平原挖起一個手掌的泥土，然後再種上一叢又一叢的金雀花，讓它長得跟周遭的土地一樣高。

火心聞了聞空氣，他嗅到一些氣味，都是屬於風族，有老的小的、公的母的，還有正後方地上、早變成烏鴉食物的腐肉淡淡的臭味。這一定是被拋棄的營地。

火心跳下岩坡，躍入金雀花叢裡。金雀花的尖刺扯掉他的毛，刮傷他的鼻子，痛得他眼淚直流。灰紋緊跟在後頭，火心聽見他也在臭罵那些植物，因為它們的刺扎疼他的耳朵。他們進入一個四周有屏障的空地，沙地上是幾十代以來的貓所留下的腳印。空地的另一端，聳立著一塊巨大的石頭，岩面早被風雨磨得無比光滑。

「這是他們的營地沒錯。」火心喃喃說。

「真不敢相信，碎星竟然能把風族趕出這麼堅固的堡壘！」灰紋邊說，邊用一隻腳掌搓揉著刮痛的鼻子。

「看來他們也奮力抵抗過。」火心說。滿目瘡痍的營地令他震驚：一撮撮貓毛四處飄飛，沙地上盡是乾掉的血跡，數不清的貓窩從洞裡被拖出來給扯得稀爛。還有，到處都有影族貓的味道，以及風族貓受驚嚇的氣味。

火心不禁打了個寒顫。「我們循著氣味離開這裡吧！」說完，他開始仔細地嗅聞空氣，跟著最強烈的氣味往前走。灰紋慢慢跟著他，兩人一起走進金雀花叢裡的一條狹溝。

「風族貓一定比我記憶中的還要瘦小！」灰紋咕噥著，跟著火心擠過狹溝。

火心瞥了他朋友一眼，覺得好笑。氣味變得明確了——是風族的沒錯，但混亂又刺鼻，似乎是許多嚇壞的貓所留下的。火心低頭一看，地上有乾掉的斑斑血跡。「我們走對方向了。」他心情沉重地說。兩個月的風雨仍洗刷不掉苦難的痕跡，火心可以想像風族被擊垮、倉皇逃離家園的景象。他懷著憤怒，與灰紋往前疾奔。

那股氣味領著他們走到高地的另一邊，他們停下來喘息。大地在他們眼前展開，一直延伸到兩腳獸的農場。更遠些，太陽開始落下之處，聳立著高聳岩的影子。

「不知道夜皮是不是已經到那裡了。」火心低聲說。神聖的月亮石就在高聳岩下的一條隧道裡，是四大貓族的族長等候星族託夢的地方。

「噢，我們可不想在那裡遇到他！」灰紋對著兩腳獸廣袤的土地揮動尾巴。「不要說跟影族族長對戰，光是躲避兩腳獸、大老鼠、惡犬等，就夠我們受的了！」

火心點頭。他想起上回與藍星和虎爪穿過這片土地時，幾乎命喪於一群大老鼠的圍攻，幸虧大麥——那隻獨行貓——出現，才救了他們一命。但即使如此，藍星仍失去了一條命。那個可怕的記憶如樹蟻般叮咬著他。

「你想我們會在那裡發現烏掌嗎？」灰紋說，他的寬臉轉過來看著火心。

「希望如此。」火心嚴肅地回答。他對烏掌的最後印象，是他尾巴上的白點漸行漸遠，然後消失在暴風雨中。雷族的這個見習生，到底有沒有安全抵達大麥的地盤？

兩名戰士開始跑下坡，細心地嗅聞每一塊草皮，深怕漏掉一絲風族的氣味。

「看來他們不是往高聳岩的方向走。」灰紋說。風族的氣味將他們引到一片寬闊的草坪上。他們緊貼著灌木牆，沿著它繞了周圍一圈，跟風族之前走的路線一樣。然後那股氣味帶領他們走出草地，穿過一小片樹林，來到兩腳獸通行的一條路上。

「瞧！」灰紋說，一堆灰白色的獵物骨頭四散在樹叢裡，荊棘下堆聚著一個個貓窩。

「風族一定想在這裡定居過。」火心驚訝地說。

「不知道是什麼原因逼他們離開這裡？」灰紋邊說邊嗅聞空氣，「氣味沒那麼重了。」

火心聳聳肩。兩隻貓繼續循著氣味來到密實的灌木叢，他們擠過去，從草坪邊緣出來。前面是一道水溝，灰紋靈巧地躍過去，落在一條堅硬的紅土路上。火心看看四周，發現遠處有個影子，他僵住了。「灰紋！停下來！」他嘶嘶叫。

「怎麼了？」

火心用鼻子指了一下。「你看那邊那個兩腳獸！我們一定離大麥住的地方不遠了。」

灰紋緊張地抽動耳朵。「就是那些惡犬出沒的地方！但風族的確是往那個方向走的，我們得加緊腳步，趕在日落前穿過兩腳獸的地盤。」

火心記得大麥告訴過他們，兩腳獸會在晚上放狗出來，而現在太陽已經往高聳岩起伏的山頭沉落了。他點頭。「也許是那些惡犬把風族趕出樹叢的。」他想起烏掌，不免焦急又激動。

「你想他找到大麥了嗎？」他問。

「誰？烏掌？為什麼會沒找到？我們一路陪他到這裡耶！」灰紋說，「別低估他。你記得虎爪派他去蛇岩的那次嗎？他可是帶了一條毒蛇回來呢！」

火心當然記得。灰紋說完便跳過紅土路往前跑，火心趕緊追上去，加快腳步跟上他的朋友。

一隻狗在兩腳獸的窩裡猛叫，但那狂吠聲很快就消失在他們後方。太陽下山後，氣溫下降得很快，草地上開始結霜。

「我們要繼續往前走嗎？」灰紋問，「如果那股氣味還是將我們帶往高聳岩，該怎麼辦？夜皮一定早就到那裡了。」

火心抬起鼻子嗅聞了一些羊齒的邊緣。風族的氣味，酸中帶著恐懼，刺激著他。「我們最好繼續走。」他說，「必要時再停下來。」

冷風帶來了另一股氣味：附近有一條轟雷路。灰紋抬起頭，他也聞到了。兩位戰士交換了沮喪的眼神，繼續前進。那股臭味愈來愈濃，直到他們聽見遠處傳來轟雷路怪獸的怒吼聲。寬闊的灰色道路前有一整排灌木叢；在抵達那裡前，幾乎聞不到風族的氣味。

灰紋停下來，四下張望，露出迷惑的眼神。但火心只聞得到恐懼的氣息。他爬過灌木叢旁的暗影，來到樹叢較稀疏的地方。「他們曾在這裡躲藏過。」火心說，想像著那些嚇壞的風族貓透過灌木叢瞪著轟雷路看的樣子。

「說不定那是大部分風族貓第一次看到轟雷路。」灰紋走近他時說。

火心驚訝地看著他的朋友。他從沒見過風族貓——他們被驅逐時，他才剛成為見習生。

「他們不用巡邏邊界嗎？」他疑惑地問。

「你看過他們的營地，荒涼又貧瘠，也不容易捕獲獵物。我猜他們從未想過其他族會跑去他們那裡打獵吧。畢竟，河族有他們的魚，而我們的森林也充滿獵物，所以沒有貓想要他們瘦巴巴的兔子。」

一隻怪獸從灌木叢的另一邊怒吼而過；夜色中，它的雙眼耀眼刺目。狂風透過濃密的樹葉掃動火心和灰紋身上的毛，兩隻貓忍不住瑟縮了一下。怒吼聲漸漸遠去了，他們小心翼翼地坐起，開始嗅聞灌木叢的根部。

「這下面好像有氣味。」火心擠進沿著轟雷路長的草叢裡，灰紋也跟在他後面擠過來。但氣味在灌木叢的另一頭忽然消失了。

「他們不是往回走，就是越過轟雷路。」火心說，「你先在這兒到處看看，我去對面找。」他盡量壓低聲音，但身體的疲累讓他感到絕望。都已經走這麼遠了，他們該不會把氣味給跟丟了吧？

第五章

火心等到四下無聲時，才爬到轟雷路旁。這條路在他面前延伸，又寬又臭，但很安靜。火心倏地跑出去；他感覺腳掌下的路又冷又平。他直奔到路另一邊的草叢時才敢停下。

空氣裡夾雜著轟雷路和怪獸刺鼻的氣味，火心索性直接往灌木叢走去。那裡仍然沒有風族的蹤跡；他的心沉了下來。

忽然，一隻怪獸轟隆隆跑過，火心嚇得跳到半空中，接著連滾帶爬地躲進灌木叢底下。他渾身發抖，驚慌失措，不曉得接下來該怎麼辦。

然後他聞到了：怪獸掀起的風裡飄來一絲氣息——風族來過這裡！

火心扯開喉嚨呼叫灰紋。不久，邊跑邊嚷嚷的灰紋便奔過轟雷路加入他。

「找到了嗎？」灰紋喘息著問。

「還不確定。可是我嗅到一點氣味，不確定是從哪個方向來的。」火心擠過灌木叢，灰紋緊跟在後。火心抬起鼻子往前面的草坪指了一下。「你知道那邊有什麼嗎？」

「不知道。」灰紋回答，「我不認為有部族貓走到這麼遠過。」

「除了風族。」火心難過地說。離轟雷路一段距離後，氣味忽然清晰起來。風族的確是往這個方向走。兩隻貓立刻開跑，直接越過草坪。

「火心！」灰紋警覺地叫喚。

「怎麼了？」

「你看！」

火心停下來，抬起頭。他看到前面有一條轟雷路蜿蜒到半空中，在怪獸雙眼的照射下，巨大的石基露了出來。另一條轟雷路則從下方穿過，消失在無邊的黑暗中。

灰紋朝一株高大的薊樹點了一下頭。「你聞這個！」

火心用力吸了一口氣：那是剛留下不久的風族記號！

「他們一定就住在附近的某個地方！」灰紋不可置信地說。

火心的胃竄過一陣興奮感。兩隻貓默默看了彼此一會兒；然後一言不發地往臭哄哄的轟雷路奔過去。

灰紋終於開口問：「風族為什麼會跑到這種地方？」

「我猜那是因為連碎星都不會追來這裡。」火心嚴肅地回答。然後他忽然停住，腦海裡冒出一個念頭。

灰紋也停下來了。「怎麼啦？」

「風族會躲到離轟雷路這麼近的地方，」火心慢慢地說，「表示他們寧願死也不願意被影族逮到。我們與其在夜裡摸黑出現，不如白天再來，比較容易取得他們的信任。」

「所以我們可以休息了？」灰紋問，一屁股坐下。

「只能休息到天亮。」火心說，「我們先找個地方躲起來，看看能不能睡一會兒。你餓嗎？」灰紋搖頭。「我也不餓。」火心說，「我很想吐，我不知道是那些藥草還是轟雷路的臭味在作怪。」

「我們要睡哪兒？」灰紋四處張望。

火心早就注意到前面地上有個陰影。「那是什麼？」

「洞穴？」灰紋有些疑惑，「太大了，不像是兔子洞。這裡當然也不可能有獾窩！」

「我們去看看。」火心建議。

那個洞比獾窩大，很平坦，圍了一圈石子。火心嗅了一下，然後把前掌放在洞緣，小心翼翼地探頭往裡面瞧。是一條往下通到地底的隧道。「好像有風在吹。」他說，聲音在暗影中飄盪。「那邊一定也有個出口。」他退一步，鼻子朝轟雷路交錯的遠處指了一下。

「是空的？」灰紋問道。

「聞起來是。」

「那麼走吧。」灰紋帶頭進入隧道，走了幾隻狐狸身長那麼遠後，斜坡變平了。

火心停下來，嗅聞潮濕的空氣；但除了轟雷路的煙味外，什麼也沒聞到。一聲怒吼從他們上方傳來；石頭地面震動起來，火心的腳掌也跟著顫抖。難道轟雷路就在他們「頭上」？他蓬開身上的毛以抵擋冷風，覺得灰紋的毛也蓬起了——捲起身體，準備睡覺。火心趴下來，緊貼著他的朋友。他閉上酸澀的眼睛，想著森林裡溫柔的微風和婆娑的樹葉聲。疲憊與想家的渴望短暫交戰後，他便沉沉睡去。

火心再度睜開眼睛時，隧道末端已經亮起了灰色的微光。就快破曉了吧。那又冷又硬的石頭地讓他全身骨頭酸痛。他推推灰紋。「天亮了嗎？」灰紋含糊地問。

「快啦！」火心答完，站起身。灰紋伸伸懶腰，也站了起來。

「我想我們應該往那邊走。」火心說，頭轉向較暗的那端。「我想這條隧道就在轟雷路底下，沿著這條路，也許可以——」他的聲音低了下來，不曉得該如何形容昨夜看到的那些盤結交錯的轟雷路。灰紋在一旁點頭。兩隻貓不發一語地往暗處走去。

走沒多久，火心就看見前面有光。他們加快腳步，奔上斜坡，衝進一個光亮的世界。

在他們眼前的是一塊乾枯、骯髒的草地，兩旁有轟雷路圍著，還有一條從他們頭頂越過。草地中央有個火堆，幾隻兩腳獸圍著火堆躺著，其中一隻伸了伸腰，翻過身去，另一隻在睡夢中憤怒地打呼。來自轟雷路的怒吼聲和臭味似乎吵不醒他們。

火心警覺地盯著他們，突然間全身都僵住了。他看見幾個黑影在火焰前跳來跳去。是貓！他們是風族貓嗎？火心看著火堆，看著那些貓，腦海裡不禁浮現他曾作過的夢，夢裡他聽到轟雷路在怒吼，看到火焰和貓，還有斑葉的呢喃：「只有火才能拯救我們。」

一股激動的情緒讓他的腳發軟。這是不是表示，雷族和風族的命運是緊緊相繫的？

「火心？火心！」

灰紋的叫聲將火心喚回現實；火心深吸了一口氣，讓自己鎮靜下來。

「我們必須找到高星，跟他談一談。」他說。

「你覺得他們是風族的貓？」灰紋問。

「你也聞到他們的記號了，不是他們還會是誰呢？」火心回答。

灰紋看著他，眼裡閃著勝利的光芒。「我們找到他們了！」

火心點頭。但他沒提醒灰紋，找到風族只完成一半的任務；他們還得說服風族，告訴他們可以安全回家。

灰紋弓起身，準備往前跳，「來吧！」

「等一等！」火心警告，「我們不能嚇到他們。」

這時，一隻兩腳獸忽然坐起來，對著那些髒兮兮、圍著火堆的貓咆哮。牠的喝斥聲驚醒了其他的兩腳獸，牠們紛紛坐起身子，一同粗聲吆喝、驅趕。

風族貓四下逃竄。火心和灰紋也忘了要謹慎，只顧著追風族的貓。他們朝火堆和兩腳獸直衝過去，身上的毛因為恐懼而豎立。火心身上的每一條神經都告訴他：遠離這裡，但他害怕失去風族的蹤跡。

一隻兩腳獸顫抖著爬起來，矗立在火心面前。火心緊急煞車，在地上揚起一陣塵土。有個東西在他身旁炸開，尖銳的碎片彈到他身上，幸好沒射穿他的厚毛。他往後瞄一眼，看灰紋在哪裡。見到灰紋緊跟在後，他雖然稍稍放下心，但剛才的驚嚇還是讓他雙眼圓睜，寒毛直豎。

他們竄進轟雷路底下的陰影裡。火心看到風族貓就在前面不遠處，在轟雷路的一根大石腳前停住，然後一隻跟著一隻消失到地底下。

「他們跑哪兒去？」灰紋詫異問。

「另一條隧道吧？」火心提議，「走吧，我們去找找看。」

兩個好朋友小心翼翼地走向風族貓消失的地方。靠近那裡時，他們看到地上有個洞。這裡跟他們昨晚休息的隧道一樣，入口處是圓的，鑲著一圈石子，往下斜入一片黑暗中。

火心走在前面，全身因為警覺而緊繃著。他腳下的地面濕濕黏黏的，四周迴響著滴滴答答的水聲。走著走著，隧道逐漸變得平坦，他豎起耳朵，微張著嘴。潮濕的空氣聞起來有腐臭味，似乎比他們昨晚睡的那個隧道還糟。在這裡，轟雷路的煙味中夾雜著風族貓散發出的恐懼氣息。

太暗了，什麼也看不見；走了幾步後，火心的頰鬚感覺到隧道轉了個彎。他搖了搖尾巴，用尾尖輕碰了灰紋一下。四周一片漆黑，他看不見他的朋友；但他的朋友一定接收到他的訊息了，因為灰紋已經停在火心身旁。然後兩隻貓一起在轉角處張望。

在他們前面，隧道被頂部一個洞所透進來的光給照亮了。火心看見許多貓擠在一起，有戰士、長老、貓后和小貓，他們全都瘦巴巴的。洞口不斷吹進寒風，讓這些貓身上稀薄的毛微微拂動。火心顫慄了一下，因為迎風而來的還有陣陣的腐肉味，以及病貓的臭味。

一隻怪獸跑過他們頭頂上的轟雷路，整個隧道忽然震動起來。原本就很緊張的火心和灰紋嚇得跳起來，但風族貓卻毫無反應，只是半閉著眼睛擠在一起，對周遭的一切充耳不聞。

聲音漸漸停了。火心深吸一口氣，走出轉角，進入微光中。

一隻灰色的風族公貓倏地轉過身，大聲地對其他貓提出警告，他身上的毛全都豎了起來。才一瞬間，風族戰士就排成一列，來護衛後面的貓后和長老，他們弓起背，兇猛地嘶吼著。

看到風族戰士露出閃亮的爪子和像刺一般的尖牙，火心很害怕。看來這些飢餓的貓就要展開攻擊了。

第六章

灰紋也走出來了，火心警告性地將身體壓向他。他們若想活命，就不能露出一絲恐懼。

風族戰士挺直身體，動也不動。**他們在等待族長的訊號！**火心明白，**他們雖然活得那麼艱苦，依然遵循戰士守則。**

一隻黑白相間的公貓從戰士後面威武地走出來。火心一愣：那是出現在他夢中的長尾貓！一定就是高星，風族的族長。

高星嗅著空氣，但火心和灰紋站在下風處，他們散發的氣味被一陣陣寒風給吹遠了。當那隻黑白貓走近他們時，火心聞到他身上有些許的腐食味。他和灰紋肅立不動，看著地面，任憑高星在他們四周繞圈子、仔細嗅聞他們的毛。

終於，高星回到風族戰士前。火心聽到他小聲地說：「是雷族。」戰士們的毛頓時放鬆下來，但仍排成一列，護衛後面的貓。

高星轉過頭面對訪客，他坐下來，小心地將尾巴捲起放在腳邊。「我以為是影族。」他沉著聲音說，眼中帶著敵意。「你們為什麼到這裡來？」

「我們來找你們。」火心說，覺得自己緊張得聲音都啞了。「藍星和其他族族長希望你們回去。」

風族族長的聲音聽起來仍有所警覺。「那塊土地對我們來說已經不安全了。」他說。

高星的眼神裡仍見得到受迫害的恐慌，這讓火心感到很難過。

「影族把碎星趕跑了。」火心說，「碎星已經不再是你們的威脅了。」

站在高星後面的戰士彼此交換了幾個眼神，所有的風族貓都很驚訝，開始竊竊私語。

「你們一定要趕緊回去。」火心催促道，「影族和河族已經開始在高地那邊獵食了。我們來這兒的路上就看見河族的巡邏隊在一個獾洞附近狩獵。」

高星氣得毛都豎了起來。

「但他們並不擅長抓兔子。」灰紋加了一句，「我想他們空著肚子回家。」

高星和他的戰士們發出滿足的呼嚕聲。他們的反應讓火心心中一振，不過他也看得出來他們現在都很虛弱，回家恐怕是一條漫長又辛苦的路。「我們可以跟你們一道走嗎？」他很客氣地提議。

高星的眼睛亮了一下；他明白火心很有技巧地提問，其實是想幫忙他們。他直視著火心。「可以。」他終於說出口了，「謝謝你們。」

火心想起他還沒跟對方介紹自己。「這是灰紋。」他說，點了一下頭。「我是火心。我們是雷族的戰士。」

「火心。」高星若有所思地念了一遍。陽光從頭頂上的洞直射進來，在暗淡的隧道裡將火心赤黃色的毛照得特別明亮。「這個名字很適合你。」

另一隻怪獸又從他們頭頂呼嘯而過，火心和灰紋本能地縮了一下。高星打趣地看著他們，並輕拂自己的尾巴。那顯然是個訊號，因為後面那列戰士全散開了。「我們立即動身。」他站起來宣布。

「大家是不是都可以上路？」高星問，幾位戰士在貓后和長老之間走動查看。

「除了晨花的小貓例外。」一隻有棕色斑點的戰士回報，「他太小了。」

「那麼我們就輪流帶他。」高星回答。

風族貓慢慢地向前推進，眼裡全是痛苦和疲憊。一隻玳瑁貓后輕輕咬著一隻小貓的頸背；那隻小東西的眼睛還沒全開。

「準備好了嗎？」高星高聲問道。

一隻前掌扭曲的黑色公貓看了看四周，替眾貓回答道：「準備好了！」

火心和灰紋轉頭往隧道出口走去，然後等在洞邊。風族貓一到洞外看到陽光，便不斷地眨眼。有些長老抬起頭，瞇著眼注視微弱的太陽，眼睛眨個不停。火心猜他們一定很久沒出隧道了。高星最後走出來，然後走到最前面。

「我們可不可以帶你們走我們剛剛來這裡時走的路？」火心問，「我相信那是條捷徑。」

「安全嗎？」高星問。火心在那族長的眼裡再度看到受迫害的神情。

「我們來的時候沒遇到什麼困難。」灰紋說。

高星用力搖尾巴，好像想把所有的疑惑都趕走。「好！」他大聲地說，「你跟著我，灰紋，由你帶路。火心，你走在風族貓旁邊。碰到任何麻煩，就通知我的副族長。」

「副族長是誰？」火心問。

高星朝黑公貓點了一下頭。「死足。」他說。

那位戰士聽見自己的名字，趕緊轉過頭來，豎起耳朵。

火心跟他點頭致意，便離開高星及灰紋，去找其他的貓。

當風族貓走在拱起的轟雷路下方時，火心仍聞得到火焰味，但進入草坪時卻不見任何兩腳獸。灰紋直接走向他和火心前晚過夜的隧道，高星最先進去，火心殿後。現在所有的貓都進入隧道了，只剩死足。

「你確定那條隧道的另一端有出口？」那隻黑貓很謹慎地問。

「它穿過轟雷路下方。難道你們都沒走過那條隧道？」火心驚訝地問。

「我們的戰士在穿過轟雷路時，一向喜歡走看得見的路。」死足吼道。火心點頭。副族長繼續說：「你先進去。」

於是火心走進那個黑洞。

走出隧道時，火心發現風族貓全都望著通往最後那條轟雷路的草地。火心也看見高星和灰紋在商量事情，之後所有的貓朝那一大片結霜的草地走去。火心和一群貓走在一側，死足則跛著腳和其他貓走在另一側。

還沒走到一半，許多貓顯然已經筋疲力竭了。「高星！」死足大聲喊道，「我們得走慢一點！」

火心回頭一看，發現一些貓愈走愈慢，落後不少，晨花就是其中之一，她口中叼的小貓在空中晃來晃去；火心連忙跑向她。她喘得很厲害，顯然剛生產完不久。

「我來帶他吧。」火心說，「妳先喘口氣。」

晨花機警地看著火心，當雙方眼光交會時，她的眼神變得柔和。她放下小貓；火心輕輕啣起小貓，走在她旁邊，讓這個貓媽媽可以隨時看見她的小寶貝。

高星放慢腳步，但也只是放慢一點而已。他雖然很疲憊，毛下的肋骨一根根清晰可見，卻燃燒著隨時可放腳快奔的精力。

火心能理解他為什麼這麼迫不及待。太陽漸漸升上地平線，而這些風族貓病的病，老的老，而且全都因為飢餓而虛弱不堪。他們若想在不損失任何成員的前提下通過轟雷路，非得加緊腳步不可，不然怪獸就會蜂擁而上。

在火心和晨花抵達籬笆前，所有的風族貓已經等在他們族長四周了。

「我們要過轟雷路了。」高星大聲宣布，音量大到蓋過一隻怪獸的呼嘯聲。說完他便從樹籬下擠過去；死足、灰紋，以及一名年輕的戰士也跟著他擠過去。

晨花靠向火心，接回她的小貓，因為她已經沒那麼喘了。她接過孩子，感激地用臉頰輕輕摩挲火心的臉。火心跟她點頭，也跟灰紋擠過樹籬。

高星和死足坐在路旁，不發一語地瞪著那條寬闊的灰色道路。灰紋站在旁邊，朝一位年輕的戰士揮了一下尾巴。「這是一鬚。」他告訴火心。

這時一隻怪獸急奔而過，噪音幾乎淹沒了灰紋的話，揚起一陣撲面的塵土。

透過潮濕的眼，火心跟一鬚打過了招呼，便轉頭去觀察轟雷路。「風族應該分成幾組分批過去。」他說，「灰紋和我會護送任何需要幫忙的貓。」他看著族長。「如果你贊同的話，高星。」他加了一句。

高星點頭。「最強壯的那組先走。」他說。

其他的貓紛紛來到樹籬下；不久，所有的風族貓都到齊了。他們擠靠在尖利的樹枝旁，盡可能地遠離轟雷路。

火心和灰紋走到路旁，在成排的怪獸間尋找可以穿越的空檔。現在的轟雷路，比昨晚他們越過時忙碌多了。

一鬚率領第一組過來。

「你要我們陪你們過去嗎？」火心問，他嗅到那隻年輕公貓的恐懼。那隻棕色虎斑貓搖搖頭。幾隻貓在路旁安靜地往左右張望了一下，然後衝過去，安全抵達對面。

接下來是兩位戰士陪著兩名長老。「準備！」一隻怪獸奔馳過後，火心大聲下令。

四隻貓走上空無怪獸的轟雷路。這兩名長老的腳掌早因為在潮濕的隧道走太久而脫皮，因此在過轟雷路時，都不太敢向前邁進。火心氣喘吁吁地推著他們往對面走，快抵達時，一隻怪獸朝他們飛奔過來。

「小心！」灰紋大叫。長老緊張得豎起毛往前一跳，搶在怪獸前越過轟雷路，滾落到對面的草地上。

另外較大型的兩組也過了轟雷路，只剩下最後一組：高星和死足要在全族安全通過轟雷路後才動身。

晨花叼著她的小貓走到火心旁邊，三隻老邁的貓在她身後顫抖。

「我們會陪你們過去。」火心說。他看看灰紋，灰紋點點頭。「可以過去了就告訴我們，灰紋。」火心靠近晨花，想把小貓接過來，但晨花退後一步，耳朵垂了下來。火心凝視著她琥珀色的眼睛，接收到她的恐懼，他明白她的意思：她要和她的孩子在一起。

「準備！」聽到灰紋一叫，火心和晨花一起走上轟雷路。三位長老也在灰紋的護航下爬上來。那幾隻老貓以僵硬、布滿戰疤的腳蹣跚前進，時間彷彿停止了。**如果怪獸在這時出現，我們就全死定了**，火心想。他們離另外一邊還有幾次兔子跳那麼遠的距離。

「加油！」灰紋大聲鼓勵。其實長老們也想走快一點，但有位長老跌了一跤，灰紋必須用鼻子扶他起來。

火心聽到遠處傳來怪獸的怒吼聲。「繼續往前！」他對晨花嘶叫，「我們去帶長老過來。」

晨花踉蹌前進；一路上小貓因為不斷撞到堅硬的路面而哭叫著。火心和灰紋用力頂起長老骨瘦如柴的身軀，推著他們前進。怪獸疾奔的怒吼聲愈來愈大了。

火心咬著最靠近他的一位長老的頸背，將他往前拖，再轉頭去拉已經很靠近路邊的另一位長老。怪獸衝過來了，火心閉起眼睛，全身緊繃。他聽到緊急停止的聲音，接著一股刺鼻的臭味竄進他的喉嚨，然後是怪獸漸行漸遠的吼聲。灰紋趴在轟雷路的中央，毫髮未傷，但雙眼瞪得又大又圓像滿月似的。一位長老縮在他們中間；另外兩隻在接近路邊的地方發抖。那隻怪獸避開他們，靠向路的一邊，跑走了。

感謝星族保佑！他們逃過一劫。

火心深吸了一口氣，忍不住打了個寒顫。「加油！」他對最後一位長老說，「就要到了！」

高星和死足一起衝過轟雷路，然後在路邊把他那些嚇得半死的族貓集合起來。一鬚用鼻子碰碰火心的。「你幾乎為我們丟掉性命。」他喃喃地說，「風族絕不會忘記這份恩情。」

高星的聲音在他們背後響起。「一鬚說得對，兩位戰士的名字將永遠留在風族的歷史上。」然後他轉頭對族貓說：「大家必須繼續前進，我們還有很長的路要走。」

就在大家準備動身時，火心走到晨花身旁；她正忙著舔理小貓的毛。

「他還好嗎？」火心問。

「嗯，還好。」晨花回答。

「妳自己呢？」火心接著問。

晨花沒有回答。

火心轉向一隻灰色的貓后，她回答了他還沒開口的問題。「別擔心，」她說，「換我來帶小貓。」

他們沿著轟雷路旁的樹籬走，然後轉進穿過森林的路。雖然那裡的氣味讓風族貓感覺舒服多了，但長途跋涉已耗掉他們不少的體力，大夥兒也愈走愈慢。好不容易，大家終於抵達樹籬的盡頭。協助最後一隻貓過轟雷路時，火心已經筋疲力盡了。

當火心遠遠看到兩腳獸的地盤時，太陽已經過了最高點。他抱著一線希望嗅著空氣，仍聞不到烏掌的氣味。火心覺得很難過，但他努力克制自己，不去懊悔把朋友單獨送到這裡的決定。

現在高聳岩的上方堆起了厚厚的雲層，烏雲遮住太陽，大地整個暗下來。一股冷風吹亂了他們的毛，也帶來了第一場雨。

火心看著風族貓，心想要他們在又濕又黑的夜裡跋涉，實在是不可能的事。還有，他自己也累壞了；自從吃了黃牙的藥草後，他第一次開始有飢餓的感覺。他瞄了灰紋一眼，知道他的朋友也有相同的感受。這隻巨大的灰毛戰士尾巴垂了下來，耳朵也在大雨的澆淋下變扁了。

「高星！」火心叫道，「也許我們該停下，找個地方過夜。」

風族族長停下腳步，等火心趕上來。「我贊同。」他說，「這裡有個大水溝；我們可以在裡面避雨，等到天亮再走。」

灰紋和火心交換了一下眼神。「也許我們躲在樹籬下會安全一點。」火心提議，「這些水溝裡有大老鼠。」

高星點頭。「好吧。」他轉向他的族貓，對大夥兒宣布他們要在這裡過夜。貓后和長老立即啪地趴下，無視於周遭的雨勢，而戰士和見習生則聚集在一處商討狩獵事宜。

火心和灰紋加入他們的討論。「我不知道這附近的獵物多不多。」火心說，「這裡有太多兩腳獸了。」

灰紋的肚子咕嚕咕嚕地叫，彷彿在附和他的話。其他戰士轉向他，露出又好笑又同情的神情。忽然他們後面的草叢傳出窸窣聲，大夥兒都愣住了。風族貓豎起毛、弓起背，露出爪子，但火心和灰紋卻開心地轉過頭去，原來風裡帶有一股跟他們的窩同樣熟悉的氣味。

「烏掌！」看到一隻優雅的黑貓從長草裡現身，火心驚喜地叫了起來。

火心跑向他的老朋友，用鼻子摩挲他。「感謝星族保佑你平安無事！」他退後一步，好奇地打量烏掌。過去那隻纖瘦、驚懼的黑色見習生到底遭遇了什麼事？眼前這隻黑貓不但壯碩優雅，而且原本暗淡的毛色現在竟像冬青葉那般亮麗、防水。

「火掌！」烏掌也開心地大叫。

「是火心啦！」灰紋糾正他，走上前與那隻黑貓碰鼻子。「我們現在是戰士了！我是灰紋。」

「你們認識這隻貓嗎？」死足吼著。

他聲音裡的敵意讓火心畏怯。看著這隻寒毛豎起的風族貓，火心默默責備自己不該那麼大聲叫出烏掌的名字。他只希望高星的戰士們沒注意到。如果風族在大集會時提到這件事，那麼消息恐怕會傳開。大家可都以為烏掌死了！

「他是獨行貓嗎？」一鬚問。

「他可以幫我們找食物。」火心馬上回答，往烏掌瞄了一眼。那隻黑貓點點頭。「我知道附近所有地方可以打獵！」他說。當著這麼多隻不友善的眼睛，他卻連一根毛都沒豎直。**他實在變太多了！**火心想。

「獨行貓幹嘛要幫我們？」死足提出質問。

「獨行貓以前就幫過我們，」灰紋告訴他，「我們曾經在這附近遭遇大老鼠的攻擊，多虧一隻獨行貓相救。」

烏掌走上前，很有禮貌地鞠了個躬，對風族戰士說：「我很願意幫助你們！火心和灰紋救過我一命；他們既然跟你們在一起，那麼你們也就是我的朋友了。」他抬起雙眼，看著風族貓。他們也回盯他，但眼神已是疲倦多過敵意了。雨愈下愈大，他們的毛又濕又髒，讓他們看起來更加瘦弱。

「我去找大麥。」烏掌說，「他也會來幫忙。」說完便轉身消失在長草間。

高星的眼神滿是好奇，但他只是問火心：「我們能信賴他嗎？」

火心看著高星炯炯有神的眼睛，說：「百分之百可以！」

高星對他的戰士們點頭。於是他們安心地放鬆肩膀上的毛，坐了下來。

烏掌再度出現時，火心幾乎全身都濕透了。這次大麥也來了。火心很友善地對那隻有著黑白花紋的獨行貓打招呼；他很高興能再看到大麥。

大麥看了這些濕淋淋的貓一眼，說：「我得幫你們找個地方躲雨。」

火心馬上跳向前，高興得伸展僵硬的四肢。灰紋跟在他後面，但風族貓遲疑著，眼神中充滿恐懼和懷疑。

高星對他的族貓眨眼。「我們要信任他。」他喊著，然後轉身跟著大麥。風族貓趕緊一個接一個地跟在他們族長後面。

大麥和烏掌帶領他們穿過樹籬，進入另一片草原。在長草蔓生的角落裡，荊棘和蕁麻叢中，矗立著一棟兩腳獸的破屋。牆上的許多石頭都掉了，露出一個個洞來，屋頂也只剩半片。

風族貓恐懼地瞪視著屋子。「你們別想把我弄進那裡！」一位長老叨唸著。

「兩腳獸早就不來這裡了。」大麥向他們保證。

「這裡好歹可以遮風擋雨。」火心催促道。

一隻見習生貓故意大聲地說：「他喜歡躲在兩腳獸的屋子裡，我可是一點都不驚訝——一日為寵物貓，終生為寵物貓。」

火心豎起毛；他已經好幾個月沒聽過這樣的侮辱了。但寵物貓加入部族，在大集會時一定是大家津津樂道的故事；風族貓當然也會聽說。他倏地轉身，瞪著那隻見習生貓。「你已經在兩腳獸的隧道裡住了兩個月，你有因此變成一隻大老鼠嗎？」

見習生貓站起來，豎起他的毛，灰紋趕緊過來打圓場。「別這樣！我們在這裡站得愈久，只會淋得愈濕而已。」

高星說：「住這間兩腳獸的爛屋子有什麼關係，過去幾個月來，我們所面對的環境比這兒還要差。在這裡過一夜也無妨。」

風族貓緊張地彼此交頭接耳，顯然很不樂意。但晨花看了火心一眼，二話不說便叼起她的小貓走進屋裡。灰色貓后跟在她後面，將自己的小寶貝往前推。其他貓跟上前去，直到所有的貓都進了屋裡。

火心看著黑幽幽的室內，地上除了從磚縫裡冒出的幾叢草外，幾乎光禿禿的。風雨從屋頂的破洞和牆上的缺口吹進來，但比起屋外的任何地方，這裡起碼乾爽多了。他看風族貓謹慎地四處嗅聞，最後紛紛在離牆洞或隙縫較遠的地方安頓下來。他轉頭看了看灰紋，放心不少。現在只剩高星和死足還站著。

「食物怎麼辦？」死足問。

大麥開口了。「你們都應該休息。」他說，「烏——」他還沒說完烏掌的全名，火心就打斷他。「你們兩位為什麼不告訴我和灰紋，這附近哪裡獵物最多？」

「死足和一鬚也跟你們去。」高星說。火心不確定風族族長是還不完全信任這兩個外來者，還是決心證明他們其實也可以照顧自己。

於是這六隻貓又回到雨中。雖然在雨中獵食困難度增高，但火心餓死了，飢餓總是讓他更能發揮狩獵的本事。今晚，田鼠和老鼠都別想有活命的機會！「趕快告訴我獵物在哪裡！」他對大麥和烏掌說。

這兩隻識途老貓帶著他們進入一小片林地。火心深深吸了一口那股熟悉的氣味，然後弓起背，摸進羊齒叢裡。

當這群狩獵隊伍回到破屋時，每一張貓嘴都啣滿了新鮮的獵物。那一晚，風族貓與他們的新盟友共享了一頓大餐。從老到幼，每隻貓都填飽了肚子，大夥兒縮著身體靠在一起，清理彼此的毛，任憑外面的風雨吹打著破牆斷瓦。

天完全黑了，大麥起身告辭。「我要走啦！還要去抓大老鼠呢！」

火心也站起來，用鼻子碰了碰那隻獨行貓的鼻子。「再次謝謝你！」他咕嚕道，「這是你第二次幫我們忙。」

「謝謝你們把烏掌送到我這裡來。」大麥回答，「他已經快變成獵鼠高手啦。能偶爾跟好朋友分享一頓大餐，感覺蠻好的。」

「他在這裡快樂嗎？」火心問。

「你自己問他吧。」大麥說。然後轉身，一溜煙消失在暗夜中。

火心走向高星；他正在清理爪子。火心注意到他們身體浮腫疼痛。「今晚我們會輪流替你們守夜，如果你同意的話。」他提議，頭朝灰紋以及烏掌點了一下。

高星抬起頭，滿懷感激地看著他，眼裡盡是疲憊。「謝謝你。」他說。火心對他客氣地眨了眨眼，然後走去通知灰紋和烏掌。

火心對高星的提議是認真的，除了幫助風族，還可以單獨和他的兩個朋友待在一起。他很希望把烏掌帶到沒有風族貓的地方，這樣才能好好問他這一陣子都在做什麼。他出聲一叫，灰紋和烏掌就馬上跳到他旁邊。

火心把他們帶到破屋的一角，既離入口不遠，可以守夜，又離其他貓有一段距離，可以聊一聊私事。

「我們走後，發生了什麼事？」等三個朋友坐定後，火心開口問。

「照你建議的，我直接穿過風族的營地往前走。」

「那兩腳獸的狗呢？」灰紋插嘴問道，「牠們有被放出來嗎？」

「有，不過要避開牠們易如反掌。」烏掌說。

火心對他的朋友能輕易打發大狗，感到驚訝。「易如反掌？」他問。

「我大老遠就聞到牠們的氣味。我等到天亮、牠們被綁起來後才行動，沒多久就找到大麥了。他對我很好，我想他喜歡我跟他作伴。」烏掌的語氣忽然變得有點悶，「比虎爪喜歡我多了。」他諷刺地說，「你跟他怎麼說？」

火心看到烏掌提到他以前的導師時，眼裡仍有受迫害的神情。「我們說你被影族的巡邏隊殺死了。」他淡淡地說。這時，兩隻風族貓走過來，火心抽動一下耳朵，提醒他的朋友。

「噢，是啊！」烏掌提高聲音，「我們獨行貓只要抓到部族貓的見習生，就把他們給吃了。」

兩個風族見習生不屑地瞪了他一眼。「你嚇不了我們的。」他們嗆回去。

「是嗎？」烏掌哼道，「反正你們的肉又老又硬，一定很難吃。」

「你們怎麼會跟一隻獨行貓這麼要好呢？」其中一隻見習生貓問。

「聰明的戰士不管走到哪裡，都能交到好朋友。」火心回答，「若不是這隻獨行貓，我們一定還在飢寒交迫中，而不是像現在這樣既能飽餐一頓，又能乾爽地過夜！」他瞇起雙眼警告他們，兩隻見習生貓見沒戲唱了，悄悄地走開。

「所以雷族認為我已經死了。」風族貓走遠後，烏掌說。他低頭看著自己的腳掌。「也許這樣最好。」他抬起頭來看著火心和灰紋，「很高興能再看到你們。」他感性地說。火心興奮地發出呼嚕聲，灰紋則用前掌熱情地拍著他的朋友。「你們看起來都累壞了，」烏掌繼續說，「好好睡一下吧。今晚我來守夜，反正我明天可以休息。」他站起來，溫柔地舔舔兩位老朋友的頭，然後走到破屋門口坐下，瞪著外面下個不停的雨。

火心看著灰紋。「你累不累？」

「筋疲力盡。」灰紋承認。這位灰毛戰士把頭靠在腳掌上，閉起眼睛。

火心看了獨自坐在門口的烏掌最後一眼。現在，他明白幫忙烏掌逃離雷族是正確的決定。也許藍星說得對，烏掌離開雷族其實比較好。「每隻貓都有自己的路要走。」他想。烏掌過得很快樂，那才是最重要的。

火心醒來時，烏掌已經走了。天早亮了，灰色的烏雲漸漸散去，在玫瑰色朝陽的渲染下，它們看起來就像飄過池塘的花朵，火心從屋頂的破洞瞪視那些雲彩。風族貓也醒了，吃著昨夜剩下的獵物。

一隻短尾的棕色公貓加入火心，跟他一起抬頭看著天上飄過的雲。忽然那隻公貓的喉嚨裡爆出一聲奇怪的低吼，嚇了火心一跳。其他的風族貓聽到那聲低吼，紛紛圍攏過來，焦慮地交頭接耳。

「什麼事，吠臉？」晨花問，「星族跟你說話了？」火心猜那隻公貓是風族的巫醫。吠臉的毛全豎起來了，本能地繃緊全身。

「那些雲沾滿了血！」吠臉粗聲粗氣地說，雙眼圓睜，露出奇怪的眼神。「那是祖先給我們的預兆。麻煩來了：今天會有不必要的死亡事件發生！」

第七章

好一陣子，所有的貓都沒移動，也都沒說話。最後死足才低吼道：「各族都看得見那些雲。我們不能確定那個訊息是給我們的。」

風族貓全都抱著希望喵了起來。高星看了大家一眼，鎮靜地說：「無論星族為我們做了什麼計畫，我們今天都要回到家。我聞得到空氣中仍有很多水氣。我們該動身了。」聽到族長務實的命令，火心鬆了一口氣。面對不祥的預兆，他們絕不能亂了方寸。

高星帶領他們走入早晨冷冽的空氣中。火心和灰紋跟在後面。風族族長說得對，風裡的水氣很重，顯然很快又要下雨了。

「要不要由我們先去前面探路？」火心提議。

「好啊，麻煩你們了。」高星回答，「你們如果看到狗、老鼠或兩腳獸，就趕快通知我。雖然我的族貓們現在已經強壯多了，但離開時，我們曾吃過那些狗的苦頭，所以還是謹慎一點的好。」火心看得出族長眼裡有極深的憂慮，吠臉發出警告時，他對大家的安慰其實只是信心喊話。風族貓或許變得強壯多了，但要擊退敵人恐怕仍是個問題。

火心和灰紋快奔到前方探路。他們輪流跑回來跟風族隊伍報告前面安全無虞，或是有兩腳獸帶著狗走過等等。風族貓默默地服從他們族長的指示；雖然經過一夜好眠，他們的步伐仍然沉重緩慢。

太陽高升後，烏雲再度聚集，開始下起雨來。坡地愈來愈陡，火心鑽過一排樹籬後，認出了那條連接兩腳獸地盤和風族貓狩獵場的紅土路。他感到振奮，帶著勝利的喜悅轉頭看著灰紋。**就要到了！**

樹籬後面傳來笨重的腳步聲。火心倏地回頭，奔回草原。風族貓已經跟上來了。火心忽然出現，把走在最前面的死足嚇了一跳。

「往這裡。」火心邊說，邊指向滴著水的枝葉間的一條縫。他很想看看風族貓在樹籬那邊見到那條上坡路時，臉上會有什麼表情。在死足的帶領下，大夥兒排成一列魚貫而過。

火心緊跟在最後一隻貓後面，而死足和兩名戰士已經跳過大溝，穿過紅土路，擠入另一邊濃密的樹籬。他們加快腳步快——顯然他們已經知道自己在哪兒了。火心追上去，跟著他們穿過樹籬，躍到通往高地和風族家園的陡坡上。

在陡坡前，死足和兩名戰士停下來等其他的貓。大雨滂沱而下，他們閉上雙眼，但頭抬得高高的。火心看到他們用力地呼吸來自高地的熟悉氣息，胸口興奮地起伏。

火心轉身跑回隊伍去找晨花。他看到她走在一隻虎斑戰士旁邊；那隻虎斑貓嘴裡叼著她的小貓。每走幾步路，晨花就探頭嗅嗅她的小寶貝。不用多久，她就可以把小貓安頓在風族的育兒室裡了。

火心放慢腳步，等候在隊伍裡殿後的灰紋。他們開心地互看著，但沒說話；兩個都沉浸在風族貓就要回到家的興奮之情裡。連風族長老都加快腳步，他們把身體放低，在大雨裡瞇起眼睛。全員到齊以後，死足站起身，現在由高星正式帶隊。高星毫不遲疑地爬上一條穿越粗草和石楠的羊腸小徑。

當風族貓快到坡頂時，幾名戰士又開始往前衝。他們抵達坡頂了，風雨交加的天空襯托出他們驕傲的身影，狂風吹亂了他們的毛。前面展開的，就是他們世代相傳的狩獵場。忽然兩名見習生跑過火心身旁，竄進他熟悉的石楠叢裡。

高星愣住了。「等等！」他大吼，「這裡可能有別族派來的狩獵隊！」

一聽到族長的話，那兩名見習生倏地煞住腳步，慢慢走回隊伍裡，但眼裡仍閃爍著興奮的光采。火心站在石嶺上，觀察著延伸進風族營地的那條大溝。晨花呼嚕一聲，開心地從幫她照顧小貓的那隻虎斑貓嘴裡接回孩子，往洞口跑去。高星揮了一下尾巴，三名戰士立即趕過去保護她，四隻貓一起翻過溝緣，進入營地。

當大夥兒擠進遮蔽營地的樹叢後，高星停下。他轉向火心和灰紋，眼神閃閃發亮。「風族很感激你們的幫忙。」他說，「兩位的義行證明了你們是值得星族讚美的戰士。風族已經平安返抵家園，現在你們可以放心地回家了。」

火心有一股失落感。他希望能親眼看到晨花和她的小貓安頓在育兒室裡。但高星說得對，他們不需要再留在這裡了。

高星又開口：「這附近可能有敵人的狩獵隊。死足和一鬚會護送你們到四喬木。」

火心有禮貌地點了點頭。「謝謝你，高星。」

高星叫來他的戰士，對他們下達命令，然後疲憊的雙眼再度轉向火心。「你們對風族恩重如山。請轉告藍星，風族絕不會忘記雷族帶他們回家的恩情。」

死足開始往四喬木的方向走去，一鬚陪著火心和灰紋走在後面，在穿過一片濃密的金雀花叢時，他們緊緊靠在一起。

一鬚忽然站住了，鼻子嗅聞著空氣。「兔子！」他開心地大叫一聲，然後鑽進金雀花叢裡。死足也停下腳步，等著。火心看到那位副族長的眼珠閃了一下。遠處傳來腳步聲，接著是金雀花叢的窸窣聲，然後是一片寂靜。

不久，一鬚回來了，嘴裡叼著一隻大兔子，邊走邊晃。

灰紋靠向火心。「比影族的戰士厲害多了，對吧？」

火心贊同地發出呼嚕聲。

一鬚把新鮮的獵物放在地上。「誰餓了？」

大夥兒感激地吃著兔子。吃飽後，火心坐起來，舔著嘴唇。飽餐一頓讓他覺得精神好多了，但一股又冷又累的感覺開始囓咬他的骨頭，到後來連腳掌也酸痛起來。他們如果要經過四喬木，循原路回去，可還有好長一段路要走呢。要是抄捷徑，穿過河族的狩獵場呢？畢竟，他們是在執行所有貓族同意的任務，難道河族真的會反對他們穿過自己的營地嗎？他們又不是要去偷獵！

火心看著他的夥伴，試探性地說：「我們若沿著河邊走，速度會快些！」

正在清理爪子的灰紋抬起頭來。「但那表示我們必須穿越河族的領土。」

「我們可以沿著山脊走。」火心解釋，「河族不會在那裡狩獵，那裡太陡，下河實在太危險了。」

灰紋輕輕地把一隻濕淋淋的爪子放到地上。「我的爪子也酸痛起來了。」他小聲說道，「我也想抄捷徑。」一雙抱著希望的黃色眼睛望向風族的副族長。

死足思索著。「高星命令我們送你們到四喬木。」他說。

「你如果不想陪我們走，我們可以理解。」火心迅速回答，「我們很快就能穿過河族的領土了，應該不會遇到什麼麻煩。」

灰紋點頭，但死足搖頭。「我們不能讓你們單獨進入河族的領土。」他說，「你們已經累壞了；如果遇到麻煩，一定應付不了。」

「我們不會遇見誰的！」火心已經說服自己，也想說服死足。

死足用充滿長者智慧的雙眼凝視著火心。「我們如果走那條路，」他認真地說，「也可以順便讓河族知道風族已經回來了。」

火心理解地豎起耳朵。「而且只要他們一聞到風族清新的氣味，可能就不會再那麼想去你們的地盤獵兔子了。」

一鬚舔掉嘴唇上最後一絲食物的痕跡，說：「那表示月亮上升以前，我們就可以回到家囉！」

「你只想著如何在洞裡弄個好窩！」死足反駁。他的語氣很嚴厲，但眼裡卻透露出一絲和藹的光。

「那麼我們要經過河族的地盤了？」火心問。

「是的。」死足堅定地說。他改變方向，率領三隻貓沿著一條舊有的獵道離開荒涼的高原。他們很快就進入河族的領土。雖然有狂風暴雨，火心仍聽得見前頭某個地方傳來河水沖擊崖壁的怒吼聲。

四隻貓往水聲的方向走去。路愈來愈窄，最後只剩下深谷邊緣一道狹窄的草徑。路的這邊通往石坡，既陡且峭；另一邊則是通往直直垂落的山谷。火心看深谷的另一邊，大約只有幾隻狐狸身長那麼遠而已。那寬度令人有跳過去的衝動，火心不知道自己能不能跳得過去，他要不是又累又餓，或許可以……想到可能摔下去，他的爪子害怕地抽了一下，卻仍忍不住伸出頭去探視那座深谷。被他踩到的土直接往下滑落。山壁突出的小岩塊旁，長著一撮撮的羊齒，葉子閃閃發亮，但那不是雨淋的結果，而是溪谷裡高漲的水流噴濺上來的水花。

火心退回來，背脊上的毛因為恐懼而豎起。死足、一鬚和灰紋在他前面低著頭，一步一腳印地往前走。他們得沿著這條路，一直走到雷族領土前的那座森林。

火心趕上前時跌了一跤。死足的耳朵警覺地豎起，下垂的尾巴幾乎拖在地上。一鬚顯然也很緊張；他不斷往斜坡上瞪視，彷彿聽到什麼聲音似的。火心什麼也沒聽到，除了溪水的怒吼聲外；他焦慮地往後瞧，眼睛到處搜尋。風族貓的過度警覺令他不安。

斜坡終於漸漸平坦了，讓他們可以離懸崖稍微遠一點。大雨仍然撲面而來，灰暗的天空告訴火心太陽就要下山了。但森林不遠了，那裡會有比較多可以蔽風遮雨的地方。想到食物和乾爽的窩，火心又打起精神來。

忽然間死足的喉嚨爆出一聲警告的低吼。火心停住腳步，舔了一下空氣：是河族的狩獵隊！後面傳來窸窣聲，他們倏地轉身，看見六名河族戰士正對著他們衝殺過來。火心嚇得寒毛根根倒立，而溪水暴漲的溪谷還近在咫尺。

一隻深棕毛的河族戰士從他上方跳下來，壓住他。火心滾離懸崖邊，後腿猛力地踢。他覺得肩膀被尖利的牙齒咬住了，死命地在濕淋淋的地上掙扎，想從那名河族戰士的重壓下脫身。河族戰士用爪子扒抓火心的肚子，火心痛得扭身緊咬住他的毛皮，戰士發出怒吼，更加凶猛地扒抓火心的肚子。「這將是你最後一次侵入河族的地盤！」那隻棕色公貓嘶叫著。

火心注意到同伴們也在一旁奮戰。他知道他們跟他一樣，因為長時間奔波而疲憊不堪。他聽到灰紋凶猛的咆哮聲，以及一鬚痛苦暴躁的嘶吼。突然，從他們身後的森林裡傳來另一個聲音。那聲音充滿憤怒——但卻給火心帶來一線希望。是虎爪上戰場前的吶喊！火心聞到雷族巡邏隊快速到來的作戰氣息——隊員包括：虎爪、柳皮、白風暴和沙掌。

雷族貓跳進戰場，一面怒吼一面吐著口水。棕色公貓放開火心，火心迅速掙扎著起身。他看見虎爪將一隻灰色虎斑貓釘在地上，警告性地咬了咬他的後腿。那隻公貓哀叫著逃進樹叢裡。虎爪刷地轉過身來，淡色的眼珠緊盯著豹毛。這隻全身斑點的河族副族長正在跟死足搏鬥，而那隻跛足戰士顯然不是她的對手。火心準備跳過去幫忙，但虎爪搶先一步，這位黑戰士衝向前，攫住豹毛寬闊的肩膀，然後暴吼一聲，將她從瘦弱的風族副族長身上拉開。

火心聽到後面傳來可怕的尖叫聲。他轉過身，看到沙掌與另一隻河族母貓正打得難分難解。兩隻貓在草地上滾來滾去，凶猛地彼此撕扯、呼嚕。火心嚇得瞠目結舌：她們正往溪谷滾去！再滾一圈，就要翻過懸崖了。

火心往前跳，用力一揮，將那隻河族戰士掃離了懸崖邊。但沙掌往另一邊退，眼看就要掉下去。火心衝向前，用牙齒咬住她的頸背，將她拖上來。沙掌憤怒地尖叫，爪子在泥地上刮著。火心放開她，她立刻站起來，眼裡燃燒著怒火，對火心咆哮：「我自己可以打贏這一仗的，不需要你幫忙！」

火心想解釋，但一個可怕的哀號聲讓他們轉過頭去。灰紋靠在懸崖邊上，身體伸出去，後腿賣力撐著。火心瞥見他腳邊有隻白掌抓著岩石。灰紋垂下身去，張開嘴想要咬住那隻白掌，但就在那可怕的一瞬間，白掌迅速消失了。灰紋難過地大吼，所有的貓全都停止戰鬥。火心也愣住了，驚嚇和疲憊讓他不停地喘息。河族貓全都奔到懸崖旁。火心慢慢地跟在他們後面，往山谷下張望。在湍急的河裡，他看到一隻河族貓的頭正沉入水花四濺的水裡。

火心打了個寒顫，想起風族巫醫說的話：「今天將有不必要的死亡事件發生！」

第八章

豹毛抬起頭，吶喊聲震入空中：「白爪！不！」

灰紋往後倒退，直到四腳安全著地。他驚嚇到全身的毛都豎直了，雙眼也睜得大大的。「我想要咬住他……但他腳沒踩穩……我不是故意的……」他氣喘吁吁地解釋。火心跳過去，鼻子貼著他的肚子安慰他，但灰紋只是不知所措地往後退。

其他貓紛紛從懸崖邊走開，瞪著灰紋。河族貓的眼睛因為憤怒而瞇了起來，肩膀也繃緊著。柳皮和白風暴本能地靠向灰紋，在他兩旁擺出防衛的姿勢。

豹毛發出低吼，但她是警告自己的部下，不准他們輕舉妄動。她直直地盯著虎爪的眼睛。「這已經超出邊界戰鬥的原則了。」她喃喃地說，「我們現在先回去。這件事我們必須再選個時間，用不同的方式來解決。」

虎爪大膽地回瞪豹毛。他一點也不畏懼，

只是似有心又無意地點了一下頭。

豹毛搖了搖她的尾巴，轉身走了。河族貓跟在她後面；整個巡邏隊很快消失在樹叢裡。豹毛的威脅讓火心震驚、顫抖。他明白這次的衝突可能會引發更大的戰鬥；想到這裡，他的心裡籠罩上一層陰影。

「我們該告辭了。」死足說完，跛著腳走出去。「你們這兩位戰士幫了我們很大的忙。風族謝謝你們。」然而，這個正式的道謝，在大家目睹剛剛那幕悲劇後，聽起來有些空洞。虎爪頷首回禮。兩位風族戰士轉身，開始走回他們的營地。一鬚經過火心身邊，跟他輕輕喵聲道別，迅速瞥了他一眼後，往前走了。

火心注意到沙掌站在懸崖邊上，瞪著下面湍急的水流。她的腳掌彷彿黏在地面，眼珠子動也不動。火心猜她一定理解到自己差點就跟白爪落到同樣下場。

火心朝她走過去，但虎爪低吼道：「跟我來！」

虎爪鑽進樹林，巡邏隊的其他成員緊跟在後，但陪在灰紋身旁的火心遲疑著。「走吧！」灰紋催促著，「我們得跟上去！」灰紋聳聳肩，兩眼無神，神情很是痛苦。他拖著步伐走在最後，彷彿腳是石頭做的。

前面的貓很快就不見蹤影了，但火心能夠從他們留下的氣味追尋他們。虎爪領著大家直接穿過河族的林地。事情到這個地步，火心想他們不用再擔心河族的巡邏隊了；從四喬木繞行回家根本是沒有意義的事。

虎爪在雷族的邊界停了下來，等待火心和灰紋。

「我叫你們跟著我。」他咆哮道。

「灰紋他……」火心想說話。

「灰紋愈早回到營地愈好。」虎爪打斷他的話。

灰紋沒說話，聽到副族長的語氣那麼嚴厲，火心的毛都豎起來了。「白爪的死不是他的錯！」

虎爪轉過去。「我知道！」他說，「但傷害已經造成了。來吧！這次要跟上！」他跳開了，越過標示雷族地盤的氣味記號。

自從離開風族在轟雷路的洞穴後，火心就一直期待著回家。但現在，他沒心情去注意地上的氣味，只是關心地看著灰紋。

回營地的路上，雨漸漸停了。當巡邏隊出現在金雀花叢遮掩的隧道時，貓兒們紛紛從他們的窩裡跑出來，尾巴舉得高高地跟他們打招呼。

「你們找到風族了嗎？他們都安全嗎？」鼠毛大叫。火心心不在焉地點頭，但腦袋一片空白，不知如何回答。鼠毛的尾巴垂了下來，其他的貓也在空地邊停住。從回來的同伴臉上的表情，他們知道一定有什麼大事發生了。

「跟我來。」虎爪命令火心和灰紋，領著他們直接往藍星的窩走去。火心緊靠著灰紋，貼著他的毛。灰紋只是被動地往前走，既沒緊跟著火心，但也沒離開他。

苔蘚後的陰影裡傳來一聲歡迎的喵聲。三隻貓擠進那個溫暖舒適的洞裡。

「歡迎！」藍星跳起來，呼嚕道。「你們找到風族了嗎？把他們帶回家了嗎？」

事？」

「是的，藍星。」火心輕聲回答，「他們已經安全返抵家園。高星託我向您致謝。」

「很好、很好！」藍星說，但她看到虎爪嚴肅的表情，眼神馬上暗淡下來。「發生了什麼事？」

「火心穿過河族的領土回來。」虎爪低吼道。

灰紋第一次抬起頭來。「那不是火心自己的意思——」他想解釋。

虎爪打斷他。「他們被河族的巡邏隊撞見了。若不是我的巡邏隊及時聽到他們的叫聲，他們根本就回不來！」

「所以是你救了他們。」藍星說，鬆了一口氣。「謝謝你，虎爪。」

「事情沒那麼簡單。」虎爪哼道，「他們在山谷邊打起來，跟灰紋搏鬥的那隻河族貓失足跌落懸崖。」火心注意到灰紋聽到虎爪的話時，退怯了一下。

藍星睜大雙眼。「死了？」她問，一臉震驚。

火心很快地解釋：「那是個意外！灰紋絕不會在邊界作戰時，殺害別族的貓！」

「我懷疑豹毛是否也這麼認為。」虎爪轉過身面對火心，尾巴左右甩個不停，「你到底在想什麼？穿過河族的領土回家！還帶著風族的貓。你已經傳遞了一個訊息，那就是我們跟風族結盟了。那只會讓河族和影族走得更近！」

「什麼？你們在河族的領土時，有風族的貓跟你們一起？」藍星看起來更緊張了。

「只有兩名戰士。高星命令他們護送我們回家，我們當時很累……」火心低聲說。

「你們根本不該進到河族的地盤。」虎爪大吼，「尤其還跟風族一起！」

「那不是聯盟。他們只是護送我們回家罷了！」火心抗議。

「河族知道這點嗎？」虎爪呼嚕了一聲。

「河族知道我們會去找風族，帶他們回家。在大集會時，他們不是都同意了嗎？他們不應該攻擊我們……這是特殊任務，就像前往高聳岩一樣。」

「他們並沒同意讓你們穿越他們的領土啊！」虎爪啐道，「你還是不了解部族間的規矩，是吧？」

藍星站起來，眼神閃爍，輪流看著她的三個部下，但聲音很鎮定：「你不該到河族的地盤；那樣很危險。」她嚴肅地看著火心，又看了看灰紋。火心以為會從她眼裡看到更嚴厲的責難，但藍星並沒有露出那種眼神。火心心裡摻雜著感激和罪惡感。他知道自己與河族的衝突在接下來幾個月裡可能會威脅到整個部族的安危。

藍星不安地拂動她的尾巴，繼續說：「你們找到風族並把他們帶回家，功不可沒。但我們必須做好萬全準備，以防河族來襲。我們得開始訓練更多的戰士。火心、灰紋，霜毛告訴我說，她的兩隻小貓差不多可以接受訓練了。我要你們從這兩隻小貓中各收一名見習生。」

火心愣住了。這是個榮耀啊！他不敢相信藍星竟然會提出這個建議——尤其是在這種時候。他偷偷瞄了虎爪一眼。副族長像顆石頭般冷冷地坐著。

灰紋抬起頭來。「但霜毛的兩個孩子都還沒滿六個月！」

「不差那幾天了。上次大集會時，三方意見不同，讓我非常困擾。而今天……」藍星的聲音消失了，火心注意到灰紋又低頭去看自己的腳。

虎爪瞪著藍星，琥珀色的眼睛又硬又冷。「讓比較有經驗的戰士，比如說長尾或暗紋，再多帶一名見習生不是更好嗎？」他問，「這兩位也不過才剛脫離見習生的身分！」

「我想過這點，」藍星回答，「但訓練疾掌已經夠長尾忙的了，暗紋也忙著加強塵掌晉升戰士前的課程。」

「那追風呢？」虎爪問。

「追風不只善獵，也是忠心耿耿的戰士。」藍星回答，「但我不認為他有訓練見習生的耐心。雷族會在其他方面重用他。」

「妳覺得這兩位能夠勝任訓練雷族戰士的工作？」虎爪不屑地說。

火心畏怯了一下。虎爪說這些話時，眼睛直瞪著火心看。**他是不是認為一隻寵物貓不配訓練部族貓？**火心氣呼呼地想。

藍星回瞪她的副族長。「到時候就知道了。別忘了，他們把風族貓帶回家了。當然啦，虎爪，」她補充，「我得麻煩你監督他們的訓練工作。」虎爪點頭。藍星轉過去面對灰紋和火心。「先去吃點東西吧。」她下令，「然後休息一下。月亮高升時，我們要替小貓進行命名大典。」

火心帶著灰紋走出洞穴，留下虎爪和藍星。大雨已經轉小，變成細雨了。

「我餓死了。」火心說。他聞到空地上飄來的新鮮獵物的氣味，「你要不要吃點東西？」

灰紋站在他後面，眼神遙遠而悲傷。他緩慢地搖頭。「我只想睡覺。」他喃喃地說。

吃飽後，火心走進戰士窩。灰紋把身體捲成一個球，頭塞在腳掌下。火心的眼皮愈來愈重，但他的毛還很濕，只好強迫自己先將全身清理乾淨，再躺下來休息。

柳皮輕輕踢了火心一下，叫醒他。「典禮要開始了。」她低聲說。

火心抬起頭，眨眨眼。「謝謝妳，柳皮。」他說。

他推推灰紋。「典禮。」他輕嘶一聲，然後站起來墊高腳趾伸懶腰，直到腿發抖。他就要當導師了！他的腳掌興奮得發疼。

灰紋動了一下，慢慢伸展身體，像隻上了年紀的貓。忽然，火心的腳好像記起那個冗長的旅程般，又痛了起來。

幸好雨已經停了。火心和灰紋默默走向空地。月亮高掛枝頭，把濕漉漉的枝葉都照成了銀白色。

「你們真行，把風族帶回來了！」大夥兒的歡呼聲把火心給嚇了一跳。他轉過身，看到半尾坐在他旁邊。「你們找一晚到長老窩來，把事情的經過說給我們聽聽。」

火心心不在焉地點頭，然後轉過身看著空地。霜毛已經坐在高聳岩下了，兩旁各坐著一隻小貓，一隻是暗灰色，另一隻是赤黃色。霜毛扭過頭去，舔著她的小寶貝的耳朵。但那隻灰色的小母貓對媽媽的憐愛可不領情，不耐煩地晃著頭。

火心的毛再度因為興奮而豎直。在一旁的灰紋只是瞪著地面。「你不興奮嗎？」火心問。

灰紋聳聳肩。

「灰紋，」火心壓低聲音，「白爪的死不是你的錯。那地方本來就不適合發動攻擊；河族貓早就知道的。沙掌自己也差點掉下去。」他補了一句。

他瞄了一眼坐在不遠處的沙掌。塵掌就坐在沙掌旁邊，雙眼嫉妒地瞪著火心。火心不能怪他，因為自己就要當導師了，而塵掌還沒晉升為戰士。但塵掌靠向沙掌，在她耳邊低語時，還是讓他畏縮了一下，因為他聽到塵掌的話：「我真替火心的見習生感到悲哀。真難想像一隻部族貓竟要接受寵物貓的訓練！」

但這次沙掌沒有附和。她只是不自在地看了火心一眼。

火心回頭看灰紋。「藍星沒責怪你。」他堅持，「她知道你是個好戰士。她還給你指派了見習生。」

灰紋抬起雙眼，苦悶地回答：「她這麼做只是因為雷族需要更多見習生。為什麼我們需要見習生？因為我給了河族一個恨我們的藉口！」

灰紋冷酷的語氣讓火心吃驚。他還來不及說什麼，藍星已經發出了召喚眾貓的喵聲。火心慢慢走向族長，灰紋拖著腳步跟著他。

當他們聚集到空地中央時，藍星凝視著在場所有的貓。「今晚，在月亮高升時，我們聚集在一起，來為兩個新見習生命名。你們兩個，走上前。」

只見一隻灰色的小貓從她母親身旁衝進空地；她睜大藍色的眼睛，毛茸茸的尾巴高高舉起。另一隻赤黃色的小貓走得比較慢；他豎直耳朵，在高聳岩下嚴肅地皺著眉頭。

火心的心在胸脯裡怦怦跳——藍星會指派哪隻貓給他？他覺得，那隻一臉嚴肅的赤黃色小貓可能比較容易訓練；但那隻小灰貓身上特有的笨拙與熱忱，卻讓他想起自己剛加入雷族時的樣子。

「從今天開始，」藍星說，往下凝視著小灰貓，「直到她贏得戰士之名為止，這名見習生叫做煤掌。」

「煤掌！」小灰貓忍不住大聲喵出自己的新名字。霜毛噓聲斥責她。煤掌賠罪似地低下頭。

「火心，」藍星說，「你已經準備好可以收第一個見習生了。你將負責煤掌的訓練。」火心滿懷驕傲。「你很幸運，火心，能夠擁有兩個導師。我希望你會將我教你的一切，全部傳授給這個年輕的見習生。」火心忽然覺得有點承當不起。藍星的話暗示他要有強烈的責任感，他不確定自己是不是能負起這個重責大任。「並將你從虎爪和獅心身上學到的技藝傳授給她。」

一提到獅心，火心想像著那位金黃色的戰士以溫暖、鼓勵的眼神從銀毛星群間俯視他。他抬起頭，眼神堅定地看著藍星。

「這名見習生，」藍星轉向那隻赤黃色的小貓，「就叫做蕨掌。」蕨掌悶聲不動。

「灰紋，你來負責訓練蕨掌。我們已逝的朋友獅心曾經是你的導師。我希望他的技藝和智慧能夠經由你，傳授給這個新的見習生。」

聽到藍星的話，灰紋抬高頭，眼裡閃過一絲驕傲的光芒。他走向前，用鼻子碰碰他見習生的鼻子。蕨掌也很有禮貌地回碰他的導師，他那如星辰般閃爍的雙眼透露出，他其實跟妹妹一樣興奮。

火心看到他們碰鼻子，想想自己也該這麼做。他急忙走向前，沒想到煤掌忽然抬起頭，雙方的鼻子就這麼撞在一起，彼此都撞疼了。煤掌再碰了一下火心的鼻子，這次雖然輕一點，但火心的眼睛還是冒出了淚花。煤掌努力讓頰鬚維持不動的模樣，讓火心覺得好笑。然後他突然尷尬起來。**我是人家的導師了**，他提醒自己。

火心轉頭看著其他貓。每隻貓似乎都稱許地點著頭。他也看到了虎爪，他站在空地的另一邊，琥珀色的眼睛像是在嘲弄他。

火心連忙低頭去看煤掌；她正直率、驕傲地瞪著他。火心的毛忽然間豎起來。他很想當一名偉大的戰士，以及稱職的導師，但讓他痛苦的是，虎爪顯然等著看他的笑話。

第九章

火心醒來時，發現灰紋坐在他旁邊，像隻兔子般弓著背、肩膀僵硬、豎起一身毛。

「灰紋？」他輕喵一聲。

灰紋跳了起來。

「你還好吧？」

灰紋坐直身體。「我很好。」火心覺得灰紋愉悅的喵聲不是那麼真心，但至少他刻意讓自己表現得積極一點。

「天氣似乎很冷。」火心說。他沒多想灰紋的口氣，還是挨著其他戰士溫暖的身體。

「是啊！」灰紋低頭去舔胸口。

火心坐起來，搖搖頭。空氣中帶著霜味。

「你今天打算怎麼訓練蕨掌？」他問。

「帶他去逛逛森林。」灰紋回答。

「我去找煤掌，我們可以一起走。」

「今天我們最好分開行動。」灰紋說。

火心覺得有點受傷。他們曾經以見習生的身分一起認識森林，他很希望現在他們能以導師的身分再度一起逛森林。但灰紋想單獨行動，他也不能勉強。「好吧。」他說，「待會兒見。回來時我們可以分一隻老鼠吃，順便比較一下我們的見習生。」

「好的。」灰紋說。

火心爬出戰士窩。外面的空氣更冷，他的呼吸像煙一般從鼻孔冒出來。他抖了抖身體，把毛鬆開，然後一次伸展一隻腿。他慢慢地踱向見習生窩，感覺腳下的土地像石頭那麼硬。煤掌還在窩裡沉沉睡著，一團隨呼吸起伏的灰色毛球。

「煤掌。」火心小聲叫她。小灰貓立刻抬起頭來。火心退出來，不一會兒，煤掌就從窩裡跳出來，不但很清醒，而且充滿熱忱。

「我們今天要做什麼？」她問，豎起耳朵，抬頭看他。

「我想帶妳四處走走，先認識雷族的營地。」

「我們會看到轟雷路嗎？」煤掌興奮地問。

「呃，會的。」火心回答，但忍不住想，當煤掌看到轟雷路只是一條骯髒、臭氣沖天的馬路時，一定會很失望。「妳餓嗎？」他問，不知道是不是該叫她先吃點東西。

「不餓！」煤掌搖頭。

「噢，好吧。我們等一下再吃。」火心說，「那麼，跟我走。」

「遵命，火心。」小灰貓抬頭看他，眼睛閃閃發亮。自從跟灰紋講話後就徘徊在火心心頭的愁緒，現在被一股暖暖的驕傲給取代了。他轉身往營地的入口踱去。

煤掌從他身旁竄開，跑出金雀花遮蔽的隧道。火心拔腿快跑才趕上她。「我剛剛說，要跟著我走！」他喊著，而煤掌已經快爬到溪谷邊了。

「可是我想去最上頭看風景。」煤掌抗議。

火心跟在她後面，很快就追過她，爬上了高點。他坐下來清理前足，一面看煤掌在石頭間爬來爬去。她還沒爬上頂端，就已經氣喘吁吁了，但仍然一副好興致。「你看那些樹！看起來像是月亮石雕成的。」她喘著氣說。

她說得對。他們眼前的樹林在太陽的照耀下，白光閃閃。火心深吸了一口冷空氣。「妳應該節省體力。」他警告，「今天還有很長的路要走。」

「噢，是的。接下來要去哪裡？」她的腳掌不耐煩地刮著地面，準備隨時往前衝。

「跟著我。」火心說，並頑皮地瞇起雙眼。「這次我是說真的：跟著我！」他帶頭往溪谷邊的一條小徑走，進入他以前學習狩獵和作戰的沙坑。

「大部分的訓練課程就在這裡進行。」他解釋。綠葉季時，陽光會透過四周圍繞的樹木，在空地上灑下斑駁的光點。現在，寒冷的陽光照射在結冰的紅土地上。

「很久以前這裡有一條小溪流過，那邊的高地現在仍有一條小河。」火心說，並用鼻子指了一下。「夏天，河大部分的時候是乾的；那裡也是我第一次抓到獵物的地方。」

「你抓到什麼？」煤掌沒等他回答就接著問：「那條河會結冰嗎？我們過去看看有沒有結冰！」她往空地竄過去，直奔高地。

「妳改天就會看到！」火心大喊。但煤掌繼續狂奔，火心只好追著她跑。兩隻貓來到高地，他停在她旁邊，一起往下看。河邊結了一些冰，但水流的速度仍然很快，河水並沒有完全結凍。

「現在那裡沒什麼好抓的了，」火心說，「除了魚之外。」

看到自己第一次捉到獵物的地方，火心的腦海裡充滿快樂的回憶。他看著煤掌站在河邊，脖子伸得長長的，往黑幽幽的水裡張望。「如果我是妳，我會把魚留給河族。」火心警告她，「他們喜歡把腳弄得濕濕的，那是他們的事。我喜歡乾爽的腳。」

煤掌不耐地繞圈子。「接下來呢？」

煤掌的興奮和自己當見習生時的回憶，讓火心充滿活力。

他往前跑，轉身喊著：「貓頭鷹樹！」煤掌緊跟著他，短而蓬鬆的尾巴在身後伸得直直的。

他們利用一截倒下的樹幹過河。「那邊下去有路，但這一條是捷徑。小心走！」那截淡白色的樹幹已經沒了樹皮。「下雨或結冰時，路很滑很難走。」

他讓煤掌先走，自己緊跟在她後面，以防她失足滑落水中。其實河水並不深，但鐵定冷得像冰，煤掌還小，全身濕透的話恐怕會受不了。

她輕巧地過了河，火心看見自己的見習生順利地跳下樹幹落在林地上，為她感到驕傲。「好棒！」他呼嚕道。

煤掌的眼睛亮了起來。「謝謝！」她說，「現在，貓頭鷹樹在哪裡？」

「這邊！」火心往樹叢底下竄過去。羊齒從綠葉季過後就變成棕色了；到落葉季結束時，它們會被風雨打扁，不過現在它們仍然挺直爽脆。火心和煤掌穿過弓狀的葉子往前移動。

前面有棵巨大的橡樹，它比周圍其他的樹都來得高。煤掌揚起頭，望向樹梢。「這裡真的住著一隻貓頭鷹嗎？」她問。

「沒錯。」火心回答，「樹幹上有個洞，妳看到了沒？」

煤掌瞇起眼睛望向橡樹的枝葉。「你怎麼知道那不是松鼠洞？」

「用聞的！」火心告訴她。

煤掌用力地聞，然後搖搖頭，納悶地看著火心。

「下次再告訴妳松鼠聞起來是什麼氣味。」火心說，「這附近聞不到。松鼠不敢在離貓頭鷹洞這麼近的地方住。看看地上，有沒有發現什麼？」

煤掌低頭看，有點疑惑，「葉子？」

「妳往樹葉底下挖挖看。」

地上鋪著厚厚的棕色橡葉，葉片因為結霜而顯得硬脆。煤掌開始在葉堆裡嗅聞著，幾乎把整個頭都埋進去。當她坐起來時，嘴裡咬著一個像松果的東西。「臭死了！聞起來像是烏鴉的食物！」她呸一聲把它吐出來。火心呼嚕嚕地笑。

「你早就知道那東西埋在裡面，對不對？」

「我當見習生時，藍星也這樣耍過我。那股臭味會叫你永生難忘。」

「那是什麼？」

「貓頭鷹的嘔吐物。」火心解釋。他還記得藍星告訴他的話：「貓頭鷹吃的食物跟我們的一樣，但牠們無法消化骨頭和羽毛，因此牠們的胃會把這些廢物滾成一團，再把它吐出來。如果妳在某棵樹下發現這種東西，那就表示樹上住著一隻貓頭鷹。」

「你幹嘛想找貓頭鷹呢？」煤掌機警地問。火心抖了抖頰鬚，凝視著煤掌那圓睜、與她母親一樣湛藍的眼睛。霜毛一定告訴過她長老們說過的故事：貓頭鷹會抓走不乖乖待在媽媽身邊的小貓。

「貓頭鷹看到的範圍比我們廣。在起風的夜裡，氣味不容易追蹤時，妳可以先找貓頭鷹，再追隨著牠們獵食。」煤掌的眼睛仍舊睜得大大的，但恐懼的神情已經消失了。她點點頭。**原來她有時候也會聽話！**火心稍微放心了。

「接下來呢？」煤掌說。

「到大梧桐樹去。」火心決定。他們穿過樹林，越過一條兩腳獸走的路，再渡過一條小溪，太陽已逐漸升上淡藍色的天空了。終於他們來到大梧桐樹前。

「好高好大啊！」煤掌說。

「小耳說他還是見習生時，曾經爬到樹梢。」火心說。

「吹牛！」煤掌說。

「妳要知道，小耳當見習生時，這棵樹也許還只是株幼苗！」火心開玩笑地說。在他凝望樹梢的時候，身後忽然傳來一陣窸窣聲，他知道煤掌又跑掉了。他嘆了口氣，追著她穿過一片蕨叢。這時一股令他緊張的熟悉氣息撲鼻而來。煤掌正往蛇岩跑。**有毒蛇！**火心放慢腳步。

他從樹後冒出來，不安地觀察著四周。煤掌就站在蛇岩下的一塊大石頭上。「來吧！看誰先跑到大岩石上！」她說。

看到煤掌弓起背，準備跳到下一塊石頭時，火心嚇壞了。「煤掌！快下來！」他吼道。

當煤掌轉身往下爬時，火心屏息著。等她站定後，他衝過去，嚇得煤掌全身顫抖，毛都豎起來了。「這地方叫做蛇岩。」他大聲說。

煤掌看著他，睜大雙眼。「蛇岩？」

「那上面住著毒蛇，那傢伙隨便一口就可以咬死像妳這麼小的貓！」火心在她頭上輕舔了一下，「走吧。我們去看看轟雷路。」

煤掌不再顫抖。「轟雷路？」

「是的！」火心說，「跟我來！」他領著煤掌穿過蕨叢，沿著繞行蛇岩的小徑，往像灰色石河般切過森林的轟雷路走去。

火心一邊注意煤掌，一邊跟著她從森林邊緣往外瞧。從煤掌晃個不停的尾巴看得出，她迫不及待地想往前爬，聞聞前面的轟雷路。這時，一聲熟悉的怒吼撼動了火心的耳毛，他腳下的地也開始震動起來。「不要動！」他發出警告，「有怪獸要過來了！」

煤掌微微張開嘴。「臭死了！」她邊說邊皺起鼻子，耳朵塌了下來。怒吼聲愈來愈近，一個龐然大物出現在地平線上。「那就是怪獸？」她問。火心點頭。

怪獸接近時，煤掌露出爪子，抓緊地面。怪獸咻地飛奔而過，在他們周遭掀起一股狂風，以及響雷般的聲音。煤掌趕緊閉上雙眼，直到喧囂聲消失在遠處，才又張開眼睛。

火心搖搖頭，清了清他的香腺。「妳聞聞空氣。」他說，「除了轟雷路的臭味外，還聞到什麼？」煤掌抬起鼻子，深吸了幾口氣。他耐心地等著。

過了一會兒，煤掌說：「我記得碎星攻打我們時，留下的就是這種氣味。你把被他抓走的小貓帶回來時，他們身上也有這種氣味。那是影族的氣味！轟雷路的另一邊就是他們的營地嗎？」

「是的。」火心回答，想到離敵對的部族這麼近，他的毛就不由自主地抖動起來。「我們最好離開這裡。」

他決定帶煤掌繞遠路，穿過兩腳獸的地盤回去，這樣她可以順道看看大松林和伐木場。他們從細瘦的松林下走過，兩腳獸地盤的氣味讓火心很不安，雖然他還是隻小貓時，就住在離那不遠的地方。「小心點！」他提醒跟在後面的煤掌，「兩腳獸有時候會帶狗在附近散步。」

他們趴在樹下，注視著圍住兩腳獸地盤的柵欄。清爽的空氣帶來一絲氣息，不知為什麼，火心覺得特別的溫馨。

「瞧！」煤掌用鼻子指向一隻正漫步走過林地的母貓。那隻淡棕色的虎斑貓胸前有醒目的白毛，還有白色的爪子。她的肚子很大，懷著快出生的小貓。

「寵物貓！」煤掌嘲弄道，毛跟著鬆開了，「我們去追她！」

看到一隻陌生的貓走在雷族的地盤上，火心以為自己會想攻擊對方，但他的毛並沒有豎起。不曉得什麼原因，他知道那隻貓根本不具威脅性。在煤掌發動攻擊前，他刻意拂動一株挺直的羊齒。

聽到窸窣聲，那隻母貓機警地抬起頭來。她雙眼圓睜，倏地轉身，小步跑出樹林。不久，她就越過了兩腳獸的柵欄。

「王八鼠！」煤掌抱怨，「我本來想追她的！我敢說蕨掌今天一定追了幾百樣東西了。」

「是哦，那他一定沒有差點就被蛇咬到。」火心回答，對她搖了一下尾巴，「走吧。我餓了。」

煤掌跟著他穿過大松林，一邊抱怨松針扎痛她的腳。火心警告她小聲點，因為那附近並沒有任何矮樹叢可以躲藏。他跟所有部族貓一樣，在戶外總覺得不自在。他們沿著一條伐木怪獸挖過的臭路走，然後停在伐木場邊緣。四周靜悄悄的，火心知道那種安靜可以保持到下個綠葉季。在這段期間，只有卡車輪的痕跡——又深又寬、凍在土裡——提醒著雷族貓：有怪獸住在他們的森林裡。

當他們回到家園時，火心已經累壞了，他的肌肉仍因為先前和風族的長途跋涉而感到酸痛。煤掌看起來也很累，她忍住呵欠去找蕨掌。

火心看到灰紋在蕁麻叢旁對他招手。

「趕快吃吧，我幫你拿了一些新鮮食物。」灰紋說完，用爪子勾起一隻死老鼠丟給火心。

火心用牙齒咬住，然後在灰紋身旁坐下。「今天都順利嗎？」他滿嘴食物、口齒不清地問。

「比昨天好些。」灰紋回答。火心抬眼看他，心裡很擔憂，但灰紋繼續說：「其實我還挺開心的。蕨掌很認真在學，這點錯不了！」

「煤掌也是。」火心嘴裡繼續嚼著。

「你知道嗎？」灰紋眼裡閃過一絲光芒，「我老是忘記我是人家的導師！」

「我也是。」火心承認。

兩隻貓就這樣一直聊到月亮上升，夜晚的寒氣把他們趕進溫暖的窩為止。灰紋很快就打起呼來，但火心竟然睡不著。那隻懷孕母貓的身影不斷出現在他的腦海裡，而且，即使被雷族熟悉的氣味所包圍，她那柔和的寵物貓氣味卻在他鼻孔裡縈繞不去。

他終於睡著了，但同樣的氣味飄盪在他的夢裡，直到他夢見自己還是隻小貓。他記得自己躺在媽媽的肚子旁，和其他兄弟姊妹們一起蜷曲在比森林裡任何苔蘚都還柔軟的小床上。那隻母貓的氣味繼續縈繞著。

火心忽然張開眼睛，從夢中醒來。還用說！他在森林裡看到的那隻母貓是……他的妹妹！

第十章

火心在破曉時分醒來，腦海裡仍是妹妹的身影。他擠出洞，希望每天的例行公事會讓他暫時分心。又是一個寒冷、結霜的早晨。白風暴和長尾在營地入口等著，準備要去巡邏。鼠毛也要跟他們一起去，在經過火心身旁時跟他愉快地打了聲招呼。白風暴喊著沙掌的名字，沙掌才從窩裡鑽出來，及時趕上已經走出營地的巡邏隊。這是火心看過無數次的場景，但今天，看著他們熱鬧地奔進早晨清新的森林，他卻不想加入。

他走過空地，不知道煤掌醒了沒。斑臉剛好從育兒室出來，後面跟著一隻斑點小貓，接著又一隻，然後是像前面那隻有著淡灰色毛、深色斑點的第三隻跌了出來，撲到在地上。

斑臉咬住他的脖子，把他撿起來，然後輕輕放下讓他站好。那溫柔的動作讓火心的夢境有如潮水般湧回來。也許他的媽媽也對他做過同樣的事。他知道斑臉的第四隻小貓在出生後不久就夭折了，因為這樣她似乎更愛護剩下的那三隻小貓。

一想到其他貓有和他不同的身世——**他們都是在族裡生的**——他就非常羨慕他們。火心一直對自己的忠誠感到驕傲。雷族收留他，讓他過著寵物貓絕對想不到的生活。如今他仍然抱著那股忠誠——為了保護雷族，犧牲性命在所不惜——但部族裡卻沒有任何一隻貓尊重他寵物貓的出身。火心相信昨天在森林裡看到的那隻母貓會尊重他。一想到他們共有的回憶可能有哪些，他感到心痛。

火心聽到身後響起灰紋沉重的腳步聲。他轉過去跟他的朋友打招呼，把頭伸過去碰他的鼻子，問道：「你今天可以幫我帶煤掌嗎？」

灰紋疑惑地看著火心。「為什麼？」

「噢，沒什麼啦。」火心回答，盡可能地裝作自己沒什麼事，「我只是想去看一下昨天發現的一樣東西。你要好好看著煤掌；她不是很聽從指示。你的眼睛不可以離開她，不然她一下就跑不見了。」

灰紋覺得很有趣，晃了晃他的頰鬚。「聽起來好像很好動！不過，這對蕨掌也好，有個刺激，因為他沒仔細考慮好，是哪裡都不去的。」

「謝啦！灰紋。」他的朋友還沒來得及問他要去哪裡，火心已經往營地出口直奔了。

透過掩映的樹林看到兩腳獸的地盤時，火心停了下來，蹲伏著。他張開嘴，吸了一口早晨沁涼的空氣。沒聞到雷族巡邏隊的氣味，也沒聞到兩腳獸的。他稍微放心。

他慢慢靠近母貓消失的那排兩腳獸的柵欄，東張西望，有點遲疑；他再度嗅了一下空氣，然後縱身一躍，輕鬆地跳上柵欄。沒看見兩腳獸，只看見一個空蕩蕩的花園，裡面種著一些氣味濃烈的植物。

火心覺得待在柵欄上目標實在太明顯了。他發現頭上方有根樹枝低低地垂著，雖然它的葉子都掉光了，但藏在那上面會比較容易。於是他默默地爬上樹，貼著粗糙的樹幹趴著，等著。

火心看到兩腳獸地盤的大門上有個可以推開的小門。他小時候也用過一個一模一樣的。他盯著那個小門，希望妹妹的臉會隨時出現。太陽慢慢升到天空，但火心開始覺得冷。潮濕的樹皮慢慢奪走他的體熱。也許兩腳獸把妹妹關在裡面，不讓她出來，畢竟她就要生了。火心舔一下爪子，不曉得是不是該回去了。

忽然間火心聽到一個聲響，抬頭一望，看到妹妹正好從小門碰一聲出來。他捲起背脊的毛，對即將發生的事充滿期待。他努力控制自己不要馬上跳進她的花園，免得像昨天一樣嚇到她。他現在聞起來可是像隻森林野貓，而不是和善的寵物貓。

火心等妹妹走到草坪盡頭後，才爬到樹枝末端，然後滑到柵欄上，輕輕跳到下面的樹叢裡。那隻母貓的氣味把他的夢境又帶回來了。

他要如何引起她的注意、卻又不會嚇到她呢？他認真地想，希望想起妹妹的名字。他只記得自己寵物貓時的名字。火心小聲地在樹叢裡叫著：「是我，羅斯提！」

那隻母貓愣住了，望向四周。火心深吸了一口氣，從樹叢裡爬出來。

她因為恐懼而睜大雙眼。火心知道自己在她眼裡是什麼德性——瘦削、狂野、帶著刺鼻的森林氣味。母貓豎起全身的毛，凶悍地發出嘶叫。火心忍不住佩服她的勇氣。

就在那一剎那，妹妹的名字閃過他的腦海。「公主！是我，羅斯提，妳的哥哥！妳還記得我嗎？」

公主僵持著。火心猜她一定在想，這隻陌生的貓怎麼會知道這兩個名字。他放低身體，擺出柔和的態度。看到妹妹的神情逐漸從恐懼轉為好奇，他心裡存著一線希望。

「羅斯提？」公主嗅了一下空氣，圓睜著雙眼，保持警覺。火心謹慎地往前走一步。公主沒有動，於是火心又靠近一些。他妹妹仍然站在原地不動，直到火心離她只有一隻老鼠身長的距離。

「你聞起來不像羅斯提。」她說。

「我早就不跟兩腳獸住了。我一直和雷族住在森林裡，現在我身上帶著他們的氣味了。」火心猜想，**她可能從來沒聽過部族貓的事**；他想起自己遇到灰紋以前，也是一無所知。

公主把鼻子伸向前，在他臉頰上溫柔地撫摩著。「但我們媽媽的氣味還在。」她喃喃地說，一半是說給自己聽。聽她這麼說，火心感到非常快樂。但她突然瞇起雙眼，往後退了一步，耳朵不信任地扁了下來。「你來這裡做什麼？」她問。

「我昨天在森林裡看到妳。」火心解釋，「我得回來跟妳說說話。」

「為什麼？」

火心驚訝地看著她。「因為妳是我妹妹呀！」她對他應該也有些感情吧？

公主仔細地打量他，過了一會兒，原本警戒的神情緩和下來。火心覺得稍微放心。「你好瘦！」她挑剔地說。

「也許比寵物貓瘦，但以部族貓，也就是野貓來說，我這樣還好。」火心回答，「昨晚妳的氣味出現在我的夢裡；我夢到妳，還有其他的兄弟姊妹……」火心停頓了一下，「媽媽在哪兒？」

「她仍然住在以前那個地方。」公主回答。

「那麼……？」

公主猜到他想問什麼。「我們的兄弟姊妹？大部分住在附近，我偶爾會在他們的花園看到他們。」

他們默默地坐了一會兒，然後火心問：「妳還記得媽媽籃子裡的軟墊嗎？」他覺得有點罪惡感，自己竟然懷念寵物貓的舒適生活。公主呼嚕道：「噢，當然。我希望我也有那種軟墊給自己的小貓。」

火心不再感覺不自在。能夠這樣毫無羞愧地談到過去溫馨的記憶，感覺真好。「這是妳的第一胎嗎？」

公主點頭，露出不安的神情。火心很同情她，他們雖然同年齡，但她似乎比他天真很多。「不會有事的。」他說，腦中浮現斑臉生產的情形。「看妳的兩腳獸主人好像對妳不錯。我想妳的寶貝一定會很平安很健康。」

公主靠近他，撫摩著他的肚子。火心覺得胸口有一股暖流澎湃著。從小到大，他第一次感受到那些部族貓認為是理所當然的事：一種血濃於水的親密，由出身和遺傳所決定的連結感。

他忽然想讓妹妹知道自己現在的生活。「妳知道部族貓的事嗎？」

公主凝視著他，一臉茫然。「你剛剛提到雷族。」

火心點頭。「森林裡總共有四個部族。」他開始滔滔不絕地介紹，「在部族裡，我們彼此照顧，年輕的貓替老貓獵食，戰士負責保護狩獵場，防範其他部族入侵。我經過整個綠葉季的訓練，已經被封為戰士。現在，我有自己的見習生了。」火心從妹妹困惑的表情知道她並沒有完全聽懂，不過她兩眼炯炯有神，開心地聽著。

「聽起來你很享受現在的生活。」她敬佩地說。

一個兩腳獸的聲音在屋裡喊著，火心立刻就近鑽到樹叢下。

「我得走了。」公主說，「我沒回去，牠們會擔心的，而且還有好幾隻小貓等著我餵呢。我可以感覺到他們在我身體裡蠕動著。」她撇一眼自己隆起的肚皮，眼神變得柔和。

火心從樹叢下往外看。「回去吧，反正我也得回族裡去。我會再回來看妳。」

「好！」公主轉身對他說，然後往她的兩腳獸地盤走去。「再見了！」

「再見！」火心喊著。妹妹消失在他的視線外，接著他聽到小門在她身後碰一聲關上的聲音。

花園恢復平靜，他穿過樹叢爬回柵欄，然後縱身一躍，迅速奔進森林。縈繞在他記憶裡的家貓氣味，忽然間比周遭的森林氣息都還來得真切。

火心在溪谷頂端停下來，俯看著雷族的營地。他覺得自己還沒準備好回去。他擔心那裡的一切會讓他覺得很陌生。**先去打獵吧**，他想。讓煤掌多跟著灰紋一會兒應該很安全，而族貓也喜歡額外的新鮮獵物。於是他掉頭走回森林。

當他終於回到營地時，嘴裡叼著一隻田鼠和一隻林鴿。太陽快要下山了，大夥兒已經聚集起來準備吃晚餐。灰紋獨自坐在蕁麻叢旁，抓著一隻肥鳥。火心在穿過空地，往獵物堆走的途中，跟灰紋點了點頭。

虎爪坐在高聳岩下，瞇起他琥珀色的眼睛。「我注意到煤掌整天都跟著灰紋。」當火心把他的獵物放到那堆食物上，虎爪質問道，「你到哪裡去了？」

火心看向虎爪。「天氣太好了，很適合打獵，浪費了可惜！」他回答，心臟在胸腔裡撞擊著。「我們現在需要所有可能的獵物。」

虎爪點頭，露出陰沉、懷疑的眼神。「沒錯，但我們也需要戰士。訓練煤掌是你的責任。」

「我了解，虎爪。」火心說，並謙恭地低下頭，「我明天會帶她出去。」

「很好。」副族長轉頭，往營地周圍望去。火心叼起一隻老鼠，走到灰紋身旁去吃。

「有找到你要的東西嗎？」灰紋漫不經心地問。

「有。」看到朋友的眼神仍充滿痛苦，他感到一股椎心的悲傷，「你還在想那個溺死的河族戰士嗎？」

「我努力不去想。」灰紋輕聲回答，「只是當我一個人的時候，就忍不住想起吠臉預言有意外死亡和麻煩的事……」

「給你。」火心打斷他，把自己的老鼠推向灰紋，「那隻鳥渾身是毛，而且我不是很餓。要交換嗎？」灰紋感激地看了他一眼，然後兩個好朋友交換食物，開始吃起來。

火心一邊嚼著鳥肉，一邊看著空地四周。他發現沙掌和塵掌就在見習生窩外。塵掌忙著撕咬一隻兔子。火心和沙掌眼神交會了，但她很快就把眼睛轉開。

煤掌趴在一棵他以前當見習生時經常用餐的老樹旁，興高采烈地跟蕨掌聊天。蕨掌邊點頭，邊拔麻雀的毛。看到那兩隻年輕的貓——哥哥和妹妹——坐在一起，那麼輕鬆自在，讓火心又想起了公主，而且，生平第一次，部族裡熟悉的情景讓他感到不舒服。回營地前，他仔細地舔掉身上妹妹留下的氣味，但在太陽消失在遙遠的地平線的這個時候，妹妹的氣味仍在他的鼻子裡縈繞。他找到了曾經錯失的親密感，但現在卻感受到一股莫名、之前只隱約出現的寂寞。難道他與公主根深柢固的共有回憶，比起他對部族的忠誠還要強烈？

第十一章

「又是陽光普照的一天！」火心愉快地對灰紋說，他感覺自己火紅色的毛在微弱的晨光下閃閃發亮。因為天氣好，這一陣子在巡邏交班或狩獵訓練的空檔裡，他幾乎每天都去看公主。現在他跟他的好朋友走在小徑上，要往沙坑去，煤掌和蕨掌已經等在那兒了。

「希望好天氣能持續到禿葉季結束。」灰紋說。火心知道他全身毛茸茸的朋友有多痛恨下雨——灰紋的毛一濕，就會黏在身上；常常火心的短毛早已經乾了，他的卻還要濕很久。

兩位戰士走到沙坑邊，看到煤掌正撲向一堆結霜的葉子，把它們弄得四散分飛，然後跳起來，扭身去抓其中一片往下墜落的葉子。

火心和灰紋相視而笑。

「至少煤掌已做好暖身運動，準備接受今天的訓練。」灰紋說。

蕨掌跳起來看著他的導師，眼睛睜得大大的。「早安，灰紋。」他說，「今天的訓練是什麼？」

「狩獵任務。」灰紋說，一邊往下走進沙坑，火心跟在他後面。

「到哪裡去？」煤掌邊說邊衝向他們，「我們要去抓什麼？」

「我們要去陽光岩。」火心回答，忽然變得和煤掌一樣興奮，「能抓什麼就抓什麼。」

「我想要抓田鼠。」煤掌大聲說，「我還沒吃過田鼠呢。」

「我們今天抓到的獵物恐怕得直接送回去給長老。」灰紋警告她，「但我相信只要妳客氣地請求他們，他們會很樂意分一隻給妳。」

「好吧。」煤掌說，「陽光岩往哪邊走？」她往沙坑一側跳出去，看著森林深處，尾巴挺得直直的。

「往這邊！」火心說完，從另一個方向跳出去。

「知道了。」煤掌衝下坡，越過沙坑跑到火心旁邊，落葉被她弄得到處飛舞。

灰紋跳起來，抓住一片飄過鼻子的葉子，將它壓在地上，然後滿足地發出呼嚕聲。他抬頭看到蕨掌正瞪著他。「呃，絕不要錯失任何練習狩獵技巧的機會。」灰紋趕快告訴他。

四隻貓沿著氣味熟悉的小徑往陽光岩走去。當他們進入空曠的區域時，太陽正好升上樹梢。在他們前面，一大塊傾斜的岩石從柔軟的地面露出來，平滑的表面上看得見一排排隙縫。他們必須瞇著眼睛，才能直視陽光岩；當他們從森林的陰影裡走出來時，發現到石頭表面反射的光眩目而燦爛。

「這就是陽光岩。」火心宣布，眨著眼睛，「來吧！」

「嗯！感覺真好！」煤掌跟在他後面跑上石坡。火心覺得她說得很對：走過冰冷的森林地面後，陽光岩摸起來特別溫暖。

他們在最高點停下來休息，陽光岩的另一邊很陡峭，幾乎往森林垂直削下去。火心想聽聽沿著河族邊界那條河的流水聲。那條河沖刷過陽光岩，流進河族的領土。但他聽不到潺潺水聲——可能是因為進入乾季，水位太低了。

火心伸伸懶腰，享受著身體下方石頭的溫熱，以及毛因為陽光照射而有的微溫。他閉上眼睛，對自己能躺在這裡感到榮幸。這裡是雷族世世代代的貓前來取暖之處，也是他們經過無數次征戰才保有的地方。

灰紋加入他。「來吧。」他對兩位見習生說，「趁有陽光的時候，好好享受吧。前面還有一堆寒冷、潮濕的日子等著我們呢。」兩隻見習生貓躺在導師旁邊，感覺身上的毛逐漸暖和起來，忍不住發出滿足的呼嚕聲。

「紅尾就是戰死在這裡的？」蕨掌問。

「是的。」火心謹慎地回答。

「這裡也是虎爪殺死橡心，為他報仇的地方嗎？」煤掌用她那細嫩的聲音問道。

想起烏掌對那次戰役的描述，火心的毛不禁豎起來——他說殺死橡心的是紅尾，之後紅尾就被虎爪殺了。火心將那些令他困擾的思緒趕走，簡單地回答道：「就是這個地方。」兩隻見習生貓安靜下來，帶著敬畏的心俯看陡峭的石坡。

忽然火心聽到一個聲音。他豎起耳朵。「噓！」他小聲地問，「你們有沒有聽到什麼？」

兩隻見習生貓馬上把耳朵往前豎。

「我聽到爬動的聲音。」蕨掌輕聲回答。

「可能是田鼠的聲音。」灰紋小聲地說，「你聽得出聲音從哪裡來嗎？」

「那邊！」煤掌邊指邊跳。爬動的噪音變大，然後消失。

「我想牠聽到妳了。」火心說。煤掌很洩氣。蕨掌看到妹妹笨拙的模樣，忍不住呼嚕呼嚕笑起來。

「沒關係。」灰紋說，「現在妳明白了，走向獵物時最好躡手躡腳，尤其是捕捉田鼠的時候。牠們速度快得很！」

「安靜坐下來傾聽。」火心建議，「下次聽到什麼聲音，先弄清楚聲音的來源，然後再慢慢移向那裡。老鼠甚至聽得見貓毛的拂動聲，所以最好讓牠們誤以為是風吹草動的聲音。」

他們坐在原處不動，直到再度聽見輕微的爬動聲。火心豎起耳朵，站起身，緩緩向前爬，輕輕地踏出每一步，直到走到一條小隙縫前。他停了下來。剛才的爬動聲仍然持續著。火心往前一衝，迅速地將前掌伸進隙縫裡，抓出一隻躲在暗影裡的肥田鼠，重重地將牠甩在發亮的石面上。田鼠落地時發出尖叫聲，堅硬的石面將牠撞昏了，火心迅速往前一步，解決了牠。

「帥耶！」煤掌說，「我也要抓田鼠！」

「別急，將來機會多的是。現在，我們先回森林去。」灰紋說。

「我們不再抓別的了嗎？」煤掌抗議。

「妳沒聽到田鼠的尖叫聲嗎？」火心問。煤掌點點頭。「這附近其他的動物也聽到了。牠們會躲藏一陣子。我應該在田鼠尖叫以前殺掉牠才對。」

灰紋神情愉悅地抖了抖頰鬚。「我沒有要責備你。」他呼嚕道。

火心用嘴叼起田鼠的屍體，然後四隻貓一起走下石坡，穿過森林回家。享受過陽光岩的日光浴後，他們覺得森林裡有些陰冷，雖然太陽出來了。在河族的邊界上，火心聞到新近留下的氣味記號。在記號線的另一邊，地面往下傾斜，直到河邊。

一片葉子飄向蕨掌。這隻年輕的貓馬上跳起來，用兩隻前掌夾住它。落地時，他顯出一副對自己的身手很滿意的樣子。

「很好！」灰紋叫道，「你要抓田鼠沒有問題！」蕨掌看起來非常開心。

「做得好！蕨掌！」煤掌說完，用鼻子頂了頂哥哥的肩膀，然後轉頭瞪視著林木茂密的斜坡。

「這條河今天很平靜。」火心叼著田鼠喃喃地說。

「那是因為河水已經結冰了。」煤掌興奮地說，「雖然有樹擋住，但我還是看得到！」

火心把田鼠放下。「完全結冰了嗎？」他往下瞪視著斜坡。河底閃閃發亮，一片霜白、幽靜。煤掌說得沒錯嗎?火心興奮到腳掌都發癢了。因為他還沒看過河水完全結冰的樣子。

「我們可以看一下嗎？」煤掌問。兩位導師還沒來得及回答，煤掌已經拔腿躍過記號線了。看到那隻灰色小貓闖入河族的地盤，火心原來的興奮轉為驚嚇。他不敢大聲喊她，免得驚動了可能在附近巡邏的河族貓。但他得把她找回來，所以他顧不得丟在地上的田鼠，追了過去。灰紋和蕨掌也緊跟在他後面。

他們在河邊追上煤掌。除了兩片冰原中還有一條狹窄的水流，黑色的河水迅速流動之外，河水幾乎完全結冰了。火心想起白爪，不禁打了個寒顫。他正要建議大家離開時，剛好注意到灰紋豎起了耳朵。

「有水鼠！」那隻灰毛戰士發出嘶聲。沒錯，一隻小水鼠正在岸邊的冰上跳來跳去。

火心瞄了煤掌和蕨掌一眼，擔心他們想去抓那隻微不足道的東西。但這兩位見習生並沒有採取行動。火心稍微放心，但沒多久他又緊張起來，因為灰紋拿出獵捕的速度衝到冰上去。

「回來！」火心吼著。

來不及了。灰紋腳下的冰發出可怕的爆裂聲，然後裂開一個洞。灰紋驚叫一聲，掉進河裡。他瘋狂地划了幾下，消失在又冰又黑又深的河水裡。

蕨掌害怕地瞪大眼睛，煤掌絕望地大喊，火心沒制止她，因為他自己也嚇壞了，只是直愣愣地瞪著灰紋落水的地方看。灰紋卡在冰下了？火心走到冰上，腳掌底下的冰面又冷又滑，他根本不可能在上面跑。他跳回岸上，心裡又驚又慌。這時在接近下游的地方冒出一個濕淋淋的灰色貓頭，火心稍微鬆了一口氣。

但沒過多久，火心的心情又緊繃起來，因為灰紋被沖往下游了，身體在冰冷的水裡載浮載沉、翻來覆去。火心無助地踢動腳掌，湍急的河水讓他不能發揮泅泳的本能。他沿著河岸跑，奮力擠過濃密的蕨叢追著灰紋跑，但灰紋被沖得離他愈來愈遠。

忽然，火心聽到對岸傳來一聲吶喊，他停下來。一隻身材纖細的銀色虎斑貓從更下游的地方跳到冰上，輕輕走過結冰的河面，趕在灰紋被沖到這裡之前滑進水裡。火心驚訝地看著那隻母貓堅強地逆流而上，充滿自信的腳掌不停在冰冷的水裡划動，固定自己的位置。當灰紋流過她身邊時，這隻虎斑貓緊緊咬住他的毛。

但讓火心恐懼的是，灰紋把對方也拉進水裡了。火心又開始快跑起來，雙眼直盯著河面。他們到哪兒去了？終於，他看到一個銀色條紋的頭從滾動的河水中冒出來，奮力地游著。那隻虎斑貓咬著灰紋，逆流而上。一隻瘦貓怎麼能游得這麼好？火心覺得不可思議。虎斑貓用前掌攀住火心所在的那片冰，嘴裡咬著灰紋，頸子硬是伸得高高的。她跌跌撞撞地爬出水面。灰紋軟趴趴地掛在水裡，任由流水拍打他的厚毛，身體扭著、轉著，但那隻虎斑貓依然緊咬住他。

火心滑下岸邊，迅速跑過結冰的河面，在虎斑貓旁邊停住。他不發一語，馬上傾身向前，咬住灰紋。兩隻貓同心協力把灰紋濕透了的身體拉出水面，拖到河邊安全的地方。

火心彎下身去看他的朋友，不知道灰紋還有沒有呼吸。看到灰紋光滑的灰色肚子在動，他安心多了，這才注意到自己有點頭暈。灰紋咳嗽，吐出一大口河水，然後靜靜地躺下。

「灰紋！」火心著急地叫著。

「我沒事。」灰紋喘著氣說。他的呼吸有點急促，但還算平穩。

火心嘆了一口氣，坐了下來。他仔細打量那隻銀色虎斑貓，她身上帶著河族的氣味。火心並不驚訝她是河族貓，因為她看起來是那麼地擅長泅泳。虎斑貓冷冷地回看他，甩掉身上的水後，也坐了下來，肚子隨著呼吸的節奏而起伏。水珠從她閃亮的毛上滑下，彷彿鴨毛一般。

灰紋轉過頭來，看著他的救命恩人。「多謝！」他啞著嗓子說。

「你這個白癡！」對方發出呼嚕聲，耳朵扁了下來，「你到我們的地盤來幹什麼？」

「淹死啊？」灰紋回答。

銀色虎斑貓的耳朵抽動著，火心注意到她的眼神裡有幾分得意。「你不能在你們的地盤裡淹死嗎？」

灰紋的頰鬚抽動著。「啊！那裡有誰能救我呢？」他粗聲粗氣地說。

這時火心身後傳來小小的喵叫聲。他轉過身去，看到煤掌正蹲在離岸邊較遠的草叢旁。「蕨掌呢？」他問。

「在後面。」煤掌回答，並用鼻子指了一下。她哥哥正緊張地沿著河岸往他們這邊爬過來。

火心嘆了口氣，回頭注視他的朋友。「聽我說，灰紋，我們得離開這裡。」

「我知道。」灰紋掙扎著站起來，轉向那隻銀色虎斑貓：「真的很感謝妳。」

對方優雅地點了點頭，但不屑地說：「快點走吧！」她轉過身看著他們，「我老爸要是知道我救了一隻私闖進來的雷族貓，一定會剝我的皮去做小貓的床。」

「那妳為什麼要救我？」灰紋調侃道。

那隻虎斑貓故意不看他。「本能而已。我無法看貓淹死。現在，快滾吧！」

火心站起來。「謝謝妳！這團毛球要是淹死了，我可是會很想念他的。」他推推灰紋。他的朋友全身濕透了，而且還沒甩掉毛上冰冷的水滴。「走吧，我們趕快回去。你快凍僵了！」

「好，走吧！」灰紋說。在跟著火心往斜坡走之前，他轉過頭對那隻銀色的母貓說：「妳叫什麼名字？我叫灰紋。」

「銀流。」她回答，說完轉頭跑回冰上，躍過水流，回到對岸。

火心和灰紋領著他們的見習生穿過羊齒叢，往邊界走去。火心注意到灰紋不只一次回頭張望。

煤掌也注意到了。那隻小灰貓抬起頭來，露出戲謔的眼神。「她真是一隻漂亮的河族貓啊！」

灰紋頑皮地在她耳朵上拍了一下，煤掌跑開了。

「不要亂跑！」火心大聲警告她。他們還在河族的地盤。煤掌停下來等他們，火心生氣地瞪了她一眼。要不是她，他們根本不會在這裡，灰紋也不會差點就淹死了。他看著他濕漉漉的朋友，雖然這位灰毛戰士已盡可能將身上的水甩掉了，但他的毛仍然在滴水，頰鬚末端也開始結冰。

火心加緊腳步。「你還好嗎？」他問灰紋。

「還——還——還好！」灰紋回答，兩排牙齒直打顫。

「對不起！」煤掌放慢腳步跟在火心後面，輕聲地說。

火心嘆了一口氣。「也不是妳的錯啦。」他因為擔憂，心情沉重。要怎麼對族裡解釋這整件事呢？他們既沒抓回獵物給長老——已經沒有時間回去撿那隻田鼠了——灰紋還落了水。想到自己差點就失去最親近的朋友，火心忍不住打了個寒顫。感謝星族：銀流剛好在那裡救了他！

「離沙坑不遠的小溪還有水。」蕨掌在他們後面體貼地說。

「什麼?」陷在愁緒中的火心困惑地問。

「族貓們可能會以為灰紋掉進那條河。」年輕的見習生繼續說。

「我們可以說他是為了教我抓魚。」煤掌加上一句。

「我不覺得有哪隻貓會相信灰紋要在這樣的天氣裡,把自己的腳掌弄濕。」火心說。

「嗯,我可不想讓族裡其他貓知道,我是被一隻河族貓救起來的!」灰紋說,語氣裡閃過一絲他向來的個性。「而且也不能讓他們知道,我們又回到河族的地盤去了。」

火心點頭。「來吧。」他說,「剩下的路我們用跑的,這樣可以幫灰紋暖身。」

就這樣,四隻貓奔過河族邊界,穿過陽光岩,在太陽偏過樹梢時,回到了雷族營地外。灰紋的毛稍微乾了些,但小碎冰仍然掛在他的頰鬚和尾巴上。

火心率先走進金雀花掩映的入口。看到虎爪坐在空地上瞪他們,他的心沉了下去。副族長用銳利的眼神盯著火心。「沒帶獵物回來?」他咆哮著。「我以為你今天是要教這兩名見習生怎麼狩獵哩。你看起來差點淹死,灰紋。你全身那麼濕,一定是掉進河裡去了。」

他張開鼻孔,把身體挺得高高的,「別告訴我你們又跑去河族的地盤了!」

第十二章

火心抬起頭，才要開口，煤掌已搶先一步。

「都是我的錯，虎爪。」她大膽地抬眼瞪著那隻大個子的虎斑貓，「那時我們正在沙坑旁結冰的河上狩獵，在水較深的那一段。那裡也結冰了。我滑了一跤，灰紋趕緊來幫我，但他太重了，冰層碎裂，就掉進水裡了。」虎爪瞪著她清澈、晶亮的眼睛，她又補了一句：「那裡真的好深，火心得把他拖出來才行。」

火心畏縮了一下，想起自己看到灰紋消失在水裡時，根本嚇到動彈不得。

虎爪點頭，看著灰紋。「你最好趕快去找黃牙，免得凍死。」副族長站起來，走開了。

火心放鬆地呼出一口氣。

灰紋不敢耽擱。用跑的回來並沒讓他的牙齒停止打顫。他趕緊奔向黃牙的窩。蕨掌看了煤掌一眼，然後慢慢走回見習生窩去，他累得尾巴垂了下來。

火心看著煤掌。「難道妳一點都不怕虎爪嗎？」他好奇地問。

「我為什麼要怕他？」煤掌回答，「他是偉大的戰士，我很佩服他。」

說得對，她為什麼不該佩服他呢？火心想。「妳很會說謊。」他嚴厲地說，努力擺出導師的樣子。

「我並不想說謊，」煤掌說，「我只是覺得把事實說出來於事無補。」

火心不得不承認，她的話有幾分道理。他搖了搖頭。「去把自己弄暖和些吧。」

「遵命，火心！」煤掌低頭敬禮，然後去追蕨掌了。

火心慢慢走回戰士窩。灰紋落水的經過這麼容易就從煤掌嘴裡掰出來，令他很擔心。但他也相信她是隻誠實、沒有惡意的小貓。他想到烏掌，另一隻善良的貓。他說的有關虎爪殺害紅尾的事，是不是也只是一時氣憤下掰出來的故事呢？火心搖搖頭，想趕跑那些思緒。他記得烏掌跟自己說這件事時，似乎嚇壞了；烏掌顯然相信自己所說的事。除此之外，還有什麼原因會讓他怕到要離開這裡呢？

火心選了幾隻獵物，拿到蕁麻叢旁，邊吃邊想。煤掌說到虎爪時語氣中的佩服令他擔憂。整個雷族裡，好像只有他懷疑副族長的行為根本不是表面上那麼一回事。藍星對虎爪的態度當然一點都沒變，對他的信賴和尊重也跟以前一樣。火心覺得很沮喪，狠狠地又咬了一大口。一個很大的噴嚏聲讓他抬起頭來。灰紋正朝他走來。

「你覺得怎樣？」火心問，他聞到黃牙調製的草藥味。

灰紋重重地坐下來，一邊咳嗽。

「我留了一些食物給你。」火心說完，把一隻小鳥和一隻田鼠推到他朋友面前。

「黃牙說我得留在營裡，她說我感冒了。」灰紋聲音嘶啞地說。

「我早就料到了。她給你什麼藥？」

「甘菊和薰衣草。」灰紋趴下來，開始細嚼慢嚥地吃起小鳥。「這樣就夠了。」他咕噥地說，「我不是很餓。」

火心驚訝地看著他的朋友。他從沒聽灰紋這樣說過。「你確定嗎？」火心問，「這裡還有很多。」

灰紋低頭瞪著小鳥，沒有回答。

「你確定嗎？」火心又問。

「什麼？」灰紋將眼光收回來看著火心，「呃，是的。」他說。

他一定是發燒了，火心想，搖搖頭。**噢，起碼他還活著！多虧了那隻河族貓。**

幾天後的一個早上，火心一醒來，就發現窩裡籠罩著禿葉季以來的第一場大霧。他爬到窩外，幾乎看不見空地的另一邊。有腳步聲快速地往他的方向逼近，不久霜毛的身影從朦朧中浮現。

「虎爪要見你。」她說。

「好的，謝謝。」火心回答，全身竄過一陣警覺。他昨天溜出去看公主，難道被虎爪發現了？

「什麼事？」身後響起灰紋沙啞的聲音。他坐到火心旁邊，又是打噴嚏又是打呵欠的。

「虎爪要見我。」火心看著他的朋友說，「你應該多睡一會兒。」他很擔心灰紋的身體，他早該康復了。「你昨天有沒有好好休息？」他問。

「沒打噴嚏和沒咳嗽的時候，我盡量躺著休息。」灰紋抱怨。

「那我從——」想起昨天整個下午他都在跟公主講話，火心有點遲疑，「——從訓練課程回來時，為什麼沒看到你待在窩裡？」

「你想我待在那裡能安靜休息嗎？」灰紋的頭往戰士窩那邊歪了一下，「一整天，成群結隊的戰士進進出出！我只不過出去找個比較安靜的地方罷了。」

火心正想問哪裡，灰紋已經先開口了。「不知道虎爪找你幹嘛？」

火心覺得腳底刺刺的。「我最好趕快去問他有什麼事。」

透過濃霧，火心看見虎爪和白風暴淡淡的影子坐在高聳岩下。火心向他們走過去，他們停住交談，虎爪轉過身對著火心。「煤掌和蕨掌應該接受測驗了。」他高聲說。

「這麼快！」火心很驚訝。因為兩名見習生受訓的時間並不長。

「藍星想知道他們的進度如何，尤其灰紋生了大病後無法訓練蕨掌。要是蕨掌的進度落後，她必須知道，這樣才能替他找新導師。」

火心的尾巴不安地抽動著。灰紋當然很快就會康復了，把他的第一個見習生託給別人教，對他來說不公平。「我每天都帶煤掌和蕨掌一起出去訓練。」他很快地說。

虎爪看了白風暴一眼，點點頭。「沒錯。但這是你第一次收見習生，要承擔的責任很多，雷族迫切需要訓練有素的戰士。」

我知道，我只是一隻寵物貓，不是在部族生的戰士，火心生氣地想。他低頭看著自己的腳掌，憤怒讓他覺得腳掌刺痛。沒有人叫他訓練蕨掌，但他一直都很用心在教這兩位見習生。

虎爪繼續說：「你派煤掌和蕨掌到大松林去狩獵，最遠只能到兩腳獸的地盤那裡。給我盯好他們，看他們如何獵捕，再回來跟我報告。我很想知道，他們對今天的獵獲會有多少額外的貢獻。」

白風暴補上一句：「假如煤掌的技巧跟她表現出的熱忱一樣的話，那麼今晚我們應該會有豐盛的晚餐。我聽說她很聰明。」

「是的，她很聰明。」火心贊同道，雖然他沒怎麼在聽。虎爪的話讓他整個心浮躁起來。**虎爪為什麼又派他去兩腳獸的地盤呢？**他也是在這條路線上接受測驗。那次虎爪看到他跟以前的寵物貓朋友講話，回來後將這件事報告給藍星，藍星還因此關切他對雷族的忠誠度。火心覺得背脊上的毛豎起來了。難道虎爪是想警告他，已經發現他去找公主講話了？

火心轉過頭，迅速地舔了舔自己的背，用舌頭將豎起來的毛撫平。坐正後，他鎮靜地提出建議：「陽光岩同樣是測驗他們技巧的好地方。再說，那邊的陽光可能已經趕走一些霧了。」

「不行！」虎爪喝斥，「黎明的巡邏隊回報說，他們在陽光岩附近聞到河族的氣味。河族可能又開始到那裡狩獵了。」他的眼睛閃射著憤怒的光芒，嘴唇捲起，露出銳利的牙齒。「在到那裡進行訓練之前，我們必須給他們一些提醒。目前到大松林做測驗還是比較安全。」

白風暴點頭同意，但火心聽到這樣的消息，耳朵卻不舒服地抽動起來。河族在陽光岩！灰紋掉進河裡時，算他們運氣好，沒被敵對的巡邏隊看到。

「至於大霧，」虎爪圓滑地繼續說，「在困難的條件下狩獵，會讓整個測驗更有趣。」

「是的，虎爪。」火心說完，對兩位戰士敬禮，「我去叫煤掌和蕨掌準備。我們會馬上開始進行。」

⚡⚡⚡

當火心跟兩位見習生解釋有關測驗的事時，煤掌豎起尾巴，興奮地繞圈圈。「測驗！你認為我們已經可以接受測驗了？」

「當然。」火心說，努力隱藏自己的疑慮，「你們很用心，而且學得很快。」

「但大霧不是會讓狩獵變得困難嗎？」蕨掌問。

火心回答：「風靜止不動也有好處。」

蕨掌露出深思的表情，然後眼睛亮起來，說：「要聞出獵物的位置會比較困難，但同樣的道理，獵物要聞到我們也不容易。」

「完全正確。」火心贊同道。

「現在就走嗎？」煤掌問。

「隨時可以動身。」火心回答，「但不用急，這不是賽跑——」他的話對煤掌來說根本是白費唇舌，因為她已經往營地出口奔去。「時間是到太陽下山為止。」他在她後面喊著。蕨掌看了火心一眼，輕嘆一聲，轉身去追他妹妹。

火心在大松林裡追蹤兩名見習生。踩過森林裡其他結冰的地面之後，他覺得腳下的松針踩起來軟得有點奇怪。他先跟蹤煤掌，看到她興奮地在森林裡躡手躡腳地走來走去。後來他聞到蕨掌的氣味，於是跟上去。他們在森林裡到處留下氣味；火心可以聞得出來，他的見習生在哪裡曾經快跑過、在哪裡曾經坐下休息，甚至在哪裡曾一起徘徊了半晌。

不久，火心找到煤掌捕殺獵物的地方。火心知道她帶著獵物一起走，因為他聞得到她和獵物混在一起的氣味。接著他又發現蕨掌抓到小鳥的地方。鳥羽散得到處都是。兩名見習生的狩獵技巧顯然都很出色，當他探測到一股濃烈的獵物香時，他很確定這個看法沒錯。他撥開松針，挖進一棵松樹根裡，那裡有一堆獵物，是煤掌先藏起來等一下要來拿的。火心對煤掌的表現感到驕傲。她抓到不少獵物，而且正往兩腳獸地盤後面的橡樹林移動。

火心繼續追蹤，就在松林外，他發現蕨掌的蹤跡。氣味很濃，那表示這名見習生就在附近。火心往前爬，在一棵小橡樹附近看了看。他發現蕨掌正趴在一堆混亂的蕁麻叢下，藏在陰影裡，尾巴輕輕地左右擺動。

蕨掌盯著樹根上一隻爬來爬去的樹鼠看。蕨掌耐心地等待。**很好**，火心想。他看見蕨掌慢慢地往前爬，一次一小步，腳底的葉子幾乎沒發出聲音。他躡手躡腳地，就跟那隻也在狩獵的樹鼠一樣，但對方完全沒有意識到自己有危險了。火心屏息著，想起自己的第一次狩獵任務。

蕨掌逐漸靠近了，腳下的葉子發出的輕微窸窣聲，融入周遭森林的聲音裡。火心發現自己默默地在鼓勵那名見習生。現在，蕨掌只離樹鼠一隻兔子身長那麼遠了，他將身體壓得低低的，緊貼著地面。樹鼠跳上一條樹根，東張西望。牠愣住了。情況不對。

出手！火心想。蕨掌縱身一躍，壓住那隻樹鼠，用兩隻前爪將牠鉗住。對方連掙扎的機會都沒有，蕨掌就那麼張口一咬，解決掉牠了。

蕨掌抬起頭。火心看到他呼出獵物氣味時，稚嫩的臉孔露出滿足的表情。然後蕨掌就在樹林裡鑽來鑽去。火心忽然意識到，自己很期待回去跟虎爪報告這兩名見習生的表現。

「嗨！」火心身後發出一聲輕喚，那聲音幾乎把他嚇得跳到半空中。他倏地轉身。

「我們表現得如何？」煤掌問，歪著頭抬眼看他。

「這問題不該由妳來問！」火心滿足地叫嚣著，一面舔著他張開的毛，「其實妳不可以和我說話。我在測驗妳，妳忘了嗎？」

「噢！」煤掌說，「對不起！」

火心嘆了一聲。當初他接受測驗的時候，才不敢靠近虎爪一步呢。他並不想嚇阻煤掌，逼迫她服從，就像虎爪對烏掌做的那樣，但他希望多少受到一些尊重。有時候他覺得自己一點都不像煤掌的導師。

煤掌看著地面一會兒，然後抬眼望他，露出疑惑的神情。「你真的是在兩腳獸地盤出生的嗎？」

火心沒料到她會問這個問題，愣住了。他緊張地往兩腳獸的柵欄瞄了一眼，希望公主今天因為聞到煤掌和蕨掌的氣味而留在她的花園裡。「為什麼這麼問？」他說，避開話題。

「聽虎爪提起過而已，沒什麼。」煤掌回答。她看起來真的很好奇，但火心一聽到虎爪的名字，就覺得有股令人顫慄的陰沉威脅。虎爪還對煤掌說過什麼有關他的事？

「我出生時是一隻寵物貓。」火心鎮定地說，「但現在我是一名戰士，在部族裡生活。我以前的生活並不是不好，但那已經過去了，我對現在的生活很滿意。」

「噢，好吧。」煤掌冷冷地說，「待會兒見！」轉頭往森林裡竄。

火心獨自站在樹林裡，瞪向兩腳獸的地盤，心臟撲撲跳。他剛才對煤掌說，他很高興告別過去的生活，一個月前，這些話是千真萬確的。但現在，他可不那麼確定。這一陣子，他覺得最開心的時光就是和溫柔的寵物貓妹妹一起回憶過去的時刻。想到這裡，他的毛刺痛起來。

第十三章

太陽沒入森林以後，火心在煤掌掩藏她的第一堆獵物的松樹旁等著。後面響起腳步聲，他轉過身，看見煤掌和蕨掌朝他走過來。他們叼著獵物，蕨掌幾乎咬不住他的戰利品，好大一隻。火心感到安慰：即使是虎爪，也不能否認他這兩名見習生的努力。

「我來幫你搬。」火心提議，他撥開蓋在煤掌獵物上的松針，把獵物挖出來，用牙齒咬住牠，然後和兩名見習生一起走回營地。

他們回到家時，有些貓已經開始在空地上吃晚餐了。虎爪一定一直在等他們回來，因為他們正準備把剛捕到的獵物放在原先的獵物堆時，他就朝他們走過來了。

「這些都是他們自己抓到的？」他問，還用一隻巨掌推了推那堆獵物。

「嗯，是的。」火心回答。

「很好。」虎爪說，「來跟我和藍星一起吃晚餐吧。自己挑一些食物吧。我們已經在吃了。」

煤掌和蕨掌羨慕地看著火心──跟族長以及副族長一起用餐可是一項特權。但火心並沒像他們那麼興奮，他本來以為可以單獨向藍星報告。虎爪是他最不想一起用餐的貓。

「對了，你有沒有看到灰紋？」虎爪問。火心感到一股椎心的憂慮。虎爪繼續說：「他感冒休養期間應該留在營地裡才對，但從中午以後，我就沒看到他了。」

火心的腳掌不安地晃動著。灰紋是到別處去靜一靜了？「我沒看到他。」他承認，「也許他在黃牙那裡？」

「也許。」虎爪附和道，然後走向正在吃一隻肥鴿子的藍星。

火心跟著他，努力把擔心灰紋失蹤的情緒丟到一邊。經過獵物堆時，他挑了一隻小鳥，他真希望自己選的是一隻田鼠。要是咬得滿嘴羽毛，他等一下怎麼跟藍星做報告？

「歡迎，火心。」藍星在火心坐下時，對他說。火心將小鳥放在地上，他決定等一會兒再吃。

「虎爪告訴我你的見習生抓到不少獵物。」藍星的眼神很和善。在她旁邊坐得直挺挺的虎爪則是挑剔地瞪著他，害火心不停地抽動尾巴。

「是的，他們以前從沒在霧裡狩獵過，濃霧沒讓他們洩氣。」火心說，「我觀察過蕨掌獵捕一隻樹鼠的過程，他偷偷靠近的技巧無懈可擊。」

「那煤掌呢？」藍星問。

火心注意到族長的眼神帶著些許嚴肅。她擔心煤掌的能力嗎？火心回答：「她的狩獵技巧也進步得很快。她不只學得起勁，而且似乎什麼都不怕。」

「你不擔心那可能會讓她變得莽撞嗎？」藍星問。

「她很靈敏，也很好問，這兩個條件讓她成為一個好學生。我想這足以平衡她的——」火心焦慮地尋找恰當的字眼，「——躁進。」

藍星搖動一下尾巴。「她的，就是你所說的躁進，讓我憂慮。」她說，瞥了虎爪一眼，「她需要更謹慎的指導。」這些話讓火心覺得喪氣。藍星不滿意他的指導嗎？

藍星的眼神柔和下來。「訓練她本來就是一項很大的挑戰。但很明顯的，她已經愈來愈懂得怎麼狩獵了。你對她的訓練很成功，火心。事實上，應該是說對他們兩位。」火心聽了心情立即好轉起來。

藍星繼續說：「我注意到，在沒人要求的情況下，你主動接手蕨掌的訓練。接下來這段時間，我要你繼續指導他們兩個。」

虎爪將他的視線移開，但火心已注意到他眼神裡閃現的怒意。「謝謝妳，藍星。」火心說。

「我想你那位失蹤的朋友已經回來了。」虎爪咆哮道，但頭並沒轉過來。

火心轉身，看到灰紋從育兒室後面走出來。「他可能只是到較安靜的地方去休息。」他解釋，「他還在發燒，整天都綁在戰士窩裡怪難過的。」

「不管難不難過，他應該把心思花在身體的康復上。」虎爪說，「禿葉季可不是生病的好時機。鼠毛今天早晨巡邏時也開始咳嗽了。我只希望星族保佑我們，別讓我們在這個季節染上綠咳症，去年我們有五隻小貓得這種病死掉。」

藍星嚴肅地點了點她灰色的頭。「讓我們祈禱，今年的禿葉季不會那麼長，那麼難熬。貓族在這個季節向來都很辛苦。」她看起來好像有心事，停了一會兒才對火心說：「拿那隻小鳥去跟灰紋分著吃。他應該想知道，他的見習生在測驗時的表現。」

「是的，藍星。謝謝妳。」火心說完，叼起小鳥跑到蕁麻叢旁，其實灰紋早就挑了一隻肥大的樹鼠在那裡吃起來了。火心走到他身邊時，他已經吃了將近一半，也許他的感冒快好了。

火心把小鳥放到灰紋身旁，打了一個噴嚏。

「身體好一點沒？」火心同情地問。

「沒有！」灰紋含著食物回答，「我猜我得多留在營地一陣子。」

火心覺得他的朋友似乎比之前愉快許多，但他卻愈來愈懷疑灰紋有什麼事瞞著他。

「蕨掌今天在測驗時，表現得非常優秀。」他說。

「真的嗎？」灰紋又咬了一口鼠肉，「那很好。」

「是啊，他很會狩獵。」火心開始吃他的份，「灰紋，」他在沉默好一會兒後說：「你最近幾天有沒有離開過我們的領土？」

灰紋停止咀嚼。「為什麼這麼問？」

火心的尾巴不安地抽動著。「嗯，昨夜我巡邏回來時你不在，虎爪剛剛說今天中午以後就沒看到你。」

「虎爪？」灰紋的語氣有點擔憂。

「我告訴他你可能到外面較安靜的地方去休息了，或者在黃牙那裡。」火心說，又吃了一口鳥肉，「我說對了嗎？」他滿嘴羽毛地問，忽然很希望灰紋回答說是，好讓他不用再懷疑他的好朋友是否隱瞞了什麼。

但灰紋沒理會火心的問題。「啊，謝謝你掩護我。」他繼續咀嚼。

火心沒再問下去，雖然他很好奇。當灰紋站起來說他要回窩去時，火心還是摸不透灰紋到底藏了什麼祕密。

「好。」他說，「我想在這裡多待一會兒。」灰紋快速地點頭後，就走開了。火心滾躺下來，大動作地伸了伸懶腰，用爪子抓扒著他頭頂上的地。他邊躺邊想事情。從灰紋身上的氣味判斷，他最近把自己洗得很乾淨。他是想隱藏什麼氣味嗎？灰紋幾乎承認他離開過雷族的領土，但他到底是去了什麼他不能、也不願告訴火心的地方呢？忽然他的腳掌抽了一下——自己對公主的探視不也一樣嗎？可以去的地方這麼多，他為何偏要到兩腳獸的地盤去！他回營地前也總是把自己洗得乾乾淨淨的，而且從不跟灰紋提這件事。

火心翻身坐起來，他發現一隻腳掌好像卡到什麼東西。他抬起腳，用牙齒把那個髒東西咬出來。是柳絮，雖然乾枯、皺巴巴的，但是柳絮沒錯。這東西怎麼會在這裡？雷族這裡並沒有長柳樹——事實上，火心唯一看過的柳樹長在河族領土那邊的河流附近。他屏息，心臟開始撲通撲通地跳。柳絮是從灰紋身上掉下來的嗎？

他爬進戰士窩。灰紋已經睡著了。火心清醒地躺在他旁邊，心裡納悶著他會不會蠢到跑回河族地盤去？白爪死後，豹毛的眼神已經透露，這個仇他們非報不可。想到這裡，火心忍不住顫慄。他決定要弄清楚灰紋到底去了哪裡，而且是為了什麼？

火心醒來了，他覺得窩裡又冷又濕。他嗅了一下空氣，知道快要下雨了。他邊走出窩邊打呵欠。因為擔心灰紋的事，他並沒有睡好。即使是現在，想到他的朋友可能獨自在河族的領土上，讓他又是一陣顫慄。

「冷嗎？」追風的聲音嚇了火心一跳。他轉過頭去看，尾巴抽動著。那隻細瘦的虎斑貓正從窩裡走出來。

「呃，是啊！」火心附和道。

「你還好嗎？」追風問，「你沒被你的朋友傳染吧？鼠毛今天早晨不斷流鼻水，長尾也說疾掌昨天訓練時一直打噴嚏。」

火心搖頭。「我很好，只是昨天測驗後就覺得很累。」

「啊，藍星也覺得你可能會很累，所以要我今天幫忙你訓練煤掌和蕨掌。可以嗎？」

「沒問題，謝謝。」火心說。

「好。吃過早餐後我就到沙坑跟你會合。要是疾掌真的感冒了，那麼整個沙坑就只有我們了。你餓不餓？」火心搖頭。追風走開了，他跑到昨天剩下的獵物堆裡找食物吃。

火心直接走到訓練沙坑去，等其他貓來。他沒在想訓練的事；他仍然在想灰紋。他很確定他的朋友今天會再溜出去。

追風跟著煤掌和蕨掌到達時，帶著水氣的風已經開始吹拂沙坑上方光禿禿的樹枝。

「我們今天要做什麼？」煤掌問完，跳進沙坑裡。火心直愣愣地瞪著她，他還沒想好呢。

「狩獵嗎？」蕨掌滿懷期待地說，緊跟在煤掌後面。

追風走進沙坑，加入他們。「要不要練習悄悄靠近的技巧？」他建議。

「好主意！」火心馬上附和。

「不會又是『兔子聽到你，老鼠感覺到你』那些老把戲吧？」煤掌哀嘆道。

追風嚴厲地看了她一眼，要她閉嘴，然後轉頭去看火心。

火心愣了一下，才明白追風是在等他開始。「呃，我先示範一下悄悄靠近兔子的方式。」他結巴地說，然後趴下來，開始往前移動，身手迅速靈巧，直爬到沙坑盡頭。他站起來，轉過身，發現其他三隻貓神情古怪地看著他。

「你確定那樣子能騙倒兔子？」煤掌說，頰鬚抽動著。

火心有些不解，過了一會兒才忽然明白自己剛剛示範的是他最擅長的捉鳥技巧。他的毛發出的窸窣聲，連躲在三隻狐狸身長遠的樹叢下的兔子都聽得見。

火心看著追風，一臉尷尬。這隻虎斑貓戰士皺著眉頭說：「我來給兩位示範一下怎麼爬到鼩鼱身邊，如何？」煤掌晶亮的眼睛從火心轉到追風身上。火心嘆了口氣，踱到一旁觀看。

一直到中午，火心都無法專心。他不斷想像著灰紋就要溜出營地，並渴望去跟蹤他。終於他被自己不安的思緒擊垮。他走到追風旁邊，在他耳裡輕輕說：「我肚子痛。今天剩下的課程請你幫我帶完，好嗎？我想去找黃牙，看她有沒有治肚子痛的藥。」

「我就覺得你好像有點心不在焉。」追風回答，「你先回營地去。我帶他們去打獵。」

「謝謝你，追風。」火心說，追風那麼容易就相信他，令他慚愧。他蹣跚穿過沙坑，一副很痛苦的樣子。但一進入林子裡，安全了，他馬上跑回營地去。昨天灰紋是從育兒室後面回來的。火心知道，那是溜出營地最不容易被發現的地方——當年大家懷疑老巫醫黃牙謀殺斑葉，黃牙也是從那裡逃出去的。

火心在營地外到處查看，嗅著羊齒牆。聞到灰紋的氣味時，他的心沉了下去。灰紋絕對是從那條路溜出去的，而且就那氣味判斷，他溜出去很多次。至少，那氣味不是新留下的，這表示今天他還沒走過這條路。

火心在附近的一棵樹後面趴下來，耐心地等著。烏雲開始飄過天空，森林裡愈來愈暗。那片陰影完全遮住他，他確定自己是在下風處，不會被灰紋發現。罪惡感和恐懼讓他神經緊繃，他覺得肚子真的痛起來了。他既希望灰紋不會出現，又希望灰紋只是躲到雷族邊界較安靜的地方休息一下而已。

火心聽到羊齒牆傳出窸窣聲，他的心蹦緊。一個灰色的鼻子從羊齒叢中擠出來。灰紋謹慎地四下張望，火心趕緊低下頭來。過了一會兒，那位戰士跳出來，往訓練沙坑的方向小跑步。

火心的心裡燃起一股希望。也許灰紋的感冒好多了，他決定參與訓練課程。他跟在後面追，保持著一個安全距離，靠著氣味——而不是視線——來追蹤他的朋友。

但來到往沙坑去的叉路時，火心知道自己的希望落空了。越過樹林看到那塊醒目的灰色巨石——陽光岩出現在眼前時，他心裡有股不祥的恐懼。火心豎起耳朵，張開嘴，聞聞看風裡是不是有別族的氣味。在樹林邊，他瞥見一隻肩膀寬闊的灰貓從大石旁溜過，往河族邊界前進。不用懷疑灰紋要去哪裡了。一等朋友離開他的視線，火心就走向前，往斜坡下那條河流看。從樹叢的搖動來看，火心可以猜出灰紋在哪裡。他只希望沒有其他河族戰士在看。

火心穿過羊齒叢往下走。河水不再結冰了；他聽得見河水拍打河岸、水花撞擊著圓石的聲音。走到蕨叢邊，他放慢腳步，凝視著開闊的河岸。

灰紋坐在鵝卵石地上。這隻灰毛戰士豎著耳朵，東張西望，但火心從他放鬆的肩膀線條知道，他不是在注意有沒有獵物。

一個奇怪的貓叫聲從遠處傳來。是河族的巡邏隊嗎？火心的毛豎起來，肌肉也本能地繃緊，但灰紋卻不動如山。火心聽到對岸的羊齒叢傳出窸窣聲。灰紋仍然靜坐著。一張貓臉出現在對岸，火心忍不住屏息。這隻銀色母貓幾乎是無聲無息地從羊齒叢下現身，滑入河裡。火心覺得心跳瞬間停止。那是銀流，曾經救了他朋友一命的母貓！

她敏捷地游過河。灰紋站起來，開心地喵叫，腳掌興奮地磨蹭著地上的鵝卵石。她爬上岸後，灰紋豎直尾巴走到河邊。

銀流把身上的水珠甩掉，兩隻貓溫柔地互相碰鼻子。灰紋用口鼻部摩挲著銀流的頸子，銀流則是開心地抬起下巴。接著銀流踮起腳尖，讓纖細的身體靠在灰紋身上。灰紋好像一點都不介意毛濕了，因為當銀流把潮濕的身體貼近他時，火心聽到他滿足地大聲呼嚕。

第十四章

火心因為恐懼而豎起寒毛。灰紋怎麼可能那麼蠢？跟別族的貓約會，他可是打破戰士守則裡的每一條呢。

「灰紋！」火心從樹叢裡跳出來，大聲嘶叫。

那兩隻貓倏地轉身面對他。銀流的耳朵憤怒地塌下來。灰紋嚇壞了，瞪大眼睛看著他，「你竟然跟蹤我！」

火心不理會他錯愕的喵叫聲。「你在幹什麼？難道你不知道這樣做有多危險嗎？」

銀流說：「沒事的。這裡日落前不會有巡邏隊。」

「妳確定嗎？好像妳知道河族的每一項作息似的！」火心吼道。

銀流抬起下巴。「沒錯，我都知道！我父親就是曲星，河族的族長。」

火心愣住了。「妳到底在玩什麼把戲？」他對灰紋呼嚕一聲，「你真是作了最糟糕的選擇！」

灰紋看了火心一會兒，然後轉向銀流。「我該走了。」他說。

銀流眨著眼，頭伸向前依偎著他的臉頰。他們閉上眼睛，又貼靠了一會兒。火心則是留意著四周的動靜，爪子因警覺而張開。銀流在灰紋耳邊低語了幾句後，兩隻貓才分開。那隻河族母貓在滑進河前，還抬起頭挑釁地瞪了火心一眼。

灰紋跳到火心旁邊。兩個好朋友在奔離河族地盤、經過陽光岩之前，一句話也沒說。在快到營地時，灰紋才放慢腳步。

火心也慢了下來。「你不能再去看她了。」他喘著氣說。他們已經遠離河族邊界；火心不再那麼恐懼了，但他的氣還沒消。

「我做不到。」灰紋用沙啞的聲音回答。他咳嗽，胸口起伏著。

「我不明白，」火心說，「河族現在對雷族充滿敵意。白爪死後你也聽到豹毛怎麼說。」火心遲疑，他知道這個提醒會讓他的朋友難過，但他不能不說。「再說，你怎麼知道你可以信賴那隻河族貓呢？」

「你不了解銀流。」灰紋說，然後默默坐下。他的眼神閃著痛苦的光芒。「你也不用提醒我白爪的事。難道你認為知道自己要為銀流族貓的死負責，對我來說是件容易的事？」火心不耐煩地哼了一聲——白爪是敵營的戰士，不是族貓！但灰紋繼續說：「銀流了解那是場意外。山谷邊本來就不是作戰的地方，任何一隻貓都可能在那裡失足！」

灰紋忙著舔掉毛上的河族氣味，火心在他旁邊踱來踱去。「銀流怎麼想根本不重要！問題是你對雷族的忠誠度！」他質問，「你跟她見面已經破壞雷族的規矩了！」

灰紋停止舔拭的動作。「你以為我不知道？」他嚷道，「難道你懷疑我對雷族不忠？」

「不然我該怎麼想呢？為了見她，你對雷族不誠實。還有，我們如果跟河族作戰，你該怎麼做？你想過這點嗎？」

「你想太多了。」灰紋搶著說，「這種事不可能發生。碎星已經被趕跑了，風族也回來了。四大貓族將會和平相處。」

「河族最近的所作所為可一點都不和平。」火心指出，「你知道他們在陽光岩獵食，那是我們的地盤！」

「早在我出生以前，他們就在陽光岩附近獵食了。」灰紋嘲弄他，扭過頭去舔拭自己的尾巴。

火心繼續走來走去。灰紋似乎不明白自己在幹什麼。「好吧。你要是被河族的巡邏隊逮到怎麼辦？」

「銀流不會讓那種事發生。」灰紋邊回答，邊舔著尾巴上的厚毛。

「星族在你頭頂上，難道你一點都不擔心？」火心脫口問，氣急敗壞。

灰紋不再舔尾巴，抬頭看著他的朋友。「你是不懂我的意思嗎？這一切準是星族安排的。你聽我說，銀流想見我——即使在白爪發生不幸以後。我們的想法一致，就好像我們生在同一族似的。」

火心明白再爭論下去一點意義也沒有。「走吧。」他心情沉重地說，「我們最好在大家發現你不在以前回到家。」

灰紋站起來，和火心肩並肩走到溪谷頂端，往下俯瞰他們的營地。一個想法不斷地迴盪在火心腦中——灰紋怎能愛上曲星的女兒，而又對雷族忠心呢？

他瞥了灰紋一眼，然後兩隻貓開始爬下陡坡回家。他們從灰紋溜出去的同一條路爬進營地。火心屏息擠過邊界的牆，心裡很氣灰紋害他得這樣偷偷摸摸地進出。他們從育兒室後方轉出來時，看到白風暴正好走過來，火心的心直往下沉。

「灰紋，你應該多休息，而不是到處遊蕩。你的咳嗽已經惡化了。可不要連育兒室都感染了！」那名戰士警告道。灰紋點頭，然後走開回戰士窩。「還有你，」——白風暴轉向火心，火心的耳朵緊張地抽了一下——「你不是應該在訓練你的見習生嗎？」

「我回來找黃牙拿些肚子痛的藥。」火心含糊帶過。

「那麼，趕快去拿吧。」白風暴說，「吃過藥後，可以讓自己有些用處，去幫忙獵一些食物回來。現在是禿葉季，我們可不能讓年輕戰士在營地裡到處閒晃，什麼事也不幹！」

「是的，白風暴。」火心說。白風暴沒再多問，讓他鬆了一口氣。他掉頭往黃牙的窩跑去。

黃牙正忙著調製草藥，前面放著數堆葉子。火心站在那裡，不發一語地看了她好一會兒。火心覺得很難過，跟灰紋吵了一架後，似乎全身虛脫。他多希望在這裡調配草藥的是斑葉，而不是黃牙。

黃牙抬頭瞥了他一眼。「我們的存貨快用盡了。我可能需要人手幫我多找些藥草來。」

火心沒有回答。黃牙打斷他時，他正納悶著要不要將他對灰紋的擔憂透露給黃牙知道。

「看起來白咳症已經在營地裡傳染開了。」她叫嚷著，不耐煩地搗著一片乾葉子。「今天早上就有兩個病例。」

「是疾掌嗎？」火心問。

那隻老巫醫搖搖頭。「疾掌只是感冒。是斑尾的小貓，以及長老斑皮。目前並不嚴重，但我們必須讓整個部族更強壯些。禿葉季總是容易爆發綠咳症。」火心明白她的擔憂。綠咳症才是可怕的殺手。黃牙又抬頭看他。「你需要什麼？」

「噢，沒什麼，只是肚子痛。但妳要是太忙，也沒關係。」

「很痛嗎？」她說。

「不會。」火心承認，不敢看她的眼睛。

「那麼等痛時再回來吧。」那隻巫醫回頭又開始調製草藥。火心轉頭要離開，但黃牙叫住他。「你一定要把灰紋留在營地裡，好嗎？他是個年輕力壯的戰士，要是肯好好休息，感冒早就痊癒了。」

火心的尾巴緊張地抽動著。難道她猜到灰紋常常溜出營地？他等著，心臟怦怦跳，看她是不是還有其他話要說，但黃牙接著就又皺著眉頭處理藥草，於是他悄悄地走出去。

天快黑了，火心知道能打獵的時間不多了。他很快地抓到一隻鼩鼱、一隻小鳥，還有一隻老鼠，但回營地前，他有些猶疑。他知道若沒有及時替部族增加一些食物，白風暴可能會說話，但對灰紋的擔心比其他任何事都重要。火心下定決心介入——灰紋要是不講道理，也許銀流會。

他把獵物藏在一棵樹根下，用葉子蓋起來。然後往陽光岩跑去，這是他一天之內第二次上那兒去。一整天看起來要下的雨，終於開始下了。當火心爬下陰暗的斜坡，往河邊走去，滂沱的大雨已經像戰鼓般咚咚地敲在羊齒葉上了。

雖然雨下得很大，銀流的氣味仍然清晰可聞。火心循著氣味，來到他之前看到灰紋和銀流相會的地方。他保持高度警覺，慢慢地走到河邊。黑漆漆的河水無情地流著，他感覺背脊在顫慄。他並不想游過河。因為他的毛不像河族貓那樣有一層防水的保護油，況且禿葉季也不是可以把毛弄得濕漉漉的季節。

火心忽然愣住了。他聞到河族戰士的氣味！

他趴下去往對岸望去，看見銀流正擠過一棵垂地的柳枝。她後面跟著兩個同伴，其中一隻肩膀寬闊，兩個耳朵都因為戰役而裂掉一半。那名戰士多疑地嗅著空氣，東張西望。

火心聽到自己的血液在耳膜裡奔騰。對方已經追蹤到他的氣味了？

第十五章

火心悄悄地退回羊齒叢去。那名河族戰士不再嗅聞空氣，但仍四處張望著。

火心轉頭，趴著爬開。他聽到後面潑啦一聲，有隻貓躍進河裡。火心轉身瞥了一眼，心臟撲撲跳著。透過羊齒叢，他看見一顆銀色的腦袋，在河裡一上一下地往他的方向游過來。是銀流！但另外兩隻貓呢？他小心翼翼地轉了一圈，張嘴舔嗅空氣。附近並沒有他們的氣味，他們一定是往別處去了。他回頭看銀流，她仍然奮力地游過來。火心懷疑那是不是個陷阱，不知道自己該不該快跑，但對灰紋的擔憂讓他留了下來。

那隻銀色虎斑貓爬上岸，輕喵一聲：「火心，我知道你在這裡。我聞到你的氣味！沒事了，石毛和影掌已經走了。」

火心沒有反應。

「火心，我不會讓灰紋最親近的朋友出事的！」她的聲音聽起來有些不耐煩，「看在星族的份上，相信我吧！」

火心慢慢從藏身處爬出來。

銀流瞪著他，尾巴拂動著，「你在這裡幹什麼？」

「我來找妳。」他低聲說，待在敵人的地盤讓他覺得很痛苦。

銀流的尾巴警覺地抽了一下。「灰紋沒事吧？他的咳嗽變嚴重了？」

她的關懷激怒了火心。他可不想知道這隻母貓對他的好朋友有多在乎。「他好得很！」他低吼，原有的機警被憤怒取代了，「但他如果繼續跟妳見面，早晚會出事！」

銀流氣得豎起毛來。「我絕不會讓灰紋出事的！」

「噢，是嗎？」火心哼道，「妳能怎麼保護他？」

「我是族長的女兒。」銀流說。

「所以妳可以控制妳父親的戰士?妳自己也不過才晉升戰士不久！」

「你也是！」她輕蔑地回嘴。

「是的，妳說得沒錯。」火心承認，「就是因為這點，我不確定自己保護得了灰紋，要是雷族或河族發現你們約會而震怒的話。」

銀流故意瞪他，但眼神充滿感情。「我不能不見他。」她說，聲音低得像在呢喃，「我愛他。」

「但我們兩族的關係已經夠緊張的了！」火心氣急敗壞地說，一點也不同情他們，「我們都知道河族在我們的地盤狩獵……」

輕蔑的眼光又回到銀流的眼裡。「雷族如果知道原因，就不會那麼在乎我們在那裡捉什麼了！」

「為什麼？」火心大聲質問她。

「河族在挨餓！我們的小貓在哭泣，因為他們的媽媽沒有奶水。我們的長老也因為沒東西吃，快餓死了。」

火心驚駭地瞪著她。「但你們有整條河！」他反駁，「所有的貓都知道河族擁有的狩獵場是最好的——河裡有魚，草原那邊有獵物！」

「那不夠！兩腳獸已經佔據了我們下游的領土。整個綠葉季牠們都在那裡紮營，而且只要河裡還有魚，牠們就不走。牠們離開時，河裡的魚幾乎全沒了。還有，牠們對森林的破壞也讓獵物變少了。」

火心忘記生氣，只覺得既難過又同情。他可以想像這種情況對河族來說有多嚴重。他們享受慣豐富的魚獲，每到綠葉季總是吃得胖嘟嘟的，因此禿葉季時能安然撐過幾個月的辛苦。火心瞪著眼前這隻母貓，重新打量她。她不只是纖細，他忽然發現，她根本骨瘦如柴，在她濕透、貼身的毛底下，一根根肋骨清晰可見。他忽然明白為什麼河族族長曲星在大集會時對藍星的計畫那麼充滿敵意了。「那就是你們不願意風族返回森林的原因！」

「沼澤地那邊整年都有兔子可以捉。」銀流解釋，「牠們是我們能夠熬過禿葉季，又不損失小貓的唯一希望。」她輕輕搖頭，然後抬眼看著火心。

「灰紋知道這些嗎？」他問。

銀流點頭。火心看著她，一時覺得困惑。但他不能容許感情因素破壞他們的戰士守則，他的朋友也不行。「不管你們河族有什麼困難，妳都不能再跟灰紋見面了。」

「為什麼？」銀流問，她抬起下巴，眼睛閃閃發亮。「我們的愛會造成什麼傷害？」

火心回瞪她。寒冷的雨淋濕他的毛，但另一股冷顫竄過他的背脊。

銀流忽然小聲嘶叫，嚇了火心一跳。「你必須離開了。巡邏隊往這裡來了。」

火心聽到河對岸傳來輕微的窸窣聲。再待下去不但沒有必要，而且也很危險。窸窣聲愈來愈近了。他一聲再見也沒說，就縱身跳進濕淋淋的羊齒叢，往回家的路上快奔。

他先往之前藏匿獵物的橡樹跑去。在那條小路上，一股清新的兩腳獸氣味讓他停下腳步，他想起公主。他不知道有沒有時間跟著那股氣味回到兩腳獸的地盤。他想知道公主是不是生小貓了。不過，公主現在或許已經被安置在兩腳獸的窩裡，況且部族現在需要獵物。一股不安的感覺刺痛火心，他忽然意識到不只灰紋有忠誠度的問題。

雨水開始從他的頰鬚末端滴下。他把水珠甩掉，往掩藏獵物的地方狂奔。

回到家時，整個營地都很安靜，大夥兒都在窩裡躲雨。火心穿過空地，將獵物放到食物堆上。他給自己挑了一份食物後，慢慢走向戰士窩。今晚要在外面用餐是不可能的。

他把頭伸進窩裡。看到灰紋在打瞌睡，他覺得放心多了。灰紋要不是在森林裡來回地穿梭，忙著跟銀流約會，說不定真的會康復得快一些。

「黃牙還沒吃東西呢。」白風暴在陰影裡說，「她太忙了。如果你把叼在嘴裡的老鼠送去給她，我想她會很感激你的。」

火心點頭，退出窩去。黃牙如果忙到沒時間進食，那表示營地裡發病的情況變嚴重了。火心跑過空地，撿起另一隻老鼠，奔進蕨葉隧道。

一隻小虎斑貓躺在空地邊緣、蕨叢下的青苔窩裡。黃牙蹲在旁邊，努力在哄他吃草藥。那隻小貓可憐兮兮地吸著鼻子，眨著眼睛看她，眼裡、鼻裡都是水。火心知道他一定是得了白咳症。黃牙聽到火心的聲音，轉過頭來。「給我的嗎？」她問，一邊看著火心嘴裡垂下來的老鼠。他點頭，把兩隻老鼠放到地上。「謝了。既然你來了，為什麼不幫我勸勸這隻小貓吃藥？」她僵硬地移動著受過傷的肩膀，走向老鼠，然後狼吞虎嚥地吃起來。

火心走向小貓。小貓抬起頭來看著他，張開小嘴不斷痛苦地喘著、咳著。火心溫柔地把一小片綠藥草推給他。「你若想成為戰士，就必須習慣吞嚥這些可怕的東西。」他說，「你到月亮石去報到前，還得吃下比這更難吃的藥草呢。」

那隻小貓半閉著眼睛疑惑地看著他。

「你就把它當作練習吧。」火心鼓勵他，「當作將來要當戰士的練習。」

那隻小貓靠過去，試吃了一小口。

火心發出鼓勵他的呼嚕聲。

黃牙走到他旁邊。「很好！」她說，並用鼻子往旁邊指了一下。火心知道她有話跟他說，便跟著走到她休息的石頭下。雨還在下，黃牙的灰毛濕透了，沾滿水的尾巴拖垂在泥地上。

「藍星也感染了白咳症。」她一臉嚴肅地說。

「但白咳症沒那麼可怕，對吧？」

黃牙搖頭。「她的病發得很突然。」她說，「對她的身體影響很大。」想到族長已經少了好幾條命，火心的胃痙攣起來。「我警告她不要靠近那些病貓，但她就是想探視他們。」黃牙繼續說，「現在她在她的窩裡休息。霜毛在照顧她。」

黃牙眼神中的恐懼令火心納悶，不曉得她是不是知道藍星還有幾條命。火心以為自己是族裡唯一知道這個祕密的貓，其他貓都以為藍星還有三條命。不過也許巫醫本能地知道這件事。

事實是，藍星如果失去這條命，她就只剩下一條了。

第十六章

雨下了一整夜，直到第二天早上才停。中午時，烏雲開始散開。所有的雷族貓都在空地上等族長的消息，氣氛十分肅穆。

火心從邊界牆旁的蕁麻叢爬出來，他從凌晨就守候在那裡了。他走到高聳岩旁藍星的窩外，裡面並沒有什麼動靜。他在掉頭走開時，遇到帶著食物要回育兒室的柳皮。她歪著頭默默用眼神詢問他。

火心了解她也很想知道藍星的近況。「目前恐怕沒什麼可報告的。」火心聳聳肩。

火心給煤掌和蕨掌放了一天假。他看到他們在窩外閒晃，一副很無聊的樣子。火心知道他們對不能受訓感到很失望，但藍星生病了，他想留在營地裡。至少虎爪不在，不能批評他的決定。那個偉大的副族長帶巡邏隊出去了。

忽然垂在藍星窩外的苔蘚抽動了一下，霜毛衝了出來。她奔過空地，跑進黃牙的窩裡，不久就和巫醫一起衝出來。霜毛和黃牙擠過苔蘚後，火心也趕到藍星的窩外。他坐下來，心臟跳得好厲害。霜毛往外看了一下。

「還好吧？」火心問，聲音發抖著。

霜毛閉上眼睛。「她得了綠咳症。」她垂頭喪氣地回答，「你在外面守著，不要讓任何貓進來。」說完頭縮回窩去。

火心像石頭般呆坐著，又震驚又害怕。綠咳症！藍星果真病危，可能會再失去一條命。

一聲尖銳的吼聲從營地外傳來，火心倏地轉身，望向金雀花隧道。塵掌竄進空地，在火心身旁煞住。「我從虎爪那邊來，」他喘氣道，「我有消息要給藍星。」

「她生病了，」火心回答，「你不能進去。」

塵掌不耐煩地擺動尾巴。「虎爪要她去轟雷路會面，情況緊急。」

「發生什麼事？」

塵掌瞪著他。「虎爪要見的是藍星，」他嘲諷道，「不是一隻假裝是戰士的寵物貓！」

火心聽了很生氣，露出爪子。「藍星現在不能離開營地。」他吼道，塌下耳朵，擋在族長窩的入口。

「火心說得沒錯。」後面響起黃牙沙啞的聲音。她走出藍星的窩。

塵掌看著那隻巫醫，在她橘色的目光下畏縮了。「虎爪在我們的地盤發現影族戰士的蹤跡。」他說，「他們入侵過我們的狩獵場！」

雖然掛念藍星的安危，火心仍然感覺自己的嘴唇因為憤怒而捲起。他們竟敢如此？雷族可是幫過他們大忙的！

但黃牙對塵掌的報告不感興趣。她轉頭，著急地對火心說：「火心，你知不知道兩腳獸的地盤上有長貓薄荷？」

「貓薄荷？」火心重複。

「藍星需要那種藥草。」黃牙解釋，「那種藥草我好幾個月沒用過，但我想那可能有效。」這隻巫醫已引起火心所有的注意力。她繼續說：「那種藥草的葉子柔軟，有股無法抵抗的氣味……」

火心打斷她。「我知道哪裡可以找到！」他從沒有在森林裡看過那種藥草，但小時候，他住在兩腳獸的家時，曾經在一大叢貓薄荷上滾著玩。

「很好。」黃牙回答，「你去摘一些回來，愈多愈好。快去！」

「那虎爪呢？」塵掌問。

「現在虎爪必須自己去處理那件事！」黃牙突然吼著。

煤掌一直待在樹幹旁看著他們。現在她跳過來。「自己去處理什麼事？」她興奮得問。火心急忙揮一下尾巴，要她安靜。

塵掌沒理那隻見習生。「影族現在可能已經在我們這裡了！」他嘶叫著。

煤掌的眼睛瞪得大大的，不敢再說話。

黃牙想了一下。「白風暴呢？」她問。

「他帶沙掌和鼠毛到陽光岩去巡邏了。」塵掌回答。

黃牙點頭。「藍星生病了，火心又得去找貓薄荷，我們不能再冒險讓其他戰士離開營地。

如果影族真的來到我們的營地，有可能會攻擊這裡。他們以前就曾經這麼做過。」她嚴肅地提醒他。

「我摘了貓薄荷後就馬上趕回來，」火心插嘴，「我可以去見虎爪，替藍星回話。」

塵掌的眼睛閃了一下。「但他要藍星親自去看證據。影族在轟雷路屬於我們的這邊留下了吃剩的獵物！」

黃牙吼了一聲，要他閉嘴。「藍星不需要去看證據。」她粗聲說，「她會相信她副族長說的話。」

「虎爪只需要知道藍星現在沒辦法去。」火心說，「我摘了貓薄荷後就去告訴他。他現在在哪裡？」

「我去就好！」塵掌呼嚕道，「你以為你是戰士，而我只是見習生，你就比我有資格去傳話嗎？」他狠狠地瞪了火心一眼。

黃牙可沒時間吵架。「火心走後，我們的部族需要你來保護！」她對塵掌咆哮，耳朵塌了下來。「這個責任不夠重要嗎？說，虎爪現在在哪裡？」

「在過了轟雷路的那棵燒焦的梣樹旁。」塵掌不高興地回答。

「好。」黃牙低吼，「去吧，火心！快！」

火心在跑過空地時，聽到身後有細小的腳步聲衝過來。「火心，等一下！」

「回妳的窩去，煤掌。」他轉身對她說，沒有慢下腳步。

「你去摘貓薄荷時，我可以替你送消息給虎爪！」

火心倏地停住，轉過來看著他的見習生。「煤掌，影族如果真的在附近出沒，妳最好留在營地裡。」煤掌看起來很受挫，但火心沒時間關心她的情緒，「回妳的窩去！」他低吼。沒等她反應，火心就掉頭衝出營地。

他穿過大松林，快速擠過矮樹叢，往兩腳獸的地盤疾奔。當他衝到老家的圍牆時，花園裡熟悉的氣味撲鼻而來。他腦海裡湧起許多回憶，讓他一時有點頭暈。他想起那些暖洋洋的午後，兩腳獸在花園裡拿著玩具逗他玩。他幾乎期待聽到牠們喊著他的寵物貓名、要他去吃晚餐。然後他想起正在與病魔對抗的藍星。

火心跳進花園，越過草坪，跑到記憶中種著貓薄荷的地方。他用力一吸，張開嘴巴，然後安慰地吐出一口氣。那迷人的芳香就在附近某處。

火心沿著一排植物邊走邊嗅。他看不見貓薄荷，卻一步步靠近他在兩腳獸家的舊窩。火心的腳步慢了下來。兒時的氣味忽地混進貓薄荷的香氣裡，使他有點迷惑。

火心搖頭讓自己清醒些，然後專注在貓薄荷的氣味上。他從一大叢還在滴水的灌木下擠過，找到一大片種著那柔軟、芬芳的藥草地。不少葉子受到霜害，但還是有些被覆蓋在它上面的樹叢保護得好好的，那份量足夠滿足黃牙所需的劑量。火心盡他可能地咬下他帶得走的葉子。那香甜的氣味滲進他的嘴裡，他時時提醒自己不要去嚼葉子，雖然他很想。藍星需要那些葉子榨出的每一滴寶貴汁液。

啣著滿嘴的貓薄荷，他轉身，再度奔過花園，跳過圍牆，火速穿過森林跑回營地，顧不得一路上一直勾痛他毛皮的荊棘。他覺得自己的肺好像要爆炸了——他的嘴因為啣著藥草而緊閉，所以只能用鼻子呼吸。

黃牙在金雀花隧道旁等著。火心把藥草放到她腳前，大口吸著氣，肚子起伏著。黃牙感激地看了他一眼後，撿起葉子往藍星的窩跑去。

就在火心調整呼吸節奏的當兒，他聞到從金雀花隧道傳來的煤掌興奮的氣味。他嗅著周圍的地面……難道他的警告沒效，她還是跑出營地？

火心衝到見習生窩前，把頭伸進去。只有蕨掌在裡面睡覺。

「煤掌呢？」他說。

蕨掌睡眼惺忪地抬起頭。「呃，什麼？」

「煤掌！她在哪兒？」

「不知道。」蕨掌回答，還是迷迷糊糊的。

火心縮回他的頭，往空地四處望去，只看到霜毛在藍星的窩外踱步，毛焦慮地拂動著。

火心不知道該怎麼辦，他沒時間自己去找煤掌，但他也不想告訴其他戰士她不見了。**灰紋！**他忽然想到。灰紋可以在他去找虎爪時，幫忙去找煤掌。於是火心趕到戰士窩去。

但灰紋的床鋪是空的。火心氣到全身發抖。他需要朋友時，灰紋跑哪去了？他猜不到似的！火心粗魯地哼了一聲。在火心找到虎爪、告訴他藍星生病以前，煤掌只能自求多福了。

火心再度穿過金雀花隧道，往轟雷路跑去。他沿著小徑經過溪邊，進入森林，一路上都聞得到煤掌留下的氣味。她想必是走過這條路。不用說，她一定是想自己去找虎爪！火心背脊上的毛因為焦慮和沮喪而豎起。她怎麼那麼愚蠢呢？

繞過蛇岩後，火心開始聞到轟雷路的氣味，也聽到怪獸奔馳的怒吼聲。忽然一個銳利刺耳的尖叫聲從樹林邊緣傳過來。火心感覺身體裡的血液都凝固了。那是他在夢裡聽到的哭嚎聲。

他跑出樹林，在轟雷路旁的草地前煞住。他絕望地往路邊左右逡尋，然後看見那棵被雷打焦的梣樹。那一定是塵掌先前說虎爪要與藍星碰面的地方。但虎爪還在一段距離外，鎮靜地往梣樹這邊走來。

火心開始跑起來。這段路旁的空地很狹窄，幾乎不到一隻兔子寬，但火心繼續跑著，邊跑邊對虎爪大叫。「你有沒有聽到尖叫聲？」不過一隻怪獸狂奔而過的怒吼聲蓋過他的聲音。

火心顫抖著等牠經過，當怪獸的怒吼聲遠去，他才又開始對著虎爪喊。然後他注意到梣樹旁的窄草地上有團黑黑的東西。他緊張地停住腳步，認出躺在轟雷路旁動也不動的弱小身軀。是煤掌！

第十七章

火心瞪大眼睛，嚇住了。虎爪也已經趕到那個軟趴趴的身軀旁；他站著低頭看，寬大的肩膀震僵了。火心強迫自己靠近，試著將頭往前伸，嗅著煤掌的肚子。她身上有轟雷路的氣味。她的一隻後腳撞歪了，上面的血水閃著光。火心渾身發抖，幾乎站不住。他看到她的肚子起伏著。還有呼吸！他激動得說不出話來，抬頭看著虎爪。

「她還活著。」副族長低聲說，琥珀色的眼珠盯著火心，「她來這裡幹什麼？」

「她來找你。」火心小聲說。

「你的意思是說你派她來這裡？」

火心驚訝得睜大眼睛。虎爪以為他那麼笨嗎？「我要她留在營地裡！」他抗議，「是她自己來的。」**但我沒辦法叫她聽我的話！**他沮喪地想到這點。

虎爪哼了一聲。「我們必須把她送回家。」他彎下身張開嘴，打算叼起那個弱小、扭曲的身體。但火心低下頭，搶在虎爪碰到煤掌前咬住她的頸背，把她叼起來。他拖著煤掌，小心翼翼地往森林走，她的身體癱軟地垂在他的兩隻前掌中間。

暗紋朝他們跑過來。「我又視查了一遍蛇岩，虎爪。沒看到影族的蹤跡——」他看見火心叼著煤掌，愣住了，「發生了什麼事？」

火心沒等虎爪回答，自顧自地拖著那個珍貴的負擔，跌跌撞撞地穿過森林。他本來可以避免這個意外的！他如果能逼煤掌服從他的話、如果能當個稱職的導師就好了！現在煤掌身受重傷，流著血，沒聲沒息地從他嘴巴垂下來。火心小心翼翼地帶著煤掌往回家的路走，她的後腳在鋪蓋樹葉的地上拖出一條淺淺的痕跡。

黃牙沒在她窩外的空地上。那兩隻得白咳症的小貓捲曲在一起，在窩裡沉睡著。火心將煤掌放在冰冷的地上，在羊齒叢裡踩出一個圓圈，替她造了個窩，然後咬著她的頸背，輕輕將她拖進窩裡。

「是火心嗎？」黃牙的喵聲從空地那邊傳過來。虎爪應該已經告訴她煤掌的事了。火心跳到窩外。「她在這裡！」他的聲音沙啞，看到巫醫，他鬆了一口氣，同時感到虛脫。

「讓我瞧瞧。」黃牙下令。她爬進羊齒叢去檢查煤掌的傷勢。火心坐下來等著。

終於，黃牙跳出來。「她傷得很重。」她說，滿是關懷的眼神頓時暗了下來，「但我想還有救。」

渺茫的希望像一顆沾在他毛上的晶亮露珠，火心感受著它的光芒，黃牙繼續說：「不過我不敢保證。」她看著火心的眼睛喃喃地說：「藍星病得很重，但我已經盡力了。接下來得由星族決定她的命運。」

火心情緒激動，眼睛溢滿淚水，幾乎看不見黃牙的臉，但他聽到她溫柔的聲音。「你去陪藍星吧。」她說，「她剛剛問起你。我會照顧煤掌。」

火心茫然點頭，走了出去。藍星曾是他的導師，又不只是導師，自從他們第一次相遇，他們之間就有一股特殊的感情。然而，他覺得為難：他也應該陪煤掌。

一個影子在蕨葉隧道的另一端浮現。虎爪坐在黃牙的窩的入口，頭跟平時一樣抬得高高的。火心的肩膀因為憤怒而僵硬。那個偉大的戰士為什麼一點悲傷的神情也沒有？畢竟，煤掌是為了去找他才出事的。她去幹嘛呢？火心注意到，那裡根本就沒有影族殘留的獵物痕跡！他不發一語地經過虎爪，穿過空地往藍星的窩走去。

長尾坐在窩外守衛；火心推開苔蘚進窩時，他頭轉向一邊，沒有阻止他。裡面只有貓后金花。火心看見她的眼睛在黑暗中閃閃發亮，也看見捲曲在窩裡的藍星。金花傾身向前，輕舔一下藍星的頭，幫她降溫，就像媽媽照顧孩子那樣。火心想到煤掌，覺得很難過。霜毛現在已經陪在女兒身邊了嗎？

「黃牙已經給她吃過貓薄荷和甘菊了。」金花小聲告訴火心，「我們現在只能守著，等著。」她站起身，用鼻子碰碰火心的鼻子，「你可以陪她嗎？」她溫柔地問。火心點頭，於是金花輕輕走出去。

火心趴下來，肚子貼在地上，前掌往前伸到剛好可以碰到藍星的地方。他靜靜地趴著，眼睛盯著藍星柔弱的身體。她連咳嗽的力氣都沒有了。黑暗中，火心聽見藍星淺而急的喘息聲，然後在那斷斷續續的節奏陪伴下，他度過了漫長的一夜。

藍星的氣息在天快亮時停住了。就在火心快要打瞌睡的時候，他突然意識到洞裡悄然無聲。窩外也沒有任何聲響，一片死寂，彷彿全族都屏住了呼吸。

藍星完全靜止不動。火心知道她已經跟星族在一起，準備展開另外一條命。他以前就看過藍星失去生命。一股詭異、籠罩她全身的安詳，讓他的毛忍不住顫動，但他什麼忙也幫不上，只能默默等著。

忽然，藍星喘了一口氣。「火心，是你嗎？」她啞著聲音說。

「是的，藍星。」火心低聲說，「我在這裡。」

「我已經失去另一條命了。」藍星的聲音很虛弱，但火心覺得安慰，想過去舔她的頭一下，像金花剛剛那樣。「我如果再失去這條命，就不會再回來了。」

火心覺得喉頭好像堵住了。想到雷族可能失去偉大的領袖，他感到痛苦；但想到自己可能失去一位良師益友，他感到更加痛苦。「妳覺得怎麼樣？要我去找黃牙來嗎？」

藍星輕輕搖頭。「燒已經退了，我好多了。我現在只需要休息。」

「好吧。」火心說。光線開始透過苔蘚照進來，因為整夜沒睡，他覺得有點頭暈。

「你一定累壞了。」藍星說，「去睡一會兒吧。」

「好的。」火心把自己撐起來。他的腿因為趴太久而麻木。「妳有沒有需要什麼？」

「沒有，只要告訴黃牙發生什麼事就好。」藍星回答，「謝謝你陪我。」

火心滿足地想呼嚕一聲，但聲音卡在喉嚨裡。很多話將來有機會再說吧。他穿過苔蘚走出去。

窩外強烈的光線讓他睜不開眼。前一夜下雪。火心驚訝地瞪著雪地。他從沒看過雪——在他小時候，當天氣冷時，他的兩腳獸主人總是把他關在屋裡；但他曾聽部族的長老談過雪。暗紋接長尾的班，在藍星的窩外守衛，火心對暗紋點了點頭，然後走入那奇怪的「粉末」裡。他覺得雪很濕很冷，在他的踩踏下發出響脆的喀嗤聲。

虎爪正站在空地上。雪還在下，飄落在那隻虎斑貓濃密的毛上，沒有馬上融化。火心聽見虎爪在下命令，叫屬下在育兒室的牆面鋪上葉子，以抵擋寒氣。「然後我要你們在雪上挖一個洞，好儲存獵物。」副族長繼續指揮著。「用雪把洞底鋪好，放滿獵物後，再用更多的雪蓋住。我們可以好好利用這些雪。」

戰士們在虎爪周圍跑來跑去，執行他的命令。「鼠毛，長尾！去組織幾個狩獵隊。我們必須趁獵物躲進窩裡不出來活動以前，盡可能地儲存食物！」虎爪看到火心走過空地。「火心，等一下！」他叫，「噢，我猜你需要休息。今天早上的狩獵行動你應該是幫不上任何忙吧！」

火心瞪著這位深毛戰士，喉頭升起一股憤怒的敵意。「我要先去看看煤掌的狀況。」他咆哮著。

虎爪盯著他的雙眼看了一會兒，問道：「藍星的情況如何？」

對虎爪的不信任像寒風般拂動火心的毛。他想到以前聽過藍星對虎爪隱瞞還剩幾條命的事實。「我不是巫醫，」他回答，「沒什麼好說的。」

虎爪不耐煩地哼了一聲，轉過頭繼續命令屬下。火心往黃牙的窩走去，能暫時避開瘋狂忙碌的場面，讓他鬆了一口氣。但想到煤掌現在不知道怎麼樣了，他的心跳開始加快。「黃牙！」他大叫。

「噓！」黃牙從煤掌的羊齒窩裡跳出來，「她終於睡著了。她整夜都很辛苦。我得先幫她壓驚、安撫她，才能用罌粟籽減低她的痛苦。」

「她能活下來嗎？」火心覺得欣慰，四肢鬆軟下來。

「再過幾天才能確定。她有內傷，一隻後腳也嚴重骨折。」

「那隻腳會好吧？」火心絕望地祈問，「新葉季時她就可以再接受訓練了，是不是？」

黃牙搖頭，黃色的眼神充滿同情。「火心，不管情況如何，煤掌都不可能成為戰士了。」

火心覺得天旋地轉。他因為一夜沒睡而暈眩，但這個毀滅性的消息榨乾了他最後一絲力氣。族長把煤掌託付給他，是要他訓練她成為戰士。命名典禮上的種種回憶——煤掌的興奮、霜毛身為母親的驕傲等等——像殘酷的尖刺扎痛他。「霜毛知道嗎？」他問，腦海裡一片空白。

「知道了，她在這裡陪到天亮才走，剛回育兒室去了；還有其他小貓要照顧。我會請一位長老來陪煤掌，協助她保持暖和。」

「我來好了。」火心走向煤掌的羊齒窩，往裡面看。煤掌不安地蠕動著，沾滿血跡的肚子鼓動著，彷彿在睡夢中打仗似的。

黃牙溫柔地用鼻子推推他。「你需要休息，」她啞著嗓子說，「煤掌留給我來照顧。」

火心站著沒動。「藍星又失去一條命。」他忽然蹦出話來。黃牙眨著眼，抬頭望向星族，不發一語，但火心看得出她橘色的眼睛有著痛苦的神情，「妳知道，對吧？」他喃喃地說。

黃牙低下頭，看著他的眼睛，「你知道這是藍星的最後一條命？是的，我知道。巫醫看得出這些事。」

「其他的族貓也看得出來嗎？」火心問，他想起虎爪。

黃牙瞇起眼睛，「不會。她在這條命裡的能量，不會比在任何其他條命來得弱。」

火心感激地對她眨眼。

「去吧。」黃牙命令他，「要不要吃點罌粟籽幫助你入睡？」

火心搖頭。他有點想靠吃藥來睡個好覺，但想到虎爪說影族可能來襲，他決定不吃藥，他可不想讓自己的感覺器官變得遲鈍，到時候也許得防衛營地。

灰紋已經回到戰士窩了。火心沒跟他說話；前夜找不到他時的憤怒，還像瘀傷般殘留著。他走向自己的窩，轉了一圈，坐下來開始舔拭身體。

灰紋抬起頭。「你回來啦！」語氣有點尖銳，似乎意有所指。

火心停下舔前掌的動作，瞪著灰紋。

「你竟然跑去警告銀流！」灰紋暴躁地嘶叫。在另一頭睡覺的柳皮張開一隻眼睛瞄了一下後，又閉了起來。

灰紋壓低聲音。「你別管，可以嗎？」他咆哮著，「不管你怎麼說或怎麼做，我都會繼續去找她。」

火心哼了一聲，怨恨地瞥了他的朋友一眼。他與銀流講話似乎已經是好久以前的事，他幾乎都忘了。但是他沒有忘記，當他需要朋友幫忙去找煤掌時，灰紋卻不在。他生氣地把頭靠在沾滿泥巴的前掌上，閉起眼睛。煤掌正在和死神搏鬥，而藍星剛失去一條命。對火心來說，灰紋高興怎樣，就怎樣吧。

第十八章

第二天火心醒來時，灰紋已經不在窩裡了。由透過枝椏的光線來看，火心知道現在已經是中午。他起身走出窩去，仍因為悲傷而疲憊。整個早上一定都在下雪，因為地上的雪積得很厚，快要封住洞口。火心發現他的視線被一堵幾乎跟他肩膀一樣高的白牆擋住了。

族裡似乎沒有平常來得忙碌。火心看到柳皮和半尾在空地的另一邊低聲說話。而鼠毛嘴裡叼著一隻兔子，正辛苦地走向獵物堆。她停下來，打了個噴嚏，然後繼續前進。

火心抬起一隻腳放在雪地上，一開始感覺硬硬的，但一踩下去，上面的薄冰瞬間碎裂，他往下踩空，整個身體陷了進去。火心嚇得張口喘氣，雪幾乎埋到他的口鼻處了。他搖搖頭，抬高下巴往前跳，但是這個動作只是讓他陷得更深。他掙扎著，開始心慌，覺得自己好像快要被雪淹沒了！然後，他忽然踩到了堅硬的地面，原來他已經踩到空地邊緣，那裡的雪只有一個老鼠身長那麼高。他坐下來，鬆了一口氣，身體下面的雪發出輕微的喀嗤聲。

火心看到灰紋踩過雪地走向他時，神經有點緊繃。但那位灰毛戰士似乎不覺得困擾，他厚厚的毛保護著他免於冰雪的凍傷。他的臉籠罩著悲傷。「你聽說藍星的事了嗎？」他走近後問道，「她因為綠咳症而失去一條命。」

火心不耐煩地抽動耳朵。昨晚他本來要告訴灰紋這件事。「我知道。」他脫口說，「當時我陪在她身邊。」

「你為什麼沒告訴我？」灰紋驚訝地說。

「你昨晚不大友善，你忘了嗎？總之，要不是你老溜出去破壞戰士守則，應該就會知道族裡發生什麼事。」他咆哮道。

灰紋的耳朵不自在地抽動著。「我剛去看了煤掌。」他說，「我真難過她傷得那麼重。」

「她的情況怎麼樣？」

「看起來很糟，但黃牙說她熬得過去。」灰紋回答。

火心焦慮地瞪著空地的另一邊，接著站起。他想要親自去看他的見習生。

灰紋說：「她睡著了，霜毛在陪她。黃牙也不希望其他貓去打擾她。」

火心忍不住退怯。他要怎麼告訴霜毛，煤掌跑到轟雷路都是他的錯呢？他直覺地轉向灰紋尋求安慰，但灰紋已走過空地，往育兒室去了。**又要去看銀流了**，火心想到就生氣。看著他的朋友消失在視線外，他的爪子不斷露出來，又收進去。

育兒室裡最年長的貓后斑尾，以及得了白咳症貓咪的媽媽，都已經走到火心面前，他才注意到她們。「虎爪在裡面嗎？」斑尾問，鼻子往戰士窩指了一下。

火心搖頭。

斑尾說：「育兒室裡有綠咳症。斑臉的兩隻小貓已經被傳染了。」

「綠咳症！」火心一臉驚訝，丟開之前的怒氣，「他們會死嗎？」

「可能會。不過禿葉季時總是會發生綠咳症。」她溫柔地說。

「我們總該有些因應措施吧！」火心反問。

「黃牙會盡全力防範，」斑尾回答，「不過到頭來，一切都由星族決定。」

斑尾轉身走回育兒室時，一把新的怒火在火心體內燃燒。雷族怎能忍受這些悲劇發生呢？他覺得非離開一下不可，他需要逃離那股全族似乎只求活著的哀傷空氣。

他跳起來，盲目地跑過積雪的空地，然後穿過金雀花隧道，跑進森林。發現自己本能地走向訓練沙坑時，火心嚇了一跳。他應該在那裡訓練煤掌的，這個想法令他萬分難受。他正打算走另一條路時，忽然聽到白風暴和蕨掌的聲音。那位白毛戰士一定是看到火心熟睡，所以帶著蕨掌出來訓練。難道沒有一隻貓會停下腳步，為藍星又失去一條命而哀傷嗎？火心喉頭一緊，強壓下心中的憤怒，繼續狂奔，讓自己暫時遠離營地。

他終於在大松林下停住，肚子因為剛才的疾奔而起伏。周遭的寧靜讓他心情平復許多。連鳥都不再唱歌了。火心覺得自己像是全世界僅存的生物。

他不知道自己要去哪裡，只是不斷向前走，讓森林來安慰他。走著走著，他的心情慢慢開朗起來。他幫不了煤掌的忙，而灰紋只顧念自己，但他也許能幫助黃牙對付綠咳症。他可以多摘些貓薄荷回去。

火心轉頭往他寵物貓時的舊家走去。他穿過橡樹林下的荊棘叢，回到兩腳獸的地盤。當他跳上舊家的柵欄時，一整排的雪被他的輕砰聲震到下面的花園。火心往花園裡張望，看見好幾條小路，它們比貓走的路還窄。有隻松鼠在外面找尋果實，準備儲藏起來。

火心很快就摘了許多貓薄荷；他希望多帶一些回家。這些柔軟的葉子也許熬不過冬季，這可能是他最後一次的採集機會。

塞了滿嘴的貓薄荷後，火心瞪著他小時候進出的那扇小門。他不知道他的兩腳獸家人是不是還住在那裡。牠們對他很好。他的第一個禿葉季就是在牠們的寵愛下度過的：溫暖、安全，沒有轟雷路和綠咳症的肆虐。

貓薄荷的香氣一定進到我腦袋裡了，火心敏感地想著。他躍進花園，跳上柵欄。想到兩腳獸的舊家讓他這麼困擾，他自己也覺得很喪氣。他真的很懷念當寵物貓時的那種安全和可預測性嗎？**當然不是！**火心猛搖頭，想趕走那個念頭。但他卻也還不想馬上就趕回地盤。

忽然，他想到公主。

火心沿著森林邊緣往他妹妹住的兩腳獸地盤跑去。看到她家的柵欄時，他先在雪地上挖一個洞，把貓薄荷埋進枯葉層下面，以防葉子凍傷。他跳上柵欄叫喚公主時，仍因為奔跑而喘個不停。然後他跑回森林去等她。

他在一棵橡樹下不安地走來走去，厚厚的積雪讓他的腳凍痛了。**也許她正在生產**，他告訴自己，**或者被關在屋裡了**。他正以為今天看不到她時，忽然聽見一聲熟悉的喵叫。他抬頭看到公主就站在柵欄上面。火心感到既期待又恐懼。公主的肚子變小了，她一定生了。

她走過來了，他深吸了一口她的氣息，感到很溫暖。「妳已經生了！」他說。

公主溫柔地用鼻子碰他的鼻子。「是的。」她輕聲說。

「過程順利嗎？小貓都好嗎？」

公主呼嚕一聲。「很順利。我生了五隻健康的小貓。」她說，眼中閃著幸福的光芒。火心舔了舔公主的頭，公主說：「我沒想到你會在這種天氣跑出來。」

「我是來找貓薄荷的。」火心告訴她，「族裡的貓染上了綠咳症。」

公主露出擔憂的眼神。「是不是很多貓都病倒了？」

「到目前只有三隻。」火心遲疑了一下，悲傷地說：「族長昨夜失去了另一條命。」

「另一條命？」公主重複說，「什麼意思？我以為貓有九條命只是老母貓的故事。」

「星族給了藍星九條命，因為她是我們的族長。」火心解釋。

公主敬畏地看著他。「那麼故事是真的囉！」

「只有族長才有。我們其他貓都只有一條命，像妳，還有煤掌……」火心說不下去了。

「煤掌？」公主一定聽出他聲音裡的哀傷。

火心注視著她的眼睛，一直困擾著他的那些想法開始從他嘴裡脫口而出。「我的見習生，」他說，「昨晚在轟雷路上被撞傷了。」想起她骨折、沾滿血跡的身體，他的聲音啞了。「她傷得很重，可能會死。即使活下來，也永遠不能成為戰士了。」

公主靠過來，用鼻子摩挲他。「上次你來這裡，還在稱讚她。」她說，「她聽起來活潑可愛，而且精力充沛。」

「那種意外不該發生的。」火心低聲說，「我本來是要去跟虎爪碰面。他派部下回來找藍星，但藍星生病了，所以我自願代她去。但我得先去找貓薄荷，所以煤掌就替我去了。」公主露出震驚的樣子，火心趕緊補充道：「我叫她不要去。但我如果是個好導師，也許她會比較聽我的話。」

「我相信你一定是個好導師。」公主試著安慰他，但火心似乎沒聽進去。

「我不知道虎爪為什麼要藍星跟他在那麼危險的地方碰面！」他嚷著，「他說有證據顯示，影族已經入侵我們的地盤，但我抵達時，那裡根本就沒有他們的氣味！」

「難道是個陷阱？」

火心看著他妹妹詢問的眼睛，也懷疑起來了。「虎爪幹嘛要傷害煤掌呢？」

「他的目標是藍星。」公主點出。

火心的毛豎起來。難道被他妹妹說中了？虎爪的確是叫藍星到轟雷路旁最狹窄的地方碰面。可是，即使是虎爪，也不會刻意陷自己的族長於險境吧？火心搖頭甩開這個念頭。「我不——不知道。」他結結巴巴地說，「眼前每件事都叫人困惑，連灰紋都不大跟我說話了。」

「為什麼？」

火心聳肩。「太複雜了，我無法解釋。」公主在雪堆裡依偎著火心，用柔軟的毛磨蹭著他的毛。「現在我覺得自己在狀況外，」火心難過地繼續說，「與眾不同是件不容易的事。」

「與眾不同？」公主一副很迷惑的樣子。

「我出身寵物貓，其他貓都是在族裡生的。」

「但我覺得你像隻部族貓。」公主說。火心感激地對她眨眼。她繼續說：「但是，如果你在族裡過得不開心，那就來跟我一起住。我相信我的兩腳獸主人會照顧你的。」

火心想像自己回頭過寵物貓的日子，溫暖、舒適、安全。但他忘不了當時他是如何從他兩腳獸主人的花園往外張望，夢想著跑進野地生活。一陣涼風吹來，拂動他的毛，並帶來一隻老鼠的氣味。火心堅決地搖頭。「謝謝妳，公主。」他說，「我現在屬於雷族了。在兩腳獸的窩裡，我永遠不會快樂的。我會想念森林的氣味、睡在銀毛星群之下、獵捕自己的食物，並和同伴分享。」

他妹妹的眼睛亮起來。「那種日子聽起來很不錯。」她呼嚕道，害羞地低頭看著自己的腳掌，「我有時也會凝望著森林，想像在那裡生活會有什麼感覺。」

火心呼嚕著站起來。「現在妳知道了？」

公主點頭。「你要回去了？」

「是的。我得趁著貓薄荷還新鮮，趕緊把它們送回給黃牙。」

公主伸過頭去，用鼻子撫摩火心的肚子。「下次你來的時候，或許我的小貓已經大到能出來跟你見面了。」她說。

火心興奮到肚子覺得刺刺的。「我也這麼希望！」他說。

當他轉頭準備離去時，公主叫住他。「哥哥，請多保重。我不想再失去你了。」

「不會的。」火心跟她保證。

「你想得很周到，火心。」白風暴滿意地說。他看見火心滿嘴塞著貓薄荷走進營地。其實在回家的路上，火心一直流口水，雖然他開始想，永遠不會再看到貓薄荷，他會有多開心。但比起離開營地時，他是開心多了。他妹妹已經平安生產了，而他的腦袋也清醒許多。

他走向黃牙的窩，虎爪突然在他旁邊出現。

「又去摘貓薄荷了？」這隻大塊頭的虎斑貓問，眼神透露著懷疑，「我正奇怪你上哪兒去了？蕨掌可以替你把它送去給黃牙。」

蕨掌正在附近幫忙清理積雪。

「你把這些貓薄荷送去給黃牙。」虎爪命令那位見習生。

蕨掌點頭，馬上跳過來。

火心將那堆葉子放到地上。「我想去看煤掌。」他對虎爪說。

「待會兒再說。」副族長咆哮。蕨掌撿起貓薄荷，走向黃牙的窩，虎爪則是在一旁等著。然後他轉向火心問道：「我想知道灰紋這一陣子都到哪兒去了？」

火心覺得有股熱氣從他的毛根冒出來。「我不知道。」他回答，一邊看著虎爪的眼睛。

虎爪回瞪他，眼神冰冷且充滿敵意。「你見到他時，」他嘶聲說，「告訴他，他被禁足了，叫他給我乖乖待在坍倒的那棵橡樹旁。」

「黃牙的舊窩？」火心瞥向那堆雜亂的樹枝。那是黃牙剛到雷族時棲身的地方，當時她仍被看作遭到影族驅逐的貓。現在疾掌躺臥在那裡，旁邊是斑尾的小貓，一隻白色的虎斑貓。

「患白咳症的貓都得留在那棵橡樹旁邊，直到痊癒為止。」

「但灰紋只是感冒而已。」火心辯白。

「感冒就夠糟的了。反正叫他待在橡樹旁！」虎爪重複，「患綠咳症的貓要跟黃牙在一起。我們必須防止這種病蔓延！」副族長露出毫不同情的眼神。火心想，他是不是認為生病是軟弱的象徵。「這是為了雷族好。」虎爪加了一句。

「是的，虎爪，我會告訴灰紋。」

「還有，離藍星遠一點。」副族長警告他。

「但她的綠咳症已經好了。」火心反駁。

「我知道，但疾病的氣息仍殘留在她的窩裡。我不能再讓我手下的任何戰士病倒了。白風暴報告說，他聞到河族的氣息愈來愈接近我們的營地。他也告訴我，他今天必須訓練蕨掌。但我希望你明天能負起蕨掌的訓練課程。」

火心點頭。「我現在可以去看煤掌了嗎？」

虎爪看著他。

「我懷疑黃牙是不是把她放在患綠咳症的貓的附近。」火心暴躁地加上一句，「我不會被傳染的。」

「好吧。」虎爪同意，掉頭走開了。

火心在空地中央遇到蕨掌。「黃牙很感激你帶回貓薄荷。」蕨掌說。

「喔。」火心回答，「對了，我明天要教你怎麼捉鳥，希望你已經練好一些爬樹技巧了。」

蕨掌的頰鬚興奮地抽動著。「遵命。我會到沙坑跟你碰面。」

火心點頭，繼續往黃牙的窩走去。他先看到斑臉可憐的小貓；他們安靜地躺在羊齒窩裡咳嗽著，又是流鼻涕又是流眼淚的。

黃牙招呼他。「謝謝你帶回貓薄荷，我們很快就會用到它們。斑皮也患了綠咳症。」她用鼻子指指另一個羊齒窩。火心看到窩裡躺著一隻年長的黑白公貓。

「煤掌的情況如何？」他問，回頭看著黃牙。

那隻巫醫歎息一聲。「她剛剛醒過來，但才一會兒就又昏睡過去。她的腳已經受到感染。星族知道，我用盡各種方式醫治她，接下來得靠她自己了。」

火心瞄向煤掌的窩。那隻灰毛的小貓在睡夢中抽搐著，骨折的那隻腳笨拙地扭向一邊。火心顫抖了一下，忽然很害怕自己會放棄掙扎。他轉向黃牙，希望她安慰，但那隻巫醫只是低頭坐著。她看起來疲憊不堪。

「你會不會認為要是斑葉在的話，一定能夠解救這些病貓？」她突然問，並抬起頭凝視著火心的眼睛。

火心打了一下寒顫。他仍能在這個空地上感到斑葉的存在。他記得在與影族作戰後，她如何有效率地治療烏掌受傷的肩膀；還有黃牙剛到雷族營地時，她如何謹慎地告訴他該怎麼照顧黃牙。火心看著黃牙，她的肩膀因為年老而低垂著。「我相信斑葉的作法會跟妳的一樣。」他告訴她。

一隻小貓哭了，黃牙連忙跳起來，臨走前，火心溫柔地伸出鼻子摩擦她的肚子。她感激地對他抖抖肩膀。然後，火心滿懷悲傷地轉身，走向蕨葉隧道。

霜毛白色的身軀出現在隧道的另一端。她一定是來看煤掌的。火心走近那隻貓后，抬起頭注視著她的藍眼睛。她那哀傷的眼神刺痛他的心。「霜毛？」他開口叫。

那隻貓后停了下來。

「我……我很抱歉！」火心顫抖著聲音說。

霜毛一臉疑惑。「為什麼這麼說？」

「我本來可以阻止煤掌跑去轟雷路的。」

霜毛凝視著他，眼神除了悲傷外，沒有別的。「我不怪你，火心。」她喃喃地說，然後低頭往她的小寶貝走去。

灰紋回來了，在蕁麻叢旁咀嚼著一隻鼩鼱。

火心朝他走過去。「虎爪說你必須搬到坍倒的那棵橡樹旁邊，跟患白咳症的貓一起。」他說，一想到副族長質問他灰紋時的態度，他又忍不住怒火中燒。

「沒必要啦。」灰紋愉快地回答，「我現在好多了。今早黃牙給了我特效藥。」

火心仔細地打量灰紋。他的眼睛果真又晶亮起來，鼻子也乾成難看的硬皮。換作其他時候，火心一定會好好嘲弄他，說他看起來有多像影族的巫醫鼻涕蟲。但現在，他只是暴躁地呼嚕一聲。「虎爪已經注意到你經常不在。你應該小心點。你為什麼不能離銀流遠一點，至少在目前這段時間？」

灰紋停住咀嚼，生氣地回瞪火心。「你為什麼不能少管閒事呢？」

火心閉上眼睛，洩氣地唉哼了一聲。灰紋到底講不講道理？他懷疑灰紋已經不在乎朋友了，他連煤掌的事問都沒問一聲。

火心的肚子咕嚕咕嚕叫，告訴他餓了。他應該吃些東西。他從獵物堆裡撿起一隻麻雀，叼到營地荒廢的一角去吃。吃飽坐定之後，他想起公主：她在遙遠的兩腳獸地盤，和她的孩子在一起。火心覺得孤單又焦慮，他看向營地，渴望再見到公主。

第十九章

接下來幾天，火心努力對抗著想去見妹妹的渴望。他對自己想與寵物貓親戚在一起，覺得有點不舒服。他逼自己去森林的雪地狩獵，以補充族裡所需的食物。

這個下午，他收穫豐富。太陽下山時，他叼著兩隻老鼠和一隻小鳥回到營地。他把老鼠埋進雪裡，然後吃小鳥當他的晚餐。

才吃完，他就注意到白風暴朝他走來。「我要你帶沙掌出去做黎明巡邏。」那隻偉大的白毛戰士說，「連貓頭鷹樹附近都嗅得到影族的氣味。」

「影族？」火心警覺地問。也許虎爪真的發現影族入侵的證據。「我本來計畫明天要帶蕨掌出去。」

「灰紋不是已經好多了嗎？」白風暴問，「他可以帶蕨掌。」

說得對！火心想。訓練自己的見習生說不定能讓灰紋至少有一天不要去找銀流。但那表示他必須和沙掌一起去巡邏，火心不禁想起自己在懸崖邊介入沙掌與河族戰士的打鬥時，她瞪他的那個憤怒眼神。「只有我和沙掌？」他問。

白風暴驚訝地看著他。「沙掌幾乎是個戰士了，而你自己也能夠照顧自己。」他回答。

白風暴誤解了火心的意思。他並不怕敵營的攻擊；他怕的是沙掌和塵掌同樣恨他。但火心沒點出來。「沙掌知道嗎？」

「你可以告訴她。」白風暴說。

火心的耳朵抽動了一下。他不覺得沙掌喜歡跟他一起去巡邏，但他沒有辯解。

白風暴輕輕點頭，然後跳開，往戰士窩跑去。火心嘆了一口氣，慢慢走向沙掌與其他見習生並坐之處。

「沙掌。」火心不安地搓著腳，「白風暴要妳明天黎明時跟我一起去巡邏。」

他等著她回以一個怨恨的嘶聲，但沙掌只是看著他說：「好。」似乎連塵掌都很驚訝沙掌的反應。

「好——好的。」火心應道，有點出乎意料，「那麼日出時見。」

「是的，日出時。」沙掌同意。

沙掌不再敵視他，火心決定去跟灰紋分享這個好消息。他們也許可以藉這個機會再度交談。灰紋與追風正在蕁麻叢旁幫對方理毛。

「嗨，火心。」追風對走過來的火心打招呼。

「嗨。」火心期待地看著灰紋，但灰紋卻轉過頭，瞪著領土邊界的圍牆。火心的心沉了下去。他垂下頭，轉身走回自己的窩。他等不及黎明趕快到來，他想趕快出去巡邏，遠離營地。

ϟϟϟ

第二天凌晨火心走出戰士窩時，天空正逐漸露出極淡的粉紅色。

沙掌已經在金雀花隧道前等他。「呃，嗨！」火心說，覺得有點尷尬。

「嗨。」沙掌輕聲回答。

火心坐下來。「我們等深夜的巡邏隊回來再出發吧。」他建議。

他們靜靜地坐著，直到樹叢裡發出熟悉的窸窣聲，告訴他們白風暴、長尾和鼠毛回來了。

「有影族的蹤跡嗎？」火心問。

「我們確實嗅到影族的氣味。」白風暴沉著臉回答。

「真奇怪！」鼠毛皺著眉頭說，「聞起來總是相同的氣味，他們每次派出的都是同一組戰士。」

「你們兩個最好到河族邊界去看一下。」白風暴建議，「我們剛才沒時間到那裡巡邏。小心點，記住：不要刻意引起打鬥。你們只是去找他們又到我們領土狩獵的證據而已。」

「是的，白風暴。」火心說。沙掌恭敬地點了點頭。

火心帶路。「我們從四喬木開始，沿著邊界巡邏到大松林。」當他與沙掌爬出營地的溪谷時，他對沙掌說。

「這主意還不錯。」沙掌回答，「我還沒看過雪地裡的四喬木。」火心以為會從她的語氣中聽出嘲諷的意味，但她一副很誠懇的樣子。

他們爬上溪谷頂端。「現在該往哪裡走？」火心決定試探她。

「你以為我不知道往四喬木的路？」沙掌抗議。火心注意到她的眼神並沒有惡意，他有點後悔自己擺出導師的架子。沙掌沒再說話，直接往森林裡竄，火心緊追在後頭。

火心跟著她，能夠再和另一隻貓奔馳過森林，火心覺得痛快。他必須承認沙掌的速度很快；在躍過一棵倒塌的大樹消失之前，她仍舊領先火心有兩隻狐狸身長那麼遠。

火心跟著她，一個縱身躍過那棵大樹。當他在樹的另一邊落下時，有個東西從後面打了他一下。他在雪地裡緊急煞車，滾了一圈，跳起來站住。

沙掌看著他，頰鬚抽動著，「嚇你一跳！」

火心頑皮地發出嘶叫，撲上去壓住她。沙掌力氣之大讓他意外，但他畢竟有體型上的優勢。當他終於把她壓倒在雪堆上時，她抗議道：「滾開，你這一坨！」

「好，好！」火心說，放開她，「這可是妳自找的！」

沙掌坐起來，橘色的毛上沾滿白雪。「你看起來好像才被暴風雪侵襲過！」她說。

「妳也是！」兩隻貓忙著抖掉身上的雪，「走吧。」火心說，「我們該繼續前進。」

他們並肩跑著，一直到跑到四喬木。當他們爬上可以俯視山谷的斜坡時，天空已經變成淡藍色了。蒼白的陽光照亮了被白雪覆蓋的溪谷。那四棵光禿禿的橡樹就聳立在他們下面，因為覆蓋著霜而閃閃發亮。

沙掌往下瞪視，眼睛睜得大大的。火心被她的熱忱感動，默默地等著，直到她轉身準備離去。

「沒想到雪會讓一切看起來那麼不同。」她說，一邊和火心沿著河族邊界往河走去。火心點頭表示同意。他們放慢腳步，仔細沿著氣味記號探查，謹慎地嗅聞邊界，看看有沒有河族新近留下的氣味。每隔幾棵樹，火心都會停下腳步，留下雷族的氣味記號。

忽然沙掌停住了。「想要來點新鮮的獵物嗎？」她低聲問。火心點頭。那見習生擺出低伏的狩獵姿勢，在雪地上慢慢地匍匐前進。火心順著她的視線看到一隻小兔子正在一株荊棘下跳著。嘶地一聲，沙掌往前一撲，鑽進樹叢，用強壯的前掌將那隻兔子壓在地上，然後熟練地將兔子拉過來，把牠解決了。

火心跳過去。「抓得好！沙掌。」

沙掌很開心，把那隻還有體溫的獵物丟到地上。「要不要一起吃？」

「謝啦！」

「這是出來巡邏最棒的事。」沙掌邊嚼邊說。

「什麼？」火心問。

「你抓到什麼就吃什麼，不用先把牠們送回族裡去。」沙掌回答，「我不記得多少次出外執行狩獵任務時，自己差點餓死了！」

火心愉悅地呼嚕一聲。

他們再度出發，繞過陽光岩，沿著小路進入森林，再往前走向河族領土的邊界。在來到河邊布滿荊棘的斜坡時，火心默默地向星族祈禱不要在這裡發現灰紋。

「瞧！」沙掌忽然說。她的身體因為興奮而僵住，「那條河——結冰了！」

火心的心撲通地跳著，想起灰紋意外落水前，煤掌也說過同樣的話。「我們不能下去看！」他堅決地說。

「我們不用下去，在這裡就看得到了。我們得趕快回去告訴大家。」

「為什麼？」火心不了解沙掌為什麼這麼興奮。

「現在我們可以派一組巡邏隊的戰士過河去！」沙掌說，「我們可以入侵河族地盤，偷回他們從我們領土盜取的獵物。」

火心覺得背脊有一股冷颼颼的寒意。灰紋會怎麼想？而自己又怎麼能去攻打挨餓的河族？

沙掌在他身邊不耐煩地繞圈圈。「你走不走？」

「來了！」火心喊著。沙掌竄進森林，緊跟在他後面，一起回到營地。

沙掌跑在前面，早火心一步穿過金雀花隧道。虎爪抬頭看著他們在空地上煞住。

火心聽到後面有聲音，是灰紋與蕨掌正穿過營地入口。

高聳岩下傳來召喚全族集合的聲音。「火心、沙掌，你們巡邏時有沒有發現什麼可疑之處？」

看到藍星看起來與平時沒兩樣，火心終於如釋重負。她下巴抬得高高地坐著，尾巴靠在前掌上。沙掌則是往高聳岩躍過去。「河水結冰了。」她大聲說，「我們可以馬上過河！」

藍星慎重地看著那位見習生，那銳利的眼神讓在一旁的火心敬畏。「謝謝妳，沙掌。」藍星說。

火心跳到沙掌旁邊，在她耳邊低語：「走吧，我們去告訴大家這個好消息。」他猜藍星會跟她的資深戰士們討論河水結冰的事。

沙掌看了他一眼，知道他的意思，跟著他回到空地。「今天真是太棒了！」她說。火心沒說什麼只是點頭，焦慮地瞥了灰紋一眼。

「你們倆看起來好像很開心！」塵掌從見習生窩裡冒出來，「淹死另一隻河族貓了嗎？」他嘲諷火心。

塵掌期待地看著沙掌。火心猜他是想等她開口附和，就像往常那樣，但沙掌沒在聽他說話。火心看到塵掌露出不悅的神情，心裡有些得意。沙掌喘著氣自顧自地說：「我們發現河水結冰了。我想藍星正在計畫要去突襲河族！」

就在這時，族長的呼喚聲從高聳岩那邊傳過來。全族的貓開始在空地上聚集。太陽已經升到最高點了，在禿葉季太陽的最高點不會越過樹梢。

「沙掌和火心帶回來好消息：整條河都結冰了。」藍星向大家宣布，「我們要趁這個機會突襲河族的狩獵場，好讓他們明白他們不可以再盜取我們的獵物。我們的戰士會攔下他們的巡邏隊，給他們一個永生難忘的警告！」

想起銀流告訴他河族正在挨餓的事，火心感到恐慌。但四周的族貓發出歡騰的吶喊；雷族已經有好幾個月沒那麼興奮了。

「虎爪！」藍星拉大嗓門，蓋過歡呼聲喊道，「我們的戰士有能力襲擊河族嗎？」

虎爪點頭。

「好極了！」藍星舉起尾巴，「那麼我們就在日落時出發。」全族開心地鼓譟起來。火心覺得腳掌刺刺的。藍星也會去嗎？她該不會冒著失去最後一條命的危險，參與某個邊界的攻擊行動？

火心轉頭去看灰紋。他正抬頭瞪著高聳岩，尾巴緊張地抽搐。吶喊聲逐漸停下來了，灰紋大聲說道：「今天好像比較暖和。河水可能會解凍，增加我們過河的危險。」

其他貓轉頭看著灰紋，露出不解的眼神，火心忍不住屏息。

虎爪低頭瞪著灰紋，琥珀色的眼睛看起來很疑惑。「你一向很願意作戰。」這位褐毛戰士悠悠地說。

暗紋伸長脖子，補上一句：「沒錯，灰紋，難道你害怕那些滿身跳蚤的河族貓？」

大家等著灰紋回答，只見他不安地躊躇著。

「看來他怕得很呢！」站在沙掌旁邊的塵掌嘶叫道。

火心的尾巴憤怒地拂動起來，但他努力讓自己的聲音聽起來很輕鬆。「沒錯，怕弄濕他的腳！灰紋不久前才跌落碎冰一次，他當然不願意同樣的事再發生！」

突然間緊張的氣氛化做一團好笑的呼嚕聲。灰紋看著地上，耳朵扁了下來。只有虎爪仍然狐疑地皺著眉頭。

藍星等大夥兒停止交頭接耳後，開口說：「我需要和我的資深戰士討論一下進攻的事。」說完她從高聳岩跳下來，落地時的輕盈，令人無法想像幾天前她還在為活命奮鬥。虎爪、白風暴和柳皮跟著她走進她的窩。其他貓則分散成幾個小圈圈，討論襲擊河族的可能性。

「我想你大概以為我會感謝你在大家面前讓我下不了台吧？」火心聽到灰紋在他耳邊嘶聲說。

「一點也不！」他脫口而出，「但你至少應該感激我到現在還在掩護你！」然後跳到空地一邊去，氣得毛全張開了。

沙掌跑過來加入他。「是我們該向河族貓示威、不能再讓他們隨意來我們地盤獵食的時候了！」她說，眼睛閃閃發亮。

「是的，我也這麼想。」火心心不在焉地回答。他的眼睛無法從灰紋身上移開。他是在想像嗎，還是那位灰毛戰士正一步一步悄悄挪近育兒室？灰紋是想偷偷溜出去警告銀流嗎？

火心慢慢站起來，往育兒室走去。灰紋看他走近，兩眼炯炯有神地瞪著他。這兩隻貓還來不及開口，藍星的召喚又從高聳岩上傳過來。火心停在原處不動，但視線一直沒離開灰紋。

「柳皮同意灰紋的看法，」藍星宣布，「河水可能會解凍。」灰紋抬起下巴，挑釁地看了火心一眼，但火心根本不在乎。藍星要取消突襲計畫了，這樣灰紋就不需要在雷族和銀流之間做選擇，而火心也不用加入作戰隊伍，去襲擊一個他知道已經在受苦的部族了。

但藍星還沒說完：「因此我們要馬上進行突襲！」

火心往身邊瞄了一眼——灰紋先前得意的表情換成了極度的恐懼。

藍星繼續說：「我們將留一支巡邏隊保衛營地。我們必須嚴陣以待，提防影族隨時可能的入侵。突擊隊將由五名戰士組成。我會留守在營地。」

很好，火心想。畢竟她不應該拿自己的最後一條命冒險。「突擊隊將由虎爪領軍。暗紋、柳皮和長尾會跟他一起去。現在還有一個名額。」

「我可以去嗎？」火心脫口問。雖然他想到必須去攻打挨餓的河族貓，心裡很沉重，但那表示灰紋不用被迫做選擇。

「謝謝你，火心。你可以加入突擊隊！」藍星很滿意自己的見習生所展現的熱忱。但虎爪看起來就沒那麼愉快。他瞇著眼凝視火心，毫不掩飾對他的不信任。「不能再浪費時間了。」藍星吼道，「連我都聞到暖風的氣味了。你們前進時，虎爪會給你們指示。出發吧！」

暗紋、長尾和柳皮跟在虎爪後面。火心跟在他們之後，轟隆隆穿過金雀花隧道，衝向溪谷，往河族領土疾奔。

當他們經過陽光岩、往邊界走時，禿葉季低垂的太陽正要往森林遠處落下。火心嗅著空氣——灰紋和柳皮說得對：他也聞到暖風的氣味，帶雨的烏雲正聚集過來，籠罩住了樹梢。

當他們奔下通往河邊的斜坡時，火心感到一股沉重的不安。銀流絕望的表白在他耳邊迴響著，他必須努力將自己的同情心推開。

雷族戰士從羊齒叢裡衝出來，在河邊煞住。眼前的景況讓火心突然寬心，而且覺得虛脫：早晨他和沙掌一起看到的冰河已經碎裂了，露出一股湍急、寒冷的黑水。

第二十章

虎爪轉頭看著他的戰士，蒼白的眼睛閃著挫折的光芒。「只好再等了！」他咆哮。突擊隊轉身，開始跋涉回營。火心抬頭望天，作了一個無聲的祈禱，感謝星族的幫忙，但喉頭卻湧起一股苦澀的氣味。他不曉得是不是再也不用參與突擊行動了。他不能信任的不只是灰紋，他甚至連自己都不信任。

一路上火心沉默不語。他看虎爪不時轉過頭來瞄他。那是個緩慢的歸程，當他們終於抵達溪谷頂端時，禿葉季短暫出現的天光已經暗下來了。火心讓其他戰士先衝下去。當他穿過金雀花隧道時，虎爪已經在跟失望的族貓解釋河水解凍的事了。

火心繞行空地，尋找灰紋的身影。他必須知道他的朋友是不是溜出營地了。他本能地走向育兒室。當他靠近那團糾結的荊棘叢時，傳來一個熟悉的喵聲：「火心！」

火心感到一絲絲希望。或許灰紋對他自願

加入突擊隊是心存感激的？他循著他朋友的聲音進入育兒室後方的陰影裡。

火心對著暗處輕喵了一聲，但他沒看見灰紋。忽然有個東西砰一聲地用力撞向他的肚子。火心倏地轉身，全身因為警戒而緊繃。他看見灰紋在微光中的影子，全身的毛都豎立起來。

灰紋再度衝過來，一隻灰色的巨掌對著火心的耳朵揮過來，火心及時低頭避開。

「你幹什麼？」火心大聲喝止。

灰紋垂下耳朵，嘶聲說：「你不信任我！你認為我會背叛雷族！」他再度揮出巨掌，這次掃中火心的耳尖。

痛苦和憤怒竄過火心全身。「我只是想幫你，讓你不用陷入兩難的選擇！」他咆哮，「雖然事實上我的確不知道你現在究竟效忠誰！」

灰紋又甩出一掌，打得火心往後倒。兩隻貓張牙舞爪，扭打成一團。「我自己會做選擇！」灰紋吼著。

火心從灰紋掌下脫身，躍上他的背。「我努力要保護你。」

「我不需要你保護！」

火心氣瘋了，爪子掐進灰紋的毛裡，但灰紋將他翻過去，然後兩隻貓一起從育兒室後方滾出來。空地上的貓看到兩名年輕的戰士滾向他們，紛紛跳到一旁。只見灰紋咬住火心的前腿，火心發出怒吼，抬起爪子，用力往灰紋的眼皮上方耙下去。灰紋反擊，猛力往下撲，銳利的牙齒嵌入火心的後腿。

「住手！」藍星嚴厲的怒吼聲讓火心和灰紋僵住了。火心放開灰紋，拖著受傷的腳痛苦地走到一旁。灰紋往後退，毛全豎起來了。火心瞥見虎爪一副幸災樂禍的樣子，嘴唇還往後捲、露出牙齒來。

「火心，我有事問你，到我窩裡來！」藍星低吼，藍色的眼睛閃著怒火，「灰紋，回你的戰士窩去，不准出來！」

大夥兒各自向陰暗處散去。火心一跛一跛地跟著藍星進入她的窩。他的眼睛盯著地面，覺得又疲憊又困惑。

藍星坐在沙地上，不可置信地看著火心。過了一會兒，她生氣地說：「到底是怎麼回事？」

火心搖頭。雖然很憤怒，但他不能洩露朋友的祕密。

藍星閉上眼睛，深吸了一口氣。「我知道營地現在的氣氛高亢，但我從未料到你和灰紋竟會打起來。你有沒有受傷？」

火心覺得耳朵和後腿刺痛著，但他聳聳肩，低聲說：「沒有。」

「你有沒有打算跟我說到底發生了什麼事？」

火心盡量鎮靜地看著她。「藍星，我很抱歉。但我無法解釋。」**起碼自己沒說謊**，他想。

「好吧。」藍星終於說，「你們兩個可以自行解決。雷族正面臨困境，我絕不容許這種自相惡鬥的行為。你明白嗎？」

「是的，藍星。」火心回答，「我可以走了嗎？」

藍星點頭。火心轉身溜出她的窩。他知道自己讓導師失望，但他不可能跟她說明白。上次他把烏掌對虎爪的指控告訴她時，她並不相信。而這次她若相信他，他豈不是背叛了他最要好的朋友。

火心滿懷著憂愁爬過空地，悄悄地走進戰士窩。他在灰紋旁邊躺下，捲成一團。就這樣躺著，一動也不動，他能感覺灰紋的身體也緊繃著，過了好一陣子他才終於昏昏入睡。

火心第二天一大早就醒了。他往黃牙的窩走去，太陽還沒升起，空地上一隻貓也沒有。他想去看煤掌。

黃牙還在睡，她捲曲著身體，靠在斑臉生病的小貓旁邊。他們躺在窩裡，靜靜地蠕動著，眼睛緊閉。黃牙大聲打呼。火心不想叫醒她，悄悄爬到煤掌的窩邊偷看。那隻小灰貓也在睡覺。她毛上的血跡已經清除掉了。火心不知道是她自己清理的，還是黃牙幫她舔掉的。火心趴在煤掌旁邊觀察她的呼吸。她的肚子規律地起伏著，似乎比他上回來看她時穩定多了。

他陪著煤掌直到曙光穿透羊齒叢、整個族開始騷動起來。火心站起來，走向煤掌，用鼻子輕輕地摩挲她的肚子。

當他轉身要離開時，黃牙伸了一下懶腰，醒來了。「火心嗎？」

「我來看煤掌。」他輕聲說。

「她復原得還不錯。」黃牙說完，站起身來。

火心很欣慰，眼睛都濕潤了。「謝謝妳，黃牙。」

他回到空地時，虎爪正在對一群戰士和見習生訓話。他一眼就看到火心。「真高興看到你。」他嚷著，「灰紋也剛加入我們。他已經和藍星談過了。」火心瞥了他朋友一眼，但灰紋瞪著地上。火心趕緊走到沙掌旁邊坐下，其他的戰士都默默看著。

「因為河水解凍，森林裡的動物重新活躍起來。」虎爪說，「在窩裡躲了一陣子之後，牠們一定餓壞了。我們要趁著這個機會，盡可能去捕追我們需要的獵物。」

「但雪地還有不少存糧。」塵掌說。

「那些很快就會變成烏鴉的食物了。」虎爪告訴他，「我們需要把握每一個狩獵的機會。禿葉季期間，獵物會愈來愈減少，而且附近存活下來的動物也都太瘦小。」戰士們點頭同意。

「長尾，」虎爪轉頭看著這位蒼白的虎斑貓戰士，「我命令你組織狩獵隊。」長尾點頭。虎爪站起來走向藍星的窩。火心看見他消失在苔蘚之後，忍不住懷疑族長和副族長是不是會討論他與灰紋打架的事。

長尾的聲音喚醒了他的沉思。「火心！你和沙掌可以加入鼠毛這組。灰紋則和白風暴以及蕨掌一起。我最好不要將你們兩個排在同一組。」

大夥兒響起呼嚕嚕的笑聲，只有火心生氣地瞇起眼睛。他想到那隻虎斑貓耳朵上的小傷痕，藉以安慰自己——那是自己第一天到達雷族地盤時被他嘲弄而在他耳朵留下的記念品。

「你昨夜打得很好。」鼠毛在他旁邊說，閃著促狹的眼神，「那幾乎彌補了先前沒打成戰的遺憾。」

火心皺起眉頭，沙掌又補上一句：「是啊！動作真俐落，火心，就一隻寵物貓來說。」火心咬牙切齒地看著地上，爪子連續張縮了好幾次。

兩支狩獵隊一起離開營地。隊伍排成一列經過溪谷時，火心抬頭望向天空。昨夜看到的烏雲現在已經遮住太陽了。他腳下的雪也開始融為爛泥。

鼠毛領著沙掌和火心穿過大松林。「我帶沙掌。」棕毛戰士告訴火心，「你可以自己去狩獵，太陽高升時再回營地會合。」

想到可以單獨行動，火心忍不住鬆了一口氣。他默默穿過森林，邊走邊想昨天的事，仍然無法相信自己和灰紋竟然會打得那麼難堪。失去朋友，讓火心感到迷惘、孤獨，雖然他幾乎認不得灰紋了。他不知道他們是不是還能和好如初。

一直到腳掌的葉子感覺軟軟的了，火心才意識到自己竟然走在通往兩腳獸地盤的橡樹林裡。他馬上想到公主，不知道自己的腳為什麼把他帶到她兩腳獸的家。

火心直接走到她的柵欄外，往花園裡輕喵。然後他跳回林子裡的樹叢下，等妹妹來找他。沒多久柵欄上就傳來聲音，他也聞到公主的氣味。就在火心要跳出來迎接她時，他又聞到了另一個他並不熟悉的氣味。

蕨叢窸窣作響，然後公主出現了，嘴裡叼著一隻小白貓。火心擠出樹叢跟她打招呼，公主也透過嘴裡那一團毛球熱情地對他喵叫。

那隻小貓很瘦小，火心猜可能還要再一個月才會斷奶。公主先用腳清一下地上的泥巴，再溫柔地把小貓放在葉子上。然後她坐下來，將自己厚密的尾巴放在他旁邊。

火心覺得很激動。那是跟他一樣寵物貓出身的血親！他輕聲走到公主身邊，用鼻子碰碰她，然後低頭去嗅聞小貓。那小傢伙聞起來暖暖的，還有奶香——很奇怪，但又好像很熟悉。火心溫柔地舔了舔他的頭，他張開粉紅色的小嘴喵嗚喵嗚叫著，露出細小的白牙齒。

公主看著火心，眼睛閃閃發亮。「我把他帶來給你，火心。」她輕聲說，「我要你把他帶回你的部族去，這樣他就可以當你的新見習生。」

第二十一章

火心瞪著那小貓。「我沒想過……」他把視線從小貓身上移開，無言地看著妹妹。

「我的主人會替其他小貓尋找去處。」公主繼續說，「但這隻是第一個生出來的，我要替他決定未來。」她抬高下巴。「請你把他訓練成英雄。就像你一樣！」

長久以來，他內心那股一直無法平息的寂寞感消失了。他想像這隻小貓在部族裡生活的樣子，帶著他出去熟悉森林地形，並與他穿過厚密的羊齒叢教他打獵。終於，雷族裡有另一隻貓跟他一樣，有著寵物貓出身的背景。

公主歪著頭。「我知道你對你見習生的事感到很難過。我以為你若能有個新見習生——跟你有血緣關係的——你就不會覺得那麼寂寞了。」她伸過頭將鼻子靠在火心的肚子上。「我不了解你們族裡的規矩，但看到你、聽你談起你的生活，我知道我兒子若能以部族貓的方式成長，我將會感到很光榮。」

第一絲快樂在他心裡生根後，火心想起族裡其他的貓，還有他們有多麼需要驍勇善戰的戰士。如今煤掌永遠不可能成為戰士了，而如果綠咳症奪走的不只是藍星的命，那又該怎麼辦呢？雷族可能需要這隻小貓。

這時他才突發現小貓的毛已經被雨淋得濕透了。小貓需要立即的庇護。他看起來很強壯，但畢竟還太小，不能在寒風冷雨中撐太久。

「我會帶他回去。」他說，「這是妳送給雷族的禮物，我一定會把他訓練成雷族有史以來最優秀的戰士！」他低下頭叼起小貓的頸子。

公主的眼中反射出感激和驕傲的光芒。「謝謝你，火心。」她滿足地輕嚷著，「誰知道呢，也許他甚至會成為族長，被賜予九條命呢！」

火心開心地望著公主那張充滿信賴和希望的臉。他妹妹真的相信這樣的事會發生嗎？然後一股疑惑刺痛他。他就要帶著小貓回到遭受綠咳症感染的部族，他會不會捱不到綠葉季呢？但他口鼻下傳來的溫暖氣息撫慰了他。這隻小貓會活下來的；他很強壯，而且身上流著跟他一樣的血。火心深吸了一口氣，他得快點——小貓可能要著涼了。他對公主眨眨眼，道再見，然後往樹林裡奔去。

小貓比他先前以為的還要重些。他從火心嘴裡垂掛下來，在他的兩隻前腳間晃來晃去，並不時發出微弱的哭聲以示抗議。才跑到溪谷頂端，火心的頸子已經感到酸痛。他向下往營地走去，一步一步小心地走著，以防在快速融化的雪上滑倒。

來到營地入口時，火心遲疑了。他第一次想到該如何向部族解釋那隻小貓是怎麼來的——

他得跟大家承認他去看了他的寵物貓妹妹。但是太晚了，他察覺到那隻小貓在發抖。火心鼓起勇氣，走進金雀花隧道。小貓被一支尖刺刺到皮，發出震耳欲聾的哭叫聲，好幾雙眼睛同時轉了過來、訝異地看著走進空地的火心。

兩支狩獵隊都回來了。鼠毛、白風暴、沙掌、蕨掌都在空地上，只有灰紋不見蹤影。其他的貓也因為聽見騷動聲、聞到陌生的氣味，而紛紛從他們的窩裡走出來。沒有一隻貓發出聲音；他們以充滿敵意、疑惑的眼神瞪著火心，好像他是個外來者。

火心慢慢地轉了一圈，迎視著周遭詢問的眼神，嘴裡仍叼著小貓。他覺得嘴巴有點乾。他為什麼認為，雷族會接受一隻不在森林裡出生的小貓呢？

看到藍星從黃牙的窩走出來時，火心鬆了一口氣。但她看到他時，驚訝地睜大眼睛。「那是什麼？」她質問。

一股不祥的冷顫竄過火心的背脊。火心把小貓放在兩隻前腳之間，用尾巴攏著他，幫助他保暖。「這是我妹妹的第一個小孩。」他回答。

「你妹妹！」虎爪興師問罪地瞪著他。

「你有妹妹？」斑尾大叫，「在哪兒？」

「在火心出生的地方，那還用說，」長尾不屑地嘶叫，「兩腳獸地盤！」

「真的嗎？」藍星問，眼睛睜得更大了。

「是的。」火心承認，「我妹妹將他交給我，要我帶他回來。」

「她為什麼要那麼做？」藍星鎮靜地質問他。

火心緊張地結巴起來。「我告訴他部族的生活——我們的日子有多棒……」在藍星質疑的眼光下，他說不下去了。

「你去兩腳獸的地盤有多久了？」

「不久，就在禿葉季開始的時候。但是我只是去探望妹妹，我對雷族仍然忠心耿耿。」

「忠心耿耿？」暗紋在空地另一邊大叫，「可是你卻帶回來一隻寵物貓？」

「難道我們有一隻寵物貓還不夠嗎？」一位長老聲音沙啞地說。

「我們竟讓一隻寵物貓自由地帶回另一隻寵物貓！」塵掌不屑地豎起毛，咆哮著。他轉向沙掌，用鼻子推推她。沙掌不舒服地瞥了火心一眼，然後低頭看著自己的腳掌。

「你為什麼要帶他回來？」虎爪低吼。

「我們需要戰士……」火心說話時，小貓在他的肚子下蠕動著，他知道他的話聽起來一定很荒謬。果然，四下響起鄙夷的吼叫聲，火心忍不住低下頭。

當侮辱的言語逐漸消聲後，追風開口了。「我們要煩惱的事已經夠多了！」

「那隻小貓只會增添我們的負擔而已。」鼠毛附和道，「他起碼要再過五個月才能接受訓練。」

白風暴也同意地點頭。「你不應該帶他回來的，火心。」他說，「他要過部族生活恐怕太嬌弱了。」

火心緊繃起來。「我也是寵物貓出生的，我很嬌弱嗎？」他知道自己在挑戰這個部族對寵物貓的偏見，但他做錯了，他看不見任何一張友善的臉。

這時白風暴身後響起一個聲音。「如果他身上流有火心的血，那麼他就會成為一隻優秀的部族貓。」

火心覺得全身澎湃著一股安慰。那是灰紋的聲音！白風暴站到一邊，其他貓都轉頭望向這隻灰毛戰士，火心的胸腔裡燃起一絲希望的火焰。灰紋望向四周，以明亮且穩定的眼神逐一迎視那些貓的凝視。

「你的改變還真大，竟然會為你的朋友說話。昨晚你還恨不得宰了他呢！」長尾嘲諷道。灰紋瞪著那隻蒼白的虎斑貓，在暗紋發出挑釁時，倏地轉過身去。「是啊，灰紋！你怎麼知道火心的血配當雷族貓？你昨晚用力咬他的後腿時，是不是嘗到那個滋味了？」

藍星走向前，藍色的眼神充滿擔憂。「火心，我相信你探望你妹妹，並不是對雷族不忠。但你為什麼同意帶她的孩子回來？你沒有權利這麼做。你的決定已經讓全族受到影響了。」

火心看著灰紋，希望能獲得更多支持，但灰紋卻不再看他。火心伸長頸子看來看去，每隻貓也都將眼睛轉開。火心開始感到驚慌。他帶回公主的小貓已經危及他在族裡的地位了？

藍星再度開口。「虎爪，你的看法呢？」

「我的看法？」虎爪說。聽到副族長聲音裡帶著傲慢的滿足，火心的心沉了下去。「我的看法是他應該馬上把小貓丟掉。」

「金花？」

「他看起來的確太瘦小了，可能活不到新葉季。」那隻薑色貓后說。

「天亮前他恐怕就會感染綠咳症！」鼠毛加了一句。

「或者一直消耗我們的獵物，直到下次下雪時凍死！」追風嚷著。

藍星低下頭。「夠了！這件事我得想一下。」她走向她的窩，消失在裡面。大夥兒開始散去，三三兩兩交頭接耳。

火心叼起那隻又濕又髒的小貓，把他帶回戰士窩。小貓發著抖，可憐地喵個不停。火心捲起身體圍著那個小傢伙，閉上眼睛。族貓充滿敵意的臉在他腦海裡晃來晃去，使他心生恐懼。他以為自己以前很寂寞，現在才真正感覺到全族似乎都放棄他了。

灰紋走進洞裡，在自己的窩裡躺好。火心緊張地瞥了他一眼。灰紋是唯一替他說情的貓，他想對他表達謝意。小貓不斷的喵哭，過了一會兒，火心才咕噥道：「謝謝你為我說情。」

灰紋聳聳肩。「噢，沒什麼。」他說，「其他貓不願意那麼做。」他轉頭開始舔拭自己的尾巴。

小貓繼續喵叫著，愈哭愈大聲。有些戰士走進洞來躲雨。柳皮很快地瞥了火心和小貓一眼，但沒說什麼。

「你能不能叫那個傢伙閉嘴？」暗紋抱怨，一邊刮著他窩裡的青苔。

火心有氣無力地舔著小貓的頭。他一定早就餓壞了。窩牆上響起窸窣聲，火心抬頭一看，是霜毛。她爬到火心的窩邊，低頭看著那隻悲慘的小傢伙。忽然她低下頭，嗅了小貓柔軟的毛一下。「他最好住到育兒室去。」她低聲說，「斑臉有奶給他喝。我可以請她幫忙。」

火心驚訝地瞪著那隻貓后。

霜毛回看他，眼神很溫暖。「我沒忘記你從影族那裡救回我的孩子。」

火心叼起小貓，跟著霜毛走出戰士窩。現在雨下得更大了。他們一起快速走向育兒室。霜毛消失在窄小的洞口，火心也跟著擠進去。他在荊棘叢旁停住，眨著眼，直到適應裡面昏暗的光。

在暗得像乾繭的育兒室裡，斑臉捲曲著身體，圍著她那兩個健康的寶貝。她疑惑地看著火心，然後注視著從他嘴裡垂下來的小貓。

霜毛對火心低語：「斑臉有一隻小貓在昨晚死了。」火心想起在黃牙身邊蠕動的那幾隻病貓，覺得很難過，不知道是哪一隻走了。他放下公主的小貓，轉向斑臉。「我很遺憾。」他喃喃說。

那隻貓后對他眨眼，眼神非常悲傷。

「斑臉，」霜毛開口，「我無法完全體會妳的痛苦，但這隻小貓快餓死了，妳還有奶，妳願意餵他嗎？」

斑臉搖頭，緊緊閉上雙眼，似乎是不想看到火心在她洞裡。

霜毛伸過頭去，用鼻子溫柔地摩挲著斑臉的臉頰。「我知道他不能取代妳的兒子。」她小聲地說，「但他需要妳的溫暖和照顧。」

火心焦慮地等著。小貓哭得更大聲了，他聞到斑臉的奶香，開始盲目地往她柔軟的肚子蠕動。他用鼻子在斑臉的兩隻小貓中間頂著，扭動身體，循著奶味往前擠。然後他抓住斑臉的肚子開始吸吮起來，斑臉只是看著，並未抵抗。火心發現斑臉的眼神柔和下來，小貓用細小的爪子耙著她的肚子開始打呼。火心鬆了一口氣，感激得心都痛了。

霜毛點頭。「謝謝妳，斑臉。我可以告訴藍星妳會照顧這隻小貓嗎？」

「可以。」斑臉輕聲回答，眼睛沒有離開那隻白色的小傢伙。她甚至用一隻後腳把他往自己的肚子推近一點。

火心咕嚕一聲，低頭用鼻子碰碰斑臉的肩膀。「謝謝妳，我答應妳每天幫妳多帶一點獵物過來。」

「我去告訴藍星。」霜毛說。

火心抬頭看著她，很感激她的仁慈。「謝謝妳。」他說。

「沒有小貓應該餓死，不管是不是部族生的。」霜毛說完，轉頭擠出荊棘叢。

「你可以走了，」斑臉低聲對火心說，「你的孩子跟我在這裡很安全。」

火心點頭，跟著霜毛走進外面的雨中。他想要回自己的窩去，但他知道自己沒聽到藍星宣布小貓的去留，是無法安心休息的。

他在空地上走來走去，毛濕成一坨坨的。然後他看到霜毛從藍星的窩走出來，奔回育兒室。

藍星終於從她的窩出來了，那時柳皮正要率領夜間巡邏隊離開營地。火心停住，他的心臟跳得好快，覺得自己的腳好像快站不住了。藍星跳上高聳岩，發出大家熟悉的召喚聲。「所有大到可以自己捕捉獵物的貓，都聚集到高聳岩下。」

巡邏隊從營地入口轉頭，跟著柳皮走回空地。其他的貓也離開他們乾爽的窩，一邊抱怨雨下個不停。虎爪跳到岩上，站在藍星旁邊，臉色凝重。

他們會逼我把小貓送回去，火心想。他的呼吸開始急促起來，心裡覺得很難過。**如果藍星叫虎爪把小貓丟進樹林裡，該怎麼辦？他一定活不了！噢，星族，我要怎麼跟公主說呢？**

所有的貓都到齊後，藍星開口說：「雷族貓啊，我們不能否認我們需要戰士。我們已經因為綠咳症失去了一隻小貓了，現在離新葉季還有好幾個月。而煤掌也因為受傷嚴重，永遠不能成為戰士了。灰紋說得對……」

火心聽到塵掌在不遠處低聲說：「灰紋自己這幾天都快變成寵物貓了！」他猛地轉過頭去，但還來不及說什麼，就已經有長老發出叫他閉嘴的噓聲。

「灰紋說得對，」藍星重複，「這隻小寵物貓身上流有火心的血，他很有可能成為一名優秀的戰士。」不少貓轉過來瞥了火心一眼，但他幾乎沒在聽藍星的讚美，他心裡湧起一股希望，覺得頭有點暈了。

藍星停了半晌，眼睛逡尋著巨岩下的族貓。「我已經決定要把這隻小貓留在族裡。」她宣布。

大夥兒全安靜下來。火心很想抬頭對星族吼出內心的感激，但他忍住了。從中午到現在，他第一次深深吸了一口氣。他的血肉之親就要成為雷族的一員了！

「斑臉自願照顧他，」藍星繼續說，「因此，火心要負起提供她食物的責任。」族長看著火心的眼睛，但火心讀不出她的心思。「最後，這隻小貓應該有個名字，我們就叫他雲兒吧。」

「會舉行命名典禮嗎？」鼠毛大聲問。

火心熱切地望向高聳岩。雷族接納了妹妹的孩子，他會跟火心一樣享受命名典禮的特權嗎？

藍星低頭看著鼠毛，眼神冰冷。「不會。」她回答。

第二十二章

一直到下一次月圓之前，火心都覺得有點度日如年。想起上次的大集會，彷彿是幾輩子以前的事了。上次烏雲遮住月亮，四大貓族也都遠離四喬木。但現在巡邏隊一次又一次回報說，在陽光岩附近嗅到河族戰士的氣味，而貓頭鷹樹旁也再度發現了影族的氣息。

不出去狩獵或巡邏時，火心的時間都給了雲兒、煤掌和蕨掌。雖然灰紋已經重拾導師的工作，但火心很快就發現那名年輕見習生常常無聊地閒晃著，而他的導師則不見蹤影。「去打獵！」這是每次火心問「灰紋去哪兒」時蕨掌的回答。

「你為什麼不跟他去呢？」火心說。

「他說我明天再去。」

火心仍然對灰紋的固執感到生氣，但他聳肩不去想它。他早已不勸他要明理些——自從火心帶雲兒回營地後，他們就很少交談——但只要灰紋不見了，火心就盡量帶蕨掌出去，免得他被大家看到。火心知道虎爪可不會那麼容易就接受蕨掌的答案。

終於一輪明月出現在無雲的天空。火心很早就狩獵回來了。他經過倒下的橡樹旁時，那裡空蕩蕩的，因為疾掌和斑尾的小貓已經痊癒，不再住在那裡了。他放下獵物，走向黃牙的窩，想去探望煤掌。綠咳症的疫情暫時緩和下來，只有煤掌還待在巫醫那裡。

火心穿過隧道，看見那隻灰色小貓就在前面的小空地上。她正在幫黃牙準備藥草。看到煤掌滿嘴乾葉子、瘸得很厲害地走向石縫，火心的心糾緊了。

「火心！」看到火心從隧道出現，煤掌把葉子吐出來，轉頭跟他打招呼，「即使含著這些臭東西，我都聞得出是你！」

「是這些臭東西幫妳把腳治好的！」黃牙低吼。

「是啊，妳應該用多一點。」煤掌頂嘴說。火心在她眼裡看到一絲頑皮的神色，心裡很安慰。

「你看我！」她用力抽動她扭曲的後腿，「我幾乎舔不到我的爪子。」

「也許我該讓妳多運動，這樣妳的筋骨才會軟一些。」黃牙說。

「不，謝啦！」煤掌搶著說，「每次都好痛喔！」

「本來就應該痛的！那表示運動有效。」巫醫轉向火心，「也許你能說服她多做一些運動。我現在要去林子裡挖一些紫草根。」

「我會試著要她做運動。」火心答應，一邊看著黃牙從身旁經過。

「你會看得出來她做得正不正確，」巫醫轉過頭來說，「因為她一痛就會抱怨！」

煤掌一跛一跛地走向火心，跟他碰鼻子。「謝謝你來看我。」她坐下來，把自己那隻壞腳塞到下面，露出痛苦的表情。

「我喜歡來看妳。」火心咕嚕道，「我很懷念以前的訓練課程。」話一出口，他就後悔了。

煤掌的眼裡閃過一絲渴望。「我也是，」她說，「你覺得我什麼時候可以重新開始？」

火心注視著她，心情很沉重。顯然黃牙還沒告訴她、她永遠都不能成為戰士了。「也許我們可以先試試妳該做的一些運動，那樣會有幫助的。」他避重就輕地說。

「好吧。」煤掌說，「但只做一點。」

她躺著，把腳用力伸出去，直到痛得臉部扭曲。慢慢地，她咬緊牙關，前後移動那隻腳。

「妳真的做得很好！」火心說，隱藏住如石頭般壓在他胃裡的難過情緒。

煤掌放下腳，靜靜地躺了一會兒後，才奮力站起來。她搖搖頭，火心靜靜地看著她。「我永遠當不成戰士，對嗎？」

火心知道騙不了她。「是的。」他小聲地說，「我很遺憾。」他伸過頸子舔了一下她的頭。過了一會兒，她長長地嘆了一口氣，又躺了下來。

「其實我都知道。」她說，「我偶爾會夢到和蕨掌在森林裡打獵，但醒過來後，腳痛提醒了我——再也不能打獵了。那種感覺真叫人無法忍受。我只好假裝，也許有一天，我能夠再出去打獵。」

看她那麼難過，火心更加難過。「我會再帶妳去森林。」他承諾道，「我們會找到森林裡最老、最遲鈍的老鼠，牠一定逃不出妳的手掌心。」

煤掌看著他，感激地發出呼嚕聲。

火心也對著她呼嚕，但自從意外發生後，他心裡一直有個疑問盤旋不去。「煤掌，」他開口說，「妳還記得怪獸到底是怎麼撞到妳的？虎爪當時在那裡嗎？」

煤掌的眼裡只有迷惘。「我不——不知道。」她結巴地說。火心看她害怕去回憶過去，有著一股強烈的罪惡感。「我聽塵掌說，虎爪在那棵被雷擊焦的梣樹旁等著，就直接到那裡去，結果只看到怪獸，還有……我真的不記得了。」

「妳一定不知道那一段路的邊緣有多狹窄。」火心緩緩搖頭，「妳一定是直接衝上轟雷路了。」**為什麼虎爪沒在他說要碰面的地方等呢？**他想，心裡湧起一股怒氣。**他本來可以阻止她跑出來的！**公主的話在火心的腦海裡不祥地迴響著。**那是個陷阱嗎？**他想像虎爪蹲伏在下風處，躲在樹叢裡，遠遠地瞪著狹窄的路邊，等待著……

「雲兒好嗎？」煤掌說，喚醒了他的沉思。顯然她想改變話題。

火心很樂意配合她，尤其要談的是公主的兒子。「他長得很快。」他驕傲地說。

「我恨不得趕快見到他。你什麼時候帶他過來探望我？」

「只要斑臉同意，我就帶他來。」火心回答，「現在她一刻都離不開他。」

「那麼她很喜歡他囉？」

「對，視如己出。」火心說，「感謝星族！老實說，我本來不確定她是不是會喜歡他。畢竟他看起來跟她其他的小貓很不一樣。」連火心都不能否認，雲兒雪白柔軟的毛跟其他貓咪的——短而帶著斑點的森林色彩——比起來，實在很突兀。「至少他跟育兒室裡的同伴處得不錯……」火心的聲音低了下去。他瞪著地面，感到一股沉重的焦慮。

「怎麼了？」煤掌輕聲問道。

火心聳聳肩。「我只是對其他的一些貓看他的眼光覺得很不舒服，好像他很笨或沒價值似的。」

「雲兒有注意到這些眼光嗎？」

火心搖頭。

「那麼，就別擔心。」煤掌說。

「雲兒甚至不曉得自己寵物貓的出身。我想他只是認為自己是從另一族來的。但他們若是繼續以那種惡劣的眼光看他，他遲早會知道自己的問題。」火心不安地看著自己的腳掌。

「他自己有問題？」煤掌不解地重複，「你也是寵物貓出身的，但你並沒有問題啊！你聽我說，在雲兒弄清楚他打哪兒來之前，他就可以開始證明寵物貓跟任何一隻部族戰士一樣優秀。就像以前那樣。」

「如果他還沒準備好就有人告訴他，那要怎麼辦？」

「他跟你如果有任何相似之處，那麼他生來就準備好了！」

「妳什麼時候變得那麼聰明？」火心說，對她的敏銳感到很驚訝。

煤掌滾倒在地，誇張地哀號道：「痛苦會讓一隻貓成長啊！」火心用掌子拍了她肚子一下，煤掌尖叫一聲，又爬又滾地翻過身來。「老實說，不是啦。」她說，「你不瞧瞧我最近都跟誰在一起！」

火心的頭歪向一邊，一副疑惑的樣子。

「黃牙呀，你這個笨蛋！」煤掌嘲笑他，「她是隻敏銳的老貓，我跟她學了很多。」她坐起來。「黃牙說今晚有大集會。你會去嗎？」

「我不知道。」火心承認，「我待會兒要去問藍星。目前我並不是太受大家歡迎。」

「他們很快就會釋懷的。」煤掌保證。她推推他的肩膀。「你是不是要跟大夥去？他們就要出發了。」

「妳說得對。」火心回答，「黃牙回來前，妳獨自一個沒問題吧？要不要我幫妳拿獵物過來？」

「我沒事的。」煤掌肯定地說，「黃牙會替我帶食物回來；每次都會。在她把我治好前，我一定會變成全族最肥的貓。」

看到以前的見習生又恢復往日的精神，火心覺得說不出的高興。他真想留下來陪她，但她說得對——他應該去看看他是不是可以參加大集會。「那我明天再來看妳。」他說，「我們一定會從大集會那裡帶回許多消息。」

「是啊，所有的消息我都想知道。」煤掌說，「一定要藍星讓你去！快！」

「走了！走了！」火心回道，站起來，「再見了，煤掌。」

「再見！」

火心在空地旁站住，四處張望，想找藍星。藍星跟柳皮在她的窩外講話。火心走過去時，柳皮正好站起來要走開。這隻纖細的灰色母貓看著火心走過來，對他點點頭。

藍星坦然地看著火心。「你想去參加大集會？」她問。火心張嘴想說話，但藍星打斷他，「今晚每位戰士都想參加，但我不能帶所有的貓去呀。」

火心覺得很失望。「我很想再看看風族貓。」他解釋，「只是想知道自從我和灰紋帶他們回家後，他們的情況怎樣。」

藍星瞇起眼睛。「你為風族做過什麼事，不需要你提醒我。」她銳利地說。火心聽了有點退怯。「但你的確應該關心。」藍星繼續說，「你和灰紋今晚都可以去參加大集會。」

「謝謝妳，藍星。」火心說。

「今晚的大集會有熱鬧瞧了，」藍星警告他，「河族和影族必須對我們有所解釋。」

火心覺得自己的耳朵緊張地抽動著，但也感到一股興奮。藍星顯然會質問曲星和夜星入侵雷族地盤的事。他向藍星點頭致敬，然後走開了。

火心從獵物堆裡挑出兩隻要給斑臉送去的肥鼩鼱，剛好看見黃牙費力地走進營地。她的腳掌沾滿了泥巴，嘴裡塞滿肥大、糾結的根。顯然她掘到了不少紫草根。

火心把獵物送到育兒室。斑臉捲曲著身體正在哺餵雲兒。其他小貓最近都斷奶了，很快的，雲兒也會開始品嚐獵物的滋味。

他走進育兒室時，斑臉抬起頭看著他，臉上滿是關切。「我剛去請黃牙過來。」她說。

火心馬上驚憂起來。「雲兒生病了？」

「他有點發燒。」這隻小貓停止吸奶，不安地蠕動著。斑臉靠過去，舔他的頭，「可能沒什麼事，但我想還是先聽看看黃牙怎麼說……我不想冒險。」

火心記得那隻虎斑貓后不久前才失去一個孩子，他希望她只是過慮了。但雲兒看起來的確很不舒服。「大集會後我再來看妳。」他承諾。

他低頭走出育兒室，走回獵物堆去挑自己的食物。斑臉的話讓他沒了胃口，但他知道今晚出發到四喬木之前，應該先吃些東西。

長尾和塵掌早已站在獵物堆旁了。火心坐下來，等他們離開。

「今天還沒看到小雜種呢。」長尾說。聽到那樣汙辱的稱呼，火心感到一股熟悉的挫敗。

「他可能知道自己看起來有多滑稽，因此決定躲在育兒室不出來了！」塵掌說。

「他第一次狩獵時，我一定要到場觀賞。獵物在一棵樹身那麼遠的地方，就會注意到他那一團白毛的。」長尾嘲諷道。

「除非牠們搞錯，以為他是一棵忽然冒出來的蘑菇！」塵掌抽動頰鬚，往旁邊瞄了火心一眼。

火心的耳朵塌了下來，眼睛望向一旁。他看見黃牙咬著一嘴甘菊，匆匆往育兒室走去。但很不幸地，長尾和塵掌也注意到了。「看來那隻小寵物貓感冒了。真沒想到！」長尾說，「金花說得對——他撐不過這個禿葉季！」這位虎斑貓戰士轉過頭來瞪著火心，等著他回應。但火心不理他，直接走向獵物堆。他選了一隻肥鳥，叼到一旁吃，他覺得那無止盡的輕蔑快把他給榨乾了。

灰紋和追風在荊棘叢旁一起吃著獵物。「嗨，狩獵愉快嗎？」追風對經過的火心喵叫。

「愉快，謝謝你。」火心回答。

灰紋沒有抬頭。

「藍星說你可以去參加大集會。」火心告訴灰紋。

「我知道。」灰紋回答，繼續咀嚼著。

「你要去嗎？」火心轉頭問追風。

「當然！我說什麼都不會錯過這個聚會！」

火心繼續往前走，在空地旁找到一處安靜的角落。長尾的話在他腦海裡迴響著。這個部族究竟會不會接受那隻小白貓呢？火心閉上眼睛，開始清理自己。

當他轉身去舔肚子時，頰鬚好像拂到了什麼東西。他張開眼睛，發現沙掌站在他旁邊。她橘色的毛在月亮初升的夜色下閃著銀光。「我想你也許想要有個伴。」她說。她坐下來開始用長而舒服的節奏幫火心擦背。

透過半睜半閉的雙眼，火心瞥見塵掌在見習生窩外瞪著他們，臉上掩不住嫉妒和驚訝。塵掌可不是唯一對沙掌的舉動感到訝異的貓——火心自己也沒料到這隻兇悍的年輕母貓會對他這麼友善，但他很歡迎她所提供的溫暖，也不想去問為什麼。「妳要去大集會嗎？」他問。

沙掌遲疑了一下。「是的。你呢？」

「我也會去。我想藍星會質問曲星和夜星關於在我們狩獵場狩獵的事。」他一邊等沙掌回應，一邊抬頭瞪著逐漸暗淡下來的天色。

「我真希望我是以戰士的身分前往。」她低語。火心緊繃起來，但這一次她的喵聲裡並沒有嫉妒或氣憤的暗示。

火心有點尷尬。他知道自己的訓練比沙掌晚開始，但他卻已經晉升戰士兩個多月了。「藍星很快就會封妳為戰士的。」他說，語氣充滿鼓勵。

「你想為什麼會拖那麼久？」沙掌問，淡綠色的眼睛轉過來看著火心。

「我不知道。」他承認，「藍星之前生病了，而河族和影族又在製造麻煩。我猜她心裡有別的想法。」

「我還以為她現在比任何時候都需要戰士呢！」沙掌說。

火心很同情她。「我想她應該是在等個……恰當的時機。」他知道自己的話聽起來沒什麼作用，但他能說的就是這些了。

「也許新葉季來臨前吧。」沙掌嘆道，「你想你什麼時候會再收新見習生？」

「藍星還沒提起這件事。」

「等雲兒長大了，也許她會把他指派給你。」

「希望如此。」火心的視線穿過空地望向育兒室，不知道黃牙是不是已經診治過雲兒了，「如果他能順利成長的話。」

「他當然會順利成長！」沙掌有信心地說。

「但他發燒了。」火心擔憂地垂下肩膀。

「哪隻小貓不會發燒！」沙掌回道，「他的毛那麼厚，很快就會沒事的。在禿葉季時，他那一身毛特別有用，在雪地裡狩獵是再好不過的了。獵物絕對看不見他，而且他待在野地的時間能比長尾那種短毛貓長兩倍！」

火心呼嚕一聲，鬆了一口氣。沙掌讓他再度提起勁來。他站起來，輕快地在她頭上舔了一下。「走吧。」他說，「藍星在召喚大家前往大集會了。」

他們在入口處加入其他貓。那是一群沉默、懷抱著目標的貓。

藍星揮了一下尾巴，發出訊號，然後率領眾貓穿過金雀花隧道，走出溪谷，往四喬木奔去。森林在月夜下發出寒光。火心的鼻子不斷噴出白煙，他覺得腳下的林地都結冰了。

自從火心加入雷族以來，藍星第一次在進入會場前，在四喬木前的山脊上完全沒有停下來做準備。相反的，她直接衝下山坡進入空地，其他的雷族貓也都無聲地追隨著他們的族長。

第二十三章

河族和影族都還沒抵達，但風族早就到了。高星恭敬地向藍星點頭致意。

火心看到一鬚，馬上跳過去跟他打招呼。「嗨！」他說。自從他們在懸崖邊並肩作戰以來，他已經有兩個多月沒見到這隻棕色的虎斑戰士了。這麼久以來，火心第一次想起白爪的死。回想那位河族戰士消失在湍急水流的那一幕，火心再度感到一股熟悉的恐懼。

「灰紋呢？」一鬚問，「他好嗎？」

從他眼角的關切，火心看得出那位風族戰士也正在想著白爪的死。「他很好。」火心回答，「他在那邊跟其他貓在一起。」火心也記得曾幫助她護送小貓的那隻貓后。「晨花好嗎？」

「她很高興回家了。」一鬚回答，「她的孩子現在長得好快。」火心高興地發出呼嚕聲。「整個風族都很好。」一鬚加上一句，然後瞥了火心一眼，眼中的光芒帶著一絲興奮。

「能再吃到兔肉真的太好了。我希望這一輩子都不用再吃老鼠！」

火心在夜空裡嗅到一股清新的氣味。河族貓來了。他也聞到影族的氣味。他的眼睛搜尋著圍繞在空地四周的山脊。不用說，河族貓從一邊魚貫而下。而另一邊的山脊上，火心看到影族貓停在最高處，他們的毛在月光下閃閃發亮。夜星瘦削的身影立在影族的最前面。

「終於來了。」一鬚嚷著。他也看到他們了。「今晚待在戶外實在太冷了。」

火心心不在焉地點頭。當河族貓進入會場時，他在眾貓中搜尋銀流的身影。他很容易就認出那隻淡灰色的母貓。她在山坡下煞住，然後跟在她父親後面。曲星正在跟其他部族的戰士客氣地寒暄。

火心緊張地在愈來愈擁擠的貓群間尋找灰紋。他今晚敢去跟銀流說話嗎？那隻灰毛戰士背對著他，正在與一名風族戰士交談。

火心專注地盯著灰紋，沒聽到死足走到他旁邊。「晚安，火心！」風族的副族長說，「你好嗎？」

火心轉過去。「嗨！」他說，「我很好，謝謝你。」

死足點頭。「很好。」他說，然後瘸著腿走了。

一鬚友善地推推火心。「你有特權哦！」火心感到一絲驕傲。

藍星的吼聲從巨岩那邊傳過來。火心轉過頭，驚訝地往上看。族長通常不會那麼快就召開會議。曲星和夜星靠得很近地一起站在岩石上。藍星則站在高星身旁，等著眾貓在他們底下聚集。那是火心第一次在大集會上看到風族的族長，想到這點讓他覺得很激動。

火心和一鬚跟著眾貓在巨岩下坐下來。火心抬頭往上望，期待藍星致詞歡迎高星和風族回來，但顯然雷族族長沒心情將時間浪費在客套話上。

「河族一直在陽光岩附近狩獵。」她生氣地開口說，「我們的巡邏隊多次在那裡嗅出你們的氣味，曲星。陽光岩是我們雷族的領土！」

曲星鎮靜地看著藍星。「難道妳忘了，不久前我們的一名戰士才為了防衛雷族入侵而喪命？」

「你們根本不需要防衛。」藍星回答，「我的戰士不是去狩獵。他們是在找到風族後，走在回家的路上。那是我們大家有共識的任務！根據戰士守則，他們根本不應該受到攻擊。」

「妳竟然敢提戰士守則？」曲星咆哮道，「有一名雷族戰士從那時候起就一直在我們的地盤裡窺探，那又該怎麼解釋？」

藍星嚇一跳。「戰士？」她回應道，「你們見過他嗎？」

「還沒有而已！」曲星嘶叫道，「但我們經常發現他的氣味，再不久就能逮到他了。」

火心警覺地看著灰紋。他十分清楚在曲星地盤裡被偵測到的戰士是誰。今晚會不會有河族戰士認出他的氣味來？

灰紋靜止不動，眼睛沒離開過巨岩上的族長們。

虎爪的低吼聲從眾貓中傳出來。「不只河族，過去這一個月來我們也嗅到了影族在我們地盤裡活動的氣味，而且不只一名戰士，而是一整支巡邏隊，每次都是同一支！」

影族族長的眼神不屑地閃了一下。「影族從沒到過你們的地盤。顯然你們的戰士根本分不出部族內外的貓氣味有何不同。你們聞到的是無賴貓的氣味。他們也一直在我們的地盤裡偷取獵物！」

虎爪不可置信地哼了一聲，夜星往下瞪視著他。「你懷疑影族說的話嗎？虎爪。」虎爪以毫不掩飾的猜疑目光回瞪夜星，眾貓開始不舒服地交頭接耳起來。

高星終於開口了，尾巴不確定地拂動著。「我的戰士也在風族的地盤裡嗅到不尋常的氣味，聞起來好像是影族的。」

「我就知道！」虎爪低吼，「河族和影族已經聯合起來對付我們了！」

「我們！我們是什麼意思？」曲星咆哮道，「我想是你們和風族結盟了吧！難道那就是你們那麼急著要帶他們回來的原因？這樣你們就可以一起侵略森林裡的其他族？」

高星的毛豎了起來。「你明知那不是我們回來的目的。過去幾個月來，我們都只在自己的地盤裡狩獵。」

「那麼我們為什麼會在河族的地盤裡發現外來戰士的氣味？」曲星怒吼著。

「那不是風族戰士的！」高星嘶叫道，「一定是無賴貓，就像夜星所說的。」

「但無賴貓可以是入侵我們地盤的最佳藉口，不是嗎？」藍星喃喃地說，充滿威脅地瞪視著河族和影族的族長。

曲星的毛豎起來，夜星弓起背。火心警覺地看著虎爪站起來、踱向巨岩，身上的每一寸肌肉緊繃著。族長們真的會在大集會時打起來嗎？

這時，一團陰影籠罩住整座山谷。眾貓身陷黑暗中，全都肅靜無聲。火心抬頭往上看，渾身顫抖著。一大片烏雲遮住了滿月，完全將它的光輝遮蔽了。

「星族讓黑暗降臨了！」火心聽出那是半尾，一位雷族長老的喵聲。影族的巫醫也大聲附和。「星族生氣了！這種集會應該是和平進行的！」

「鼻涕蟲說得對！」是黃牙的聲音，「我們不該內鬨，尤其在禿葉季期間。我們該擔心的是如何維護各族的安全！」她的聲音在驚恐的靜默中迴響著。「我們必須聽從星族的指示！」

第二十四章

高星開口了，他的身形在巨岩上映出一個模糊的影子。「由於星族的指示，這個大集會必須結束了。」大家低聲附和，空氣中充滿恐懼和敵對的氣味。

「來吧，雷族。」藍星從巨岩一躍而下、往會場邊緣奔過去時，火心幾乎看不見她。他連忙從貓群中擠過，跟在她後面。他看見虎爪寬闊的背影跑在族長旁邊，也看到其他雷族貓緊跟在兩位領袖後面的暗淡影子。他們跋涉上坡時，全都默然不語。火心轉頭瞥了一眼，其他族也在撤退；等他爬上坡頂時，四喬木前的空地上已經一隻貓也沒有了。

雷族貓安靜地穿過森林，沿著氣味熟悉的小徑回家。火心看到灰紋在隊伍後面，於是放慢腳步。也許灰紋現在比較能夠談銀流的事了，因為部族間的緊張關係顯然已經白熱化。他的氣味早就在河族地盤被發現了！灰紋與銀流的密會已讓全族以及他自己陷入危機。

火心還在找恰當的字眼，灰紋就先開口了：「我知道你要說什麼。我絕不會跟她分手的！」

「你這個腦小如鼠的笨蛋！」火心咆哮回去，「他們很快就會發現是你。藍星會推想，而河族的其他貓會認出你的氣味。虎爪也許早就猜到了！」

灰紋焦躁地瞄了火心一眼。「你真的這麼認為？」

「我不知道。」火心承認。灰紋語氣裡的一絲恐懼，反倒叫他覺得放心。一直以來，灰紋都假裝他不知道——要是部族發現他的事——會發生什麼事。「但他只要一開始思考這件事……」

「好吧，好吧！」灰紋低嚷著，然後安靜了片刻，「我如果跟你保證我們只在四喬木見面，如何？那樣我們的氣味就不太容易被發現，而我也不用進入河族的地盤。這樣你可以放過我了吧？」

火心的心又沉了下去。灰紋不會那麼容易就放棄銀流的。終於他點頭。這樣安排起碼比爬進敵方的地盤去見她好多了。

「滿意嗎？」灰紋的眼睛在黑暗裡閃了一下，但聲音聽起來有些不悅。火心對他們的友誼已經變質，感到非常難過，但他也很同情這位灰毛戰士。他伸過頭去，想用鼻子去碰碰灰紋的肚子，但灰紋往前奔，把火心丟在最後面。

雖然大家都走得很累，但一回到家，藍星立即召開會議。反正大部分的貓也還沒睡。大集會比往常短，忽然發生的烏雲罩天連留守的貓都警覺到了。

當藍星和虎爪在高聳岩上站好後，火心匆忙趕到育兒室去。他想知道雲兒的情況。他把頭伸進去，裡面漆黑一片，但很溫暖。

「嗨，火心。」斑臉低聲招呼，一個模糊的影子在黑暗中移動著，「雲兒好多了。黃牙給他吃了甘菊，只是感冒而已。」那隻貓后聽起來安心不少。「大集會上發生了什麼事？」

「星族讓烏雲蔽天。藍星正在召開會議，妳能參加嗎？」

火心聽見斑臉在嗅聞她的小貓。「能，我想我能參加。」她終於回答，「孩子們會睡一會兒。」

火心把頭縮回來，然後他們一起走入空地。火心覺得有毛拂了他一下，是煤掌；她抬頭看著他，圓睜的眼睛裡帶著焦慮。

藍星開始發表談話：「最大的威脅似乎來自河族和影族，我們必須有所準備，以防他們聯合起來對付我們。」

貓群裡響起一陣驚喵聲。

「妳真的認為他們已經聯合了嗎？」黃牙沙啞著聲音問，「河族有最豐富的獵獲來源，我無法想像他們會願意和影族分享。」火心想起銀流跟他說過，自從兩腳獸入侵後，他們整個部族一直在挨餓，但他不敢說出來，以免藍星問他這個訊息從哪來。

「他們並沒有否認。」虎爪指出。

藍星點頭。「不管事實如何，我們必須提高警覺。從今晚開始，每一支巡邏隊必須有四隻貓，其中至少三隻是戰士。巡邏的次數也要增加，每晚兩回，白天一回，再加上黎明和黃昏原有的巡邏。我們一定要制止河族和影族繼續入侵我們的地盤。再者，既然他們選擇忽視我們的警告，那麼我們就必須準備好隨時應戰。」

所有的貓怒吼附和。火心也加入他們的吶喊，雖然他也擔心這個公然敵對的動作會對灰紋產生什麼影響。他看了看其他貓，他們的眼睛都閃閃發亮，只有灰紋例外。那隻灰毛戰士坐在空地一角的陰影裡，低垂著頭。

吶喊聲平靜下來後，藍星再度開口。「第一支巡邏隊要在黎明前出發。」說完後她從高聳岩跳下，虎爪跟著她，其餘的貓則分散成許多小組。火心走向戰士窩時，可以聽見他們緊張的討論聲。

火心在窩裡躺下來，用爪子刮著四周的青苔，好讓自己的窩舒適些。一隻貓頭鷹在溪谷那邊叫囂著。他知道自己還睡不著。他的腦袋仍不停迴響著大集會時各族族長的相互指控。他了解河族的憤怒。他們不但在自家的地盤裡發現雷族貓的氣味，更因為兩腳獸耗盡他們的獵獲而挨餓著。

但影族呢？自從雷族幫他們驅離殘暴的前任族長和一些追隨者後，他們的部族變小了。其他族讓他們安享和平的日子，以便他們能從碎星殘酷的統治中恢復過來。碎星甚至承認他殺害了自己的父親鋸星，好成為族長。火心忍不住想，既然影族需要哺餵的貓口少了那麼多，他們實在沒必要侵犯雷族或其他族的狩獵場。

就在他因為這些想法困惑時，白風暴和暗紋擠進洞來。白風暴在走向自己的窩之前，在火心面前停了一下說：「明天中午，你要加入我和沙掌以及鼠毛的巡邏隊。」他說。

「是的，白風暴。」火心回答，然後把下巴靠在前掌上。他得睡一下——他的部族需要他有隨時應戰的能力。

⚡⚡⚡

第二天一大清早，遮住月亮的烏雲飄離了。火心在空地上舔拭自己，一邊享受著背上微溫的陽光。這時，雲兒從他對面的育兒室裡跳出來，看起來開朗又快樂。

火心感謝星族的保佑，讓雲兒恢復得那麼快。沙掌說得對，這隻小貓的復原力不錯。他左右張望了一下，想知道長尾和塵掌是不是也在附近，但整個空地上只有他。

火心往育兒室走過去。「嗨，雲兒。」他說，「覺得好些了嗎？」

「好些了！」雲兒用尖細的聲音回答，他倏地轉了一圈，用細小的爪子去抓自己的尾巴。一小團原本黏在他毛上的青苔掉了下來，在地上飛滾著。雲兒跳過去，用爪子把它掃到空中。青苔滾落到火心旁的地上。

火心把它踢回去給雲兒。雲兒躍起來，用牙齒一口攫住。

「很好！」火心覺得真棒。他用一隻手掌把青苔揮到半空中，讓它飛過整個空地。

雲兒追著青苔，很快地一掌攫住，然後滾躺在地上，用前腳將青苔拋高，再用後腿將它踢得老遠。那團青苔落在育兒室旁。他慢慢爬過去，用前掌忽地轟它一下，再躍起來，然後兩隻後腿在空中聚攏，落在一次兔子跳那麼遠的地方。

火心看著那隻小貓準備再度躍起，但他的毛忽地豎了起來。一隻又長又黑的前腿正從育兒室後面伸向那團青苔。

「雲兒！」火心大叫，「慢著！」幽靈般的無賴貓身影仍深印在他的腦海裡。

雲兒坐起來，轉頭看著他，一臉疑惑。

虎爪從雲兒背後現身，嘴裡咬著那團青苔。他把青苔放到雲兒白毛蓬鬆的腳前，咆哮道：「要小心！你不會想失去這麼珍貴的玩具吧？」這位褐毛戰士說，眼睛越過雲兒的頭瞪視著火心。

火心忍不住顫慄。虎爪那麼說是什麼意思？他指的似乎是那團青苔──但他真正的意思是說雲兒是個玩具嗎？煤掌受重傷、躺在轟雷路旁的身影從他腦中閃過。那是他失去的另一個玩具嗎？當他再度懷疑這雷族的副族長是不是多少該為他見習生的意外負責時，心裡滲進一股冰冷的恐懼。

第二十五章

「雲兒！」

火心聽到斑臉在育兒室裡呼叫的聲音。虎爪掉頭走開。雲兒對著那團青苔轟了最後一下後，奔向育兒室入口。「再見，火心！」他說，然後消失在裡面。

火心抬頭望天，太陽就快升高了，他加入巡邏隊的時間到了。他覺得餓，但獵物還沒送回來。也許出門後，他可以找到一些東西吃。他快步走過空地，從金雀花隧道走出去，結冰的葉子在他腳掌下咯嗤作響。

沙掌和鼠毛已經在斜坡下等著了。火心舉高尾巴打招呼，沒想到自己竟然那麼高興看到沙掌。

「嗨！」沙掌說。鼠毛對他點了一下頭。

白風暴從金雀花隧道口現身。「黎明巡邏隊回來了嗎？」

「還沒看到影子。」鼠毛回答。但就在他說這話的同時，火心聽到他們上方的矮樹林發出窸窣聲。沒多久，柳皮、追風、暗紋和塵掌從樹叢裡走了出來。

「我們已經巡邏了整個河族邊界。」柳皮報告說，「目前還沒發現任何狩獵隊伍。藍星的巡邏隊今天下午會再到那附近查看。」

「好。」白風暴回答，「那麼我們現在就到影族邊界去看看。」

「希望他們跟河族一樣，放聰明，離我們的地盤遠一點。」暗紋說，「昨夜大集會之後，他們應該知道我們會到處追蹤他們。」

「希望如此。」白風暴說。他轉向他的巡邏隊。「準備好了嗎？」火心點頭。白風暴揮了一下尾巴後，率先奔進了羊齒叢。

火心緊跟著鼠毛和白風暴。爬出溪谷時，他們保持著快速的步伐。沙掌就在火心後面；她爬上圓石時，他可以感覺到她溫暖的氣味。

他們還沒到達蛇岩，火心就嗅到一絲不祥、熟悉的氣味。他張嘴想警告其他夥伴，但鼠毛先開口了。「影族！」

四隻貓同時停下來，嗅著那股腐敗的臭味。

「我真不敢相信他們竟然又回來了！」沙掌喃喃地說。火心注意到她背脊上的毛震顫著。

「這氣味是新留下的。」白風暴的眼神閃著怒火，「我本來希望夜星能為他們影族帶來一些榮譽感，但我猜轟雷路那邊的寒風把影族每隻貓的心都吹壞了。」

火心轉頭開始擠進一片厚密的蕨叢。他用牙齒沿著葉片磨擦，以便偵測留在上面的氣味。是影族沒錯。那氣味很熟悉，非常熟悉。火心停下來。那是屬於他曾遇過的某位影族戰士的氣味，可是是哪位呢？

火心繼續往前走，希望能找到更多氣味來喚起他的記憶。現在他嗅到別的氣味了。火心低頭看，在地上的蕨莖之間，散置著一堆兔子骨。部族貓通常會把獵物的骨頭掩埋掉，以示對被他們獵取的生命的尊重。他忽然意識到是怎麼回事，於是叼起一嘴骨頭，擠出羊齒蕨叢。他把骨頭放到白風暴的腳前。

白風暴憤怒地瞪著那些骨頭。「兔子骨？把骨頭留在這裡的戰士，要我們知道他們在我們的地盤狩獵！我們必須立刻報告藍星這件事。」

「她會派戰士去攻打影族嗎？」火心問。他從沒看白風暴那麼生氣。

「她應該那麼做！」這位偉大的白毛戰士發出嘶吼，「如果能夠的話，我會親自率隊！夜星已經背棄了部族間的互信，星族知道他一定要受到懲罰！」

⚡⚡⚡

白風暴將兔子骨丟到空地中央。

「藍星已經出門巡邏了。」虎爪從暗影中走出來，告訴他。

半尾和霜毛從他們的窩趕出來，看到底發生了什麼事。

白風暴瞪著虎爪，怒氣未消。「你看這是什麼！」他咆哮。

虎爪當然知道那代表什麼，它們的氣味已經說明了整件事的原委。他的眼中燃起怒火。

火心退回空地邊緣，看著兩位偉大的戰士。那些證據的確是一種預兆，但發現那些骨頭，讓火心腦中充塞的不是憤怒，而是疑惑。自從雷族幫影族驅逐他們殘暴的族長到現在，也不過三個月。影族怎麼可能已經準備好去引爆他們與雷族之間的戰爭呢？

但虎爪顯然沒這麼想。他把暗紋和追風召喚到他身邊。「柳皮和鼠毛也要加入！」他宣布，「我們會找到影族的巡邏隊，然後重創他們，讓他們一輩子都不敢再踏入我們的地盤。」

白風暴點頭。

「我可以去嗎？」沙掌問。她一直在白毛戰士後面興奮地走來走去。現在，她停下來，眼睛閃閃發亮地看著他。

「這次不行。」白風暴告訴她。

她露出挫折的神情。「那火心呢？」她說，「骨頭是他發現的。」

虎爪瞇起眼睛，毛豎了起來。「火心可以留在這裡，等藍星回來時跟她報告這件事。」他不屑地發出嘶吼。

「你要在她回來前就出發？」火心問。

「當然！」虎爪嚷著，「這件事必須立刻解決！」他轉向白風暴，揮了一下尾巴。火心看著那兩名戰士竄出營地，暗紋、柳皮、追風和鼠毛緊跟在後。他聽見他們的腳掌踩在冰凍的土地上，往溪谷奔過去的咚咚聲。

火心忽然想到營地幾乎空了。當霜毛和半尾走過來開始嗅著兔子骨時，他問：「誰跟藍星出去？」

霜毛抬起頭來。「灰紋、長尾和疾掌。」

一股冷風吹透了火心的毛，他希望那是他發抖的原因。他是唯一留在族裡的戰士！「能不能麻煩妳去一趟見習生窩，看看塵掌在不在？」火心問沙掌。

她點頭，飛奔過空地，把頭探進見習生窩裡。「他在！」她退出來，大叫回答，「跟蕨掌都在睡覺。」

黃牙從她的窩走出來，頭抬得高高的。火心看見那隻熟悉的巫醫，心裡稍覺寬心。他瞇起眼睛，準備跟她打招呼。但黃牙嗅了一下空氣，露出恐懼的神情。她以緩慢僵硬的步伐走到兔子骨旁，謹慎地嗅著每一根骨頭。

火心看著她，不知道她為什麼對那些老骨頭那麼感興趣。

終於，她抬起頭看著火心。「是碎星！」她的聲音因恐懼而沙啞。

「碎星？」火心回道。忽然他想起來了。難怪他覺得蕨叢裡的氣味那麼熟悉。**那是碎星的氣味！**「妳確定嗎？」他急迫地說，「虎爪已經出發前往影族的地盤了！」

「這不是影族的問題！」黃牙大叫，「是碎星和他過去的那些戰士朋友。我以前是影族的巫醫，他們出生時，我都在場。我認得他們的氣味，就像我認得自己的。」她停了一下，「你一定要找到虎爪，叫他住手。他如果攻擊影族，肯定會鑄下大錯！」

血在火心耳膜裡奔騰著，他覺得頭很暈。他該怎麼辦呢？「但族裡只剩下我一名戰士！」他喘著氣對黃牙說，「碎星若在我出門後對營地展開攻擊，那怎麼辦？他以前就曾那樣做過。那堆骨頭或許只是他留下的陷阱，為的就是讓我們的營地毫無防範之力。」

「你一定要在虎爪動手前告訴他。」黃牙要求道，但火心搖頭。

「我不能把你們丟在這裡。」

「那麼我去！」黃牙嘶叫道。

「不！我去！」沙掌說。

火心看了一下黃牙，又看看沙掌，他一個都不能派——雷族現在需要她們的力量和訓練來保護領土。但黃牙說得對：無辜的血不應該流。碎星才是入侵者；雷族和影族之間並沒有冤仇。他得派另一隻貓。他閉上眼睛，努力想著。一會兒他有了答案。「蕨掌！」火心嘶叫，睜大雙眼。他大聲叫出那名見習生的名字。

那隻年輕的貓從他的窩裡走出來，穿過空地走向火心。「什麼事？」他問，眨著眼睛想要把瞌睡蟲趕跑。

「我有緊急任務派給你。」火心告訴他。

蕨掌搖搖自己，身體站得挺直。「是的，火心。」他說。

「你一定要找到虎爪。他已經率領一支突擊隊去攻擊影族的巡邏隊了。你叫他不可以動手，告訴他入侵我們地盤的是碎星！」蕨掌的眼睛因為驚駭而瞪得大大的，火心繼續說：「你可能得穿過轟雷路，我知道你還沒受過這方面的訓練……」煤掌受傷的情景閃過他的腦海，但他將它們驅離。他深深注視著蕨掌的眼睛。「你一定要找到虎爪，」他重複一遍，「否則部族間會為了莫須有的原因爆發戰爭！」

蕨掌點頭，眼神看起來很鎮靜，而且知道自己的目標。「我會找到他的。」這隻虎斑貓見習生保證。

「願星族一路保佑你！」火心低語，鼻子伸向前去碰蕨掌的肚子。

蕨掌轉頭，疾奔出金雀花隧道。火心看著他離去，努力保持鎮靜。煤掌……轟雷路……他腦海裡像走馬燈般閃著這些印象。火心搖頭不去想。現在沒時間擔心了。碎星若已經在雷族地盤裡，那麼他們必須準備迎戰。

「發生了什麼事？」塵掌從見習生窩走出來問道。火心瞥他一眼，跑到空地前，然後爬上高聳岩。在他顫抖的腳下，空地似乎很遙遠。他努力克制自己的情緒，並開始慣常的召喚：「所有大到足以參加集會的貓……」但那些話太花時間了！「我們雷族有危險了，大家趕快出來！」他急切地吼著。

長老和貓后們從窩裡衝出來，後面跟著小貓。他們看到火心站在高聳岩上，全露出疑惑的神情。煤掌從蕨葉隧道裡瘸著腳走出來，抬著頭，以強烈且明亮的眼神看著火心。火心看見她時，腳不再顫抖。

「發生了什麼事？」獨眼質問，她是族裡年紀最大的長老，「你站在那上面幹什麼？」

火心沒有遲疑。「碎星回來了！他現在可能就在我們的地盤裡，而我們其他的戰士都出門了。碎星若展開攻擊，我們一定要有所準備。小貓和長老們必須待在育兒室裡，其他貓得準備好迎戰……」

忽然，可怕的吼聲從營地入口處傳來，打斷了火心的話。一隻毛色黯淡無光、耳朵裂傷、身形瘦削的黑棕色虎斑貓大步走來。他豎起的尾巴在半截處彎了下來，好似一根折斷的樹枝。

「碎星！」火心低吼，本能地露出爪子，身上的每根毛全都豎起來。

四隻髒兮兮的戰士跟在他們的領袖後面，邊走邊窺視，眼睛裡閃著仇恨的光芒。

「原來這裡只剩下你一位戰士留守！」碎星嘴唇後捲，露出牙齒咆哮，「這比我原先想像的容易多了！」

第二十六章

黃牙、塵掌和沙掌衝向前，站成一條防衛陣線；貓后們則在他們後面排成一列。火心看到煤掌跳過去要加入他們，但塵掌在那隻小灰貓靠近時生氣地拍了她一掌，煤掌只好垂下耳朵，笨拙地爬回黃牙的窩。

長老們抓起小貓，把他們推進育兒室裡，然後跟著擠進去。斑臉叼起雲兒，他是最後一個被推進去的。斑臉不顧刺痛，用腳掌壓緊了入口處的荊棘，把入口遮蓋好後，才轉身加入空地上的其他夥伴。

火心從高聳岩上跳下來，奔到黃牙身邊。他弓起背，對碎星嘶叫：「上次作戰時你輸了，今天你會再輸一次！」

「作夢！」碎星咆哮，「你也許可以搶走我的部族，但殺不了我的——我的命比你多好幾條！」

「一條雷族貓的命勝過你十條！」火心大吼。他發出一聲戰士的吶喊，空地上瞬間爆發大戰。

火心直接躍向碎星，用爪子掐住那隻黑棕色虎斑貓。遭驅離後的生活顯然不好過——火心在那隻滿身跳蚤的前族長毛下，感覺得到一根根突出的肋骨。但碎星仍然很強壯；他轉身，牙齒用力地嵌入火心的後腿。火心怒吼一聲，但仍沒放手。碎星掙扎向前，腳掌在結冰的地上亂扒。他終於掙脫了，但火心的爪子從他瘦骨嶙峋的腹部用力刮下去，依舊緊追不捨。突然間火心覺得有爪子鉗住他的後腿。他轉過頭，只見爪面蹲伏在他後面，瞇著雙眼，嘲弄地瞪著他。

火心不可置信地回瞪他。他從沒料想到會再見到那隻貓。他立即忘掉碎星。六個月前殺害斑葉的正是爪面；他殘酷地謀害雷族的巫醫，以便碎星偷走霜毛的小貓。憤恨在火心的耳膜裡怒吼著。當他轉身跳到那隻瘦削的棕色公貓身上時，眼角瞥到龜殼色的毛一閃而過，一絲屬於斑葉身上特有的甜香氣味直衝他的上顎。他感覺到斑葉的靈魂就在他身邊；她來幫他，要為自己報仇。

火心將後腿扯離爪面的鉗制，轉身撲向爪面，幾乎忘記自己的傷口。那隻公貓站起來，用巨大的前掌連續揮擊他，用像刺一般的利爪掐住他的耳後。痛苦像火燒般竄過火心全身，他跌倒在地。爪面瞬間撲到他身上，把他壓在地上，尖銳的牙齒嵌進他的頸背裡。

火心痛苦地尖叫：「幫助我，斑葉！我做不到！」

忽然，他身上的重壓被扯開了。火心一躍而起，轉身一看——是灰紋！那位灰毛戰士動也不動地站著，眼神充滿恐懼。爪面的身體軟軟地從他嘴裡垂掛下來。灰紋張開嘴，爪面掉到地上，死了。

火心向前一步。「他殺了斑葉，灰紋！」他們沒時間惋惜，「藍星和你在一起嗎？」他急迫地問。

灰紋搖頭。「她派我回來找虎爪。」他回答，「我們發現了骨頭。藍星認出是碎星的臭味，猜想他一定統領了那些無賴貓。」

這時一旁傳來嘶叫聲，接著兩隻貓滾到火心的腳前。他連忙跳開。霜毛正與另一隻入侵的貓打得不可開交。那隻貓后用盡星族賜予的力氣作戰。這幾隻貓正是偷走她寶貝的那些凶徒。她奮戰不懈，眼中閃爍著憤恨。火心在一旁觀戰——霜毛不需要他幫忙。不久，那位惡棍戰士邊叫邊滾地擠過羊齒牆逃走了。

霜毛追上去，但火心叫住她。「妳已經給了他這輩子都忘不了的傷！」那隻貓后在羊齒牆前煞住，然後轉回來。她的肚子劇烈地起伏，身上的白毛沾著敵人的鮮血。

另一隻惡棍戰士從火心身旁尖叫而過，快速往隧道口奔去。塵掌狂追在後，狠狠咬了他一口，才讓他連滾帶爬地逃出營地。**現在只剩碎星和另一位戰士了**，火心想。

沙掌將那位惡棍戰士釘在地上，那隻公貓靜止不動地被她壓在下面。小心！火心想起那名惡棍最善於讓對手以為他已經輸了。但沙掌並沒有上當。當那隻公貓翻身跳起時，她已經有所準備了。她先從他身上躍開，再回掌撲擊，用銳利的爪子抓住他，將他摔倒在地，再用後腿往他的腹部踹下去。直到那名惡棍像小貓般不停尖叫，她才放手。那名惡棍爬向隧道入口，邊逃邊哀嚎。

空地上忽然籠罩著一股詭異的安靜。雷族貓默然站立，瞪視著散在空地四周的毛和血跡，而空地中央躺著爪面的屍體。

碎星呢？火心警覺地轉身，眼睛搜尋著整個營地。他闖進育兒室裡去了？就在他要奔向荊棘叢遮掩的入口時，黃牙的窩裡傳來一聲石破天驚的慘叫。火心連忙竄向蕨葉隧道。煤掌！他奔進窩裡，心裡已做了最壞的打算。但沒想到，他看到的是碎星捲躺在地上，而那位老巫醫站在他上面。

碎星的雙眼閉著，眼皮上滿是血跡。火心看到他的肚子起伏了一次，就停住不再動。火心從碎星身體的靜止看得出來，他正在失去一條命。

黃牙的爪子上閃著血光。她的臉扭曲，眼神呆滯。

忽然碎星喘了一下，又開始呼吸。火心等著看黃牙再度撲向他，給他致命的一咬，但她躊躇著。碎星並沒站起來。

火心奔到那隻巫醫身邊。「這是他最後一條命嗎？妳為什麼不把他解決了？」他催促著，「他謀害自己的父親，將妳趕出影族，又想殺害妳。」

「這不是他的最後一條命。」她輕嚷著，「即使是，我也不能殺他。」

「為什麼呢？星族會榮耀妳的！」火心不敢相信她的話。以前聽到碎星這個名字，總是讓那隻老母貓暴跳如雷。

黃牙把視線從碎星身上移開，看向火心，眼神中滿是痛苦和悲傷。她低聲地說：「他是我兒子。」

火心覺得腳下的地面搖晃起來。「但巫醫是不准有孩子的！」他脫口而出。

「我知道。」黃牙回答，「我從沒想過要有孩子，然而我愛上了鋸星。」她的聲音裡充滿哀傷。火心忽然回想起碎星被逐出影族地盤時的那次作戰。殘酷的族長碎星在逃亡前，告訴黃牙說，他謀害了自己的父親。黃牙當時幾乎崩潰，現在火心明白為什麼了。

「我那一胎生了三隻小貓，」黃牙繼續說，「只有碎星活下來。我把他交給影族的一隻貓后，要她當作自己的孩子養大。我本來以為失去兩個孩子是星族給我的懲罰，因為我破壞了戰士守則；但我錯了。我的懲罰不是死了兩個小孩，而是這一個活了下來！」黃牙厭惡地看著碎星沾滿血跡的身體，「現在我不能殺他！我必須接受自己的命運，因為這是星族的安排。」

黃牙的身體晃了一下，火心以為她要崩潰了。他用自己的身體靠著她的腹部支撐她，然後低聲問道：「他知道妳是他的母親嗎？」

黃牙搖頭。

碎星開始悽慘地哀叫著。「我看不見！」火心嚇了一跳，忽然明白那隻無賴貓的眼睛已經受傷到無法復原的地步了。

火心小心翼翼地靠向他。碎星靜靜地躺著。火心用一隻前掌戳他，黃牙的兒子又呻吟起來。「別殺我！」他哀鳴。火心向後退，那位戰士害怕的模樣讓他有一股說不出的厭惡。

黃牙深吸了一口氣。「我會看著他。」她走到受傷的兒子身旁，用牙齒咬住他的頸背，把他拖到斑皮留下的窩裡。

火心沒有阻止她。他想去查看煤掌是否平安。他瞥到黃牙睡覺的石縫裡，有個黑色的影子在蠕動。「煤掌？」他叫。

煤掌探出頭來。

「妳沒事吧？」火心問。

「那些無賴貓都走了？」她低聲問。

「是的，除了碎星。他傷得很重，黃牙在照料他。」他等著看煤掌震驚的反應，但她只是緩緩地搖頭，瞪視著地面。

「妳沒事吧？」火心又問了一次。

「我應該跟你們並肩作戰的。」煤掌的聲音因為羞愧而哽咽。

「妳可能會被殺死！」

「塵掌也是這麼說。他叫我走開，跟小貓一起躲起來。」煤掌的眼神充滿絕望，「但我寧願被殺死。我現在這樣子有什麼用處呢？我只是族裡的負擔而已。」

火心非常同情煤掌，想找些話安慰她，但還沒開口，黃牙粗啞的喵聲就從羊齒叢那邊傳了過來。

「煤掌，」她叫道，「給我拿一些蜘蛛網來，快！」煤掌趕緊轉身走進石縫裡，不久，煤掌一隻掌子裹著一層蜘蛛網走了出來。她笨拙但盡快地爬到黃牙那裡，把蜘蛛網塞進窩裡。

「再給我拿些紫草根來。」黃牙命令道。

煤掌跛著腳跳向石縫，火心轉身離去。在那裡他幫不上什麼忙；他得去看看族裡其他貓如何。空地上幾乎沒有貓在走動。火心直接走向塵掌，對他說：「黃牙在照料碎星的傷口，煤掌在一旁幫忙。」塵掌不可置信地張大嘴。火心沒理會，「你去看守他。」塵掌往蕨葉隧道跑過去，消失在裡面。

火心走向灰紋。那隻灰毛戰士仍瞪著爪面的屍體，「你救了我一命。」火心低聲說，「謝謝你！」

灰紋抬起頭來看著火心。「為你犧牲生命，我都願意。」他很簡單地回答。

火心的喉嚨哽住了，看著他的朋友轉身走開。也許他們之間的友誼並未到不可挽回的地步。

金雀花隧道傳來雜沓的腳步聲，打斷了火心的沉思。藍星衝進空地，後面跟著長尾和疾掌。看到族長，火心覺得自己的肩膀終於放鬆了。藍星往血跡斑斑的空地望去，睜大了眼睛，最後眼光落在爪面的屍體上。「碎星來過了？」她喵問。

火心點頭。

「他死了嗎？」

「他在黃牙那裡。」火心回答，雖然疲憊不堪，他仍勉強說出一些話。「他受傷了——眼睛看不見了。」

「其他無賴貓呢？」

「被我們趕跑了。」

「我們有貓受重傷嗎？」藍星質問，目光再度往空地四周望去。眾貓搖頭，「很好。」她說。「沙掌，疾掌，把這具屍體拖出去埋了。不需要任何長老出席。無賴貓不配以星族的儀式下葬。」

沙掌和疾掌開始拖著爪面往金雀花隧道走去。

「長老們都安全嗎？」藍星問。

「他們在育兒室裡。」火心告訴她。就在他報告時，一陣騷動聲從荊棘叢那邊傳過來。半尾出現了，後面跟著其他長老和小貓。火心看到雲兒滾出來，興奮地奔過空地，跳向斑臉。她愛憐地舔了他一下。雲兒轉過頭看著爪面的屍體消失在隧道裡。

「他死了嗎？」他好奇地問，「我可以過去看嗎？」

「噓！」斑臉低聲制止，把尾巴捲起來擋在他旁邊。

「虎爪呢？」藍星問。

「他率領一支隊伍說要去攻打影族的巡邏隊。」火心解釋道，「我們巡邏時發現一些骨頭，聞起來是影族留下的，所以虎爪決定發動攻擊。後來黃牙發現骨頭上的氣味是碎星的，於是我趕緊派蕨掌去告訴他。」

「蕨掌？」藍星說，瞇起眼睛，「即使他可能得穿過轟雷路，你還叫他去？」

「我是族裡唯一的戰士。我沒辦法派別隻貓去。」

藍星點頭，露出理解的眼神。「你不想讓我們的營地失去保護？」她說，「你處理得很好，火心。我想碎星想把我們所有的戰士都引誘出去。我們也發現了骨頭。」

「灰紋告訴我了。」火心轉頭去找他的朋友，但灰紋不見了。

「去告訴黃牙，處理好碎星的傷口後來見我。」藍星下令。她豎起耳朵，金雀花隧道那邊傳來許多腳步聲。虎爪奔進空地，後面跟著白風暴和攻擊隊的其他隊員。火心伸長頸子到處張望，終於看到蕨掌，就在最後面。這位年輕的見習生看起來很疲累，但沒有受傷。火心鬆了一口氣。

「蕨掌是在你們找到影族巡邏隊前趕上你們的嗎？」藍星走過去問她的副族長。

「我們根本還沒進到他們的地盤。」虎爪回答，「那時我們正要通過轟雷路。」他瞇起眼睛。「他們拖出去埋的是爪面嗎？」

藍星點頭。

「那蕨掌說對了，」副族長說，「碎星準備要攻擊我們的營地。他也死了嗎？」

「沒有。黃牙正在處理他的傷口。」

「萬萬不可！」鼠毛大叫，跟身旁的追風交換了一個眼神。

虎爪的臉沉了下來。「處理他的傷口？」他低吼，「我們應該殺了他，不是浪費時間讓他好起來！」

「等我跟黃牙談過後，我們再討論這個問題。」藍星鎮靜地說。

「妳現在就可以跟我討論，藍星。」黃牙走進空地，因為極度疲累而低著頭。

「妳留碎星自己在那裡？」虎爪大吼，琥珀色的眼睛閃爍不定。

黃牙抬起頭來看著那位黑毛戰士。「塵掌在看守他。我已經給他吃罌粟籽，所以他應該會睡一會兒。碎星已經瞎了，虎爪。他不可能逃跑；要是狐狸或烏鴉沒吃他，他也會在一星期內餓死。」

「哼，那倒容易些，」虎爪吼道，「那樣我們就不用殺死他。我們可以讓這座森林來解決他。」

黃牙轉向藍星。「我們不能讓他死。」她說。

「為什麼？」

看見族長的眼睛從黃牙身上移開，投向虎爪，然後又回望黃牙，火心緊張地屏息。他不知道黃牙是不是該告訴藍星，碎星是她兒子。

「我們如果那麼做，就沒比他好到哪兒去。」黃牙鎮靜地回答。

虎爪憤怒地拂動尾巴。

「你覺得呢？白風暴。」藍星在虎爪吭聲前先開口問。

「照顧他對我們雷族來說是個負擔。」白風暴謹慎地回答，「但黃牙說的沒錯——我們如果把他趕進森林去或殘酷地殺害他，那麼星族會知道我們已經跟他一樣墮落了。」

這時獨眼走到前面。「藍星，」她用粗嘎的老嗓子說，「過去我們也曾經把俘虜留在營地好幾個月。現在再這樣做，也無妨。」火心記得黃牙剛到雷族時，也曾當過俘虜。他等著那隻老巫醫提醒藍星這件事，但她沒說什麼。

「所以妳真的考慮將那個惡棍留在營地？」虎爪挑釁地質問他的族長，目露凶光。情緒激動的火心很贊同那位褐毛戰士的話。殺害碎星的想法讓他覺得恐怖——他比在場所有的貓更明白，那對黃牙而言代表的是什麼——但碎星仍是可怕的敵手，即使已經看不見了。不過將他留在營地裡，對族裡所有成員而言，確實是既危險又難以接受的事。

「他真的瞎了嗎？」藍星問黃牙。

「是的，他瞎了。」

「他有別的傷嗎？」

這次火心回答了。「我用利爪把他傷得蠻重的。」他承認，並看著黃牙。當他看到那隻老母貓低下頭時，他明白那表示她原諒他傷了她的兒子。這讓他稍感寬心。

「那些傷要多久才會好？」藍星問。

「大概要一個月。」黃牙回答。

「那麼妳可以照顧他一個月。到時候，我們再討論該怎麼處置他。從現在開始，他的名字叫做碎尾，而不是碎星。我們無法將星族賜給他的生命取走，但這隻貓不再是族長了。」藍星望向虎爪，看他是不是還有疑問。虎爪的尾巴不斷地抽動著，但沒說話。

「那就這麼決定了。」藍星說，「讓他留下來。」

第二十七章

火心一跛一跛地走到荊棘叢旁，舔自己的傷口。等黃牙照料好其他貓後，他才要去找她。

落日微光在整個空地上照出長長的影子。塵掌已經將看守的重責大任交班給長尾，虎爪也已率領他未戰而歸的夥伴出去打獵了。火心的肚子咕嚕咕嚕響。他聽到腳步聲，抬頭張望，只是沙掌和疾掌在完成埋葬任務後返回營地而已。

那兩隻貓走向藍星，藍星正與白風暴坐在高聳岩下。火心勉強站起來，走過去加入他們。他對在樹幹旁舔拭傷口的塵掌揮了一下尾巴，招呼他一起來。塵掌疑惑地看了他一眼，但仍然站起來，小心翼翼地跟在他後面。

「我們已經把爪面埋了。」沙掌說。

「謝謝你們。」藍星回答，然後他直接看著疾掌說：「你去休息吧。」那隻黑白毛相間的見習生貓點頭致意後，走回自己的窩。

火心再度示意塵掌，要他靠近些。這位虎斑見習生貓瞇起眼睛，走到沙掌旁邊站著。

「藍星，」火心遲疑地說，「碎尾來襲時，沙掌和塵掌英勇作戰，就像戰士那樣。要不是他們的力氣和勇氣，我們當時可能凶多吉少。」聽火心這麼說，塵掌張大眼睛，沙掌則是看著地上。

白風暴的喉嚨發出咕嚕聲。「這麼害羞，一點都不像你們。」他對自己的見習生說。

沙掌的耳朵不安地抽動著。「是火心救了雷族。」她脫口而出，「是他警告大家，我們才能準備好抵擋碎尾的攻擊。」

換火心感到尷尬了。這時，虎爪和狩獵隊走進空地，帶回許多獵物。

藍星跟虎爪點了一下頭，然後轉身面對塵掌和沙掌。「知道雷族有這麼優秀的戰士，我感到非常驕傲。」她說，「你們可以晉升為戰士了。趁太陽還沒下山，現在就舉行命名典禮，之後再一起享用晚餐。」

沙掌和塵掌興奮地互看對方。火心抬起下巴，開心地發出咕嚕聲。藍星開始召喚整個部族。看到灰紋從戰士窩出現，火心非常高興。他畢竟沒有離開營地。

大夥兒聚集在空地邊緣。長老和貓后以及見習生、小貓坐在一邊；火心則在另一邊等待其他戰士。他看到雲兒依偎在斑臉身旁，眼裡閃著興奮的光芒。火心對和自己有血緣關係的貓咪看到自己與戰士們坐在一起，感到一股難以言喻的驕傲。藍星、沙掌和塵掌站在空地中央。

太陽的最後一道粉紅色弧光照在地平線上，整個雷族安靜地等待它消失，然後黯淡的天空出現點點星光。

藍星抬起頭，盯著銀毛星群裡最閃亮的一顆星看。「我，藍星，雷族的族長，呼喚我的戰士祖先們往下看著這兩名見習生。他們已經接受嚴格的訓練，並且了解你們所有的守則，我要在這裡向你們推薦有資格成為戰士的這兩位。」她收回目光，看著眼前兩隻年輕的貓。「沙掌、塵掌，你們願不願意遵守戰士守則，並保護、防衛這個部族，即使得付出生命？」

沙掌晶亮的眼睛回看著藍星。「我願意。」她回答。

塵掌附和她的話，聲音強勁低沉：「我願意。」

「那麼拜星族力量之賜，我要授予你們戰士的名號：沙掌，從現在起，妳的名字叫做沙暴。星族以妳的勇氣和精神為榮，我們歡迎妳成為雷族真正的戰士。」藍星向前走一步，將她的口鼻部放在沙暴低垂的頭上。

沙暴恭敬地舔了一下藍星的肩膀，然後轉身走回白風暴身旁。沙暴在她導師旁邊的新位置坐了下來，與所有的戰士在一起，火心看到她注視著她的導師，露出自豪的目光。

藍星轉向那隻黑棕色的虎斑貓。「塵掌，從現在開始，你的名字叫做塵皮。星族以你的勇敢和你的誠實為榮，我們歡迎你成為雷族真正的戰士。」藍星用她的口鼻部碰了碰他的頭，塵皮也恭敬地舔了一下族長的肩膀，然後加入其他戰士。

部族裡響起禮讚的歡呼聲，夜空裡都是他們嘴裡吐出的白氣。大夥兒異口同聲地吶喊著新戰士的名字：「沙暴！塵皮！沙暴！塵皮！」

「依照祖先的傳統，」藍星提高嗓音說，「沙暴和塵皮必須為我們安靜守夜到天亮，並在我們睡覺時單獨防衛營地。但在他們開始守夜以前，我們要先共進晚餐。今天大家辛苦了，我們有理由為這些保護營地、擊退無賴貓的戰士們感到驕傲。火心，星族感謝你的勇氣。你是個偉大的戰士。我以你是雷族的一員為榮。」

大夥兒再度喵叫歡呼。火心看了看四周，喉嚨迸出滿足的咕嚕聲。只有虎爪和塵皮仍然充滿敵意地看著他，但這次他一點都不在乎他們的嫉妒。有藍星讚許他，那就夠了。

雷族貓一隻接一隻地走向前，從虎爪的狩獵隊所帶回的獵物裡挑了自己喜歡的食物吃。

火心走向沙暴。「今夜我們可以以戰士的身分一起吃晚餐。」他開心地說，「如果妳願意的話。」他加上一句。沙暴興奮地對火心發出咕嚕聲，火心覺得很欣慰。

「麻煩你替我挑些東西。」火心往獵物堆跑過去時，她大聲叫道。「我快餓死了！」

火心挑了一隻看起來美味可口的老鼠給沙暴，在禿葉季這般肥美的老鼠可不多見。他給自己選了隻小松鴉，然後轉身走回沙暴那邊。他的心沉了下去——塵皮、白風暴和暗紋已經坐在沙暴身邊。他真傻，竟然以為可以和沙暴單獨吃。這種場合，全族總是要一起用餐慶祝的。

他突然想起煤掌，他往四周張望，記起命名典禮時並沒有看到她。她一定還在黃牙窩前的空地上。他跳到沙暴旁邊，放下獵物，對她說：「我兔子跳五次遠後回來。」他說，「我想帶些獵物給煤掌。」

「好。」沙暴聳聳肩說。

火心很快地從獵物堆裡挑出一隻鼩鼱，叼著它穿過空地。看到黃牙坐在窩裡時，他很驚訝。她去參加了命名典禮，那麼她一定是在典禮後就直接回來了。

「我希望那不是給我的。』火心走近時，黃牙低聲說，「我已經吃過了。」

火心把鼩鼱放在地上。「是給煤掌的。」他回答，「我想她可能想吃點東西。她沒去參加命名典禮。」

「我已經給她吃過一些鼠肉了，但還是很感謝你給她帶食物來。」

火心看了一下羊齒掩映的空地，透過斑皮舊窩旁的莖葉間隙，碎尾的棕毛隱約可見。那隻戰士一動也不動。

「他還在睡。」黃牙的聲音很輕快，是一位巫醫，而不是母親的聲音。火心不禁感到放心。他寧願相信黃牙對雷族的忠誠不變。他撿起鼩鼱，往煤掌的窩走去。「嗨，煤掌。」他對著蕨叢輕聲說。

那隻灰貓動了一下，坐起身來。「火心。」

火心走進蕨叢，在她窩旁狹窄的空間坐下。他把鼩鼱放在她的腳前。「給妳！」他說，「黃牙可不是唯一想把妳養胖的貓！」

「謝了！」煤掌說。她讓鼩鼱躺在原地，連彎腰嗅一下也沒有。

「妳還在想剛剛作戰的事嗎？」火心輕聲問道。

煤掌聳聳肩。「我只是個負擔而已，對不對？」她抬起頭，用悲傷的圓眼睛看著火心。

「誰是負擔？」黃牙的頭探進窩來，她以低沉的聲音問道，「妳不喜歡當我的助手？」她對火心說，「今天要不是她，我不知道怎麼應付這麼多病患。」她誠懇地看著煤掌，黃色的眼睛很溫柔。「今天晚上我還叫她幫我調配草藥哩！」

煤掌害羞地看著地面，然後低頭咬了一口鼩鼱。

「我想我可能要她在這裡多待一陣子，」黃牙繼續說，「她愈來愈有用了。再說，我也已經習慣她陪我了。」

煤掌抬頭瞄了一下這位老巫醫，露出狡黠的目光。「那是因為只有妳聽不見，所以才受得了我的嘮叨抱怨！」黃牙故意粗魯地對著這隻年輕的灰貓發出呼嚕聲。煤掌對火心說明：「因為她老是這麼跟我說。」

火心很驚訝地發現，自己竟然對這兩隻貓的親密友誼，感到一絲嫉妒。他一直認為自己是黃牙在雷族裡唯一的朋友，但現在看來她已經有另一個了。不管怎麼樣，至少煤掌有了棲身之處——她如果不能被訓練成戰士，在見習生窩裡一定會覺得很不自在。

火心站起身來，他該回沙暴那邊了。「妳跟碎尾在這裡，沒問題吧？」他問。

黃牙給回他一個不屑的眼神。「我想我們能保護自己，對不對，煤掌？」

「他不敢找麻煩。」她很有信心地附和，「而且長尾也會來幫忙看守。」

黃牙掉頭走出窩，火心也跟著她擠出去。「再見，煤掌！」他叫道。

「再見！謝謝你帶食物來。」

「別客氣。」他說完轉向黃牙，「妳有什麼藥可以給我治頸部的咬傷？」

黃牙仔細地查看他的傷口。「看起來血肉模糊。」她嘀咕道。

「是碎尾咬的。」火心坦承。

黃牙點頭。「你在這裡等著。」她很快走回自己的窩，沒多久就帶了一團用葉子裹住的藥草，「你能自己處理嗎？只要將它們嚼碎，把汁液塗在傷口就行。塗完會有刺痛感，但絕不是勇敢的戰士受不了的！」

「謝了，黃牙。」火心用牙齒叼起那團藥草。

黃牙送火心到出口。「我很感激你來。」她說，往煤掌的窩瞥了一眼，「我想她的情緒有些低落。作戰結束後，她很不好受，接著又是命名典禮……」

火心點頭。他能體會煤掌的感受。最後他又擔心地瞄了瞄碎尾的睡舖。「妳確定妳們的安全沒有問題？」他滿嘴藥草地又問了一次。

「他瞎了。」黃牙說完歎了一口氣，接著又開朗地加上一句：「何況我也沒那麼老！」

第二天早晨火心醒來時，亮晃晃的白光已經穿透了窩牆。他猜又下雪了。至少他的傷口不再疼痛。黃牙說得對——塗了藥草像被蟲叮咬那般刺痛，但經過一夜的休息，他覺得好多了。

火心不知道沙暴和塵皮是如何打發他們的守夜時間，他們在雪地裡一定凍壞了。他站起來，伸伸前腳，弓弓背，把尾巴捲到頭頂。他看到雷族最新晉升的兩名戰士都捲著身體，在遠處的一角沉睡。準是白風暴出發去做黎明巡邏時，叫他們進來休息的。

火心走到大雪覆蓋的空地上，霜毛也正好從育兒室溜出來伸腿，火心隱約看得見她雪白色的毛在育兒室附近移動著。空地上的雪有兩團較淺的痕跡，那是沙暴和塵皮守夜之處。想到天氣那麼冷，火心忍不住打個寒顫，但想起自己晉升戰士第一夜時的興奮，他還是很羨慕他們。

因為那讓他的心裡充滿一股即使是最冰冷的霜都凍結不了的溫暖。

天空堆著很厚的烏雲，鵝毛般的雪輕輕地、靜靜地飄著。火心知道，今天得捕到很多獵物才行。雪愈堆愈厚，族裡必須儲存足夠的食物。

他聽到藍星在高聳岩上召喚族貓集會的聲音。雷族貓開始從各自的窩裡爬出來，涉過積雪來聽族長的話。火心坐在一個較淺的雪印上，那兒有沙暴的氣味。他注意到灰紋坐在空地另一邊，看起來似乎很累。火心不知道他昨夜有沒有溜出去，告訴銀流有關無賴貓的事。

藍星開始說話了。「我希望大家都知道，碎尾現在留在我們的營地裡。」沒有一隻貓吭聲。大家都知道了。那消息早就像森林大火般傳遍全族了。

「他已經瞎了，也不具殺傷力了。」有幾隻貓發出不以為然的呼嚕聲，藍星點頭表示了解他們的恐懼。

「我跟你們一樣關心雷族的安全。但星族知道，我們不能把他趕出營地，讓他死在森林裡。黃牙會照顧他直到他痊癒。等他傷好了，我們再來討論這件事。」

藍星環顧四周，想聽大夥兒的意見，但沒有一隻貓說話，於是她從高聳岩上跳下來。集會解散後，火心注意到族長朝他走過來。

「火心，」她說，「我很關心一件事。你和灰紋之間的問題仍然沒解決。我看你們有好幾天沒一起用餐了。我告訴過你，雷族裡容不下內鬨。我要你們今天一起去打獵。」

火心點頭。「是的，藍星。」他其實無所謂。自從昨天那一役後，他覺得灰紋可能也會認為這個主意不錯。藍星走開後，火心往空地四周張望，希望灰紋不要又消失不見了。不，他還在那裡，正在幫忙清理育兒室門口的積雪。

「嗨，灰紋。」火心叫他。灰紋沒理會，繼續他的工作。火心跳到他身邊。「你早上想去打獵嗎？」

灰紋轉過身看著他，眼神冷冰冰的。「你是要確定我不會又失蹤了，對吧？」他低吼道。

火心愣住了。「不——不，我只是想……昨天作戰後……爪面……」

「我會為族裡任何一隻貓做同樣的事，這就是所謂的效忠！」灰紋的喵聲嚴厲又憤怒，說完轉身繼續工作。

火心的希望又落空了。他已經永遠失去他朋友的信任了嗎？他掉頭走開，垂著尾巴踏過積雪往營地入口走去。他轉頭說：「其實是藍星叫我跟你一起去打獵的，所以等一下你自己再跟她解釋你為什麼不去。」

「噢，原來如此。你只是想巴結藍星而已，就跟平時一樣！」灰紋嘶叫。

火心停住腳，咻地轉過身想要回罵他，但看到灰紋正穿過空地朝他走來，一邊抖掉肩上的雪花，他沒再說話。

「那麼，走吧。」灰紋吼道，率先往金雀花隧道跑去。

他們吃力地爬上溪谷，因為圓石都埋在積雪裡了。爬到頂端，冰封的森林在他們面前展開。灰紋一臉風霜，意志堅決地向前奔去。火心跟在後面。當他在一棵橡樹根旁追蹤一隻老鼠時，他看見灰紋正在追一隻蠢到跑出窩的兔子。灰紋兇猛地撲到那隻兔子身上，使出精準的一掌，結束了牠的生命。灰紋叼著那隻兔子走過來，將牠丟在火心腳前。

「這隻兔子夠一兩隻小貓吃。」他滿意地說。

「你不需要向我證明什麼。」火心告訴他。

「不需要嗎？」灰紋生氣地回答，用又冰冷又憤怒的眼神瞪著火心，「那麼，也許你應該開始擺出你信任我的樣子。」火心還沒回答，灰紋就掉頭走開了。

中午前，灰紋已經捕到比火心更多的獵物，兩隻貓的成果都很豐碩。他們嘴裡掛滿食物地回到營地，走向空地，把獵物放在慣常堆積食物的地方。當時那裡還空無一物。

火心不曉得是不是該再出去一次。雪積得更厚了，陣陣冷風開始從溪谷吹來。火心抬頭觀察漸暗的天色，忽然聽到斑臉著急的喵聲從育兒室附近傳來。他趕緊跑過去，「怎麼了？」

「你有沒有看到雲兒？」斑臉大聲問。

火心搖頭。「他不見了？」斑臉的驚慌影響了他，他覺得自己的腳掌微微發抖。

「是的，其他小貓也不見了。我只是闔了一下眼，結果一醒來就找不到他們了！天氣那麼冷，他們不可以在外面亂跑；他們會凍死的！」這位貓后幾乎要倒下去。

火心想起上次一隻小貓從營地失蹤的事，背上竄過一陣寒顫。那次是煤掌。

第二十八章

「我會找到他們。」火心跟斑臉保證。他本能地四處張望，找尋灰紋的身影。寒風愈來愈強，雪也愈積愈厚了——他不想自己單獨出去找。火心跑到戰士窩那邊，探頭進去看，但灰紋不在裡面。

沙暴剛醒過來。「怎麼了？」看到火心東張西望，她問。

「斑臉的孩子不見了！」

「雲兒呢？」沙暴翻身，清醒過來。

「他也不見了！我想找灰紋跟我一起出去找，但他不在這裡。」火心一口氣說完。火心很氣灰紋又不見了——就在指控火心不信任他之後！

「我跟你一起去。」沙暴自告奮勇地說。

火心眨一下眼。「謝謝！」他感激地說，「走吧。我們出去前得先告訴藍星。」

「塵皮可以去告訴她。外面還在下雪嗎？」

「是的，而且愈下愈大。我們最好快點。」火心看著還在睡覺的塵皮，「妳叫醒他吧。我去告訴斑臉我們要出去，然後在營地入口碰面。」他跑出去，回到育兒室。斑臉仍到處嗅聞，尋找小貓們的氣味。

「有線索嗎？」火心問。

「沒有，什麼都沒有。」斑臉的聲音顫抖，「霜毛已經去報告藍星了！」

「別擔心，我現在要出去找他們。」他跟她保證，「沙暴會跟我一起去。我們一定會找到他們。」

斑臉點頭，繼續搜尋小貓的下落。

火心和沙暴在金雀花隧道入口會合，然後往森林跑去。出了營地，寒風更加刺骨，火心瞇著眼、弓著背抵擋迎面撲來的風雪。

「有新雪覆蓋，那就更難嗅到氣味。」他警告沙暴，「我們先看看他們是不是爬到森林那邊去了。」

「好。」沙暴說。

「妳找那邊。」火心用鼻子指了一下，「我找另一邊。回頭在這裡碰面。不要找太久。」

沙暴跑走了。火心跳過一棵傾倒的樹，往雷族貓最常走的那條小徑跑去。那個早上，溪谷邊的雪比平時積得厚，結冰的地面滑溜無比。火心停下來，抬起頭，張嘴嗅聞，但沒發現任何小貓的氣味。他到處看有沒有小貓的腳印，但沒有任何發現——難道他們的蹤跡已經被積雪蓋住了？

他在坡下搜尋，但找不到任何貓的腳印，更不要說小貓的了。冷風繼續呼呼地吹，火心的耳朵被吹得都沒感覺了。在這樣的氣候裡小貓絕對活不久，而且太陽就快下山了。他得在夜幕降臨前找到他們。

火心跑回營地入口，沙暴已經在那裡等他了，毛上堆著一坨雪。

「有發現嗎？」火心問。

「什麼都沒有。」

「他們不可能走遠。」火心指出，「走吧，我們試試這邊。」他往訓練沙坑的方向走去。沙暴奮力地跟在他後面。積雪愈來愈深，她每走一步，整個肚子幾乎陷進雪堆裡。訓練沙坑是空的。

「你想藍星知道外面的氣候有多惡劣嗎？」沙暴頂著風大聲問。

「等一下她就知道了。」火心回頭對她叫道。

「我們應該回去找幫手，組成一支搜索隊。」沙暴說。

火心看著眼前這位顫抖的戰士：不是只有那些小貓可能在外面凍死而已。也許沙暴說得對。「我贊同，」他說，「我們無法自己完成這件事。」

就在他們要轉回營地時，火心覺得好像在風中聽到一聲尖細的叫聲。「妳聽到了嗎？」他大叫。

沙暴停住腳，開始用力嗅著空氣。忽然她抬起頭。「在那邊！」她說，用鼻子指向一棵倒下的樹。

火心往那棵樹跳去，沙暴跟在後面。尖叫聲愈來愈大，火心終於聽出幾個細小的聲音。他爬上樹幹，往另一邊的下面看。兩隻小貓縮在雪堆裡。火心鬆了一口氣，但隨即發現雲兒沒跟他們在一起。「雲兒呢？」他吼道。

「去打獵了。」其中一隻小貓說，聲音因為害怕和寒冷而顫抖，但語調裡卻又帶著一絲不屑。

火心抬起頭來。「雲兒！」他大叫，瞇著眼看著雪花飄飛的遠處。

「火心，你看！」沙暴站在樹幹上。火心倏地轉身。一個又濕又髒的白影子往他們這邊跋涉過來。是雲兒！對這隻小貓來說，每一小步都是一大挑戰——積雪幾乎跟他一樣高！但他繼續前進，嘴裡還叼著一隻沾滿雪花的小鼩鼱。

火心的胸口澎湃著一股安慰和憤怒。他把其他小貓留給沙暴，然後越過雪地，咬住雲兒的頸背，把他提起來。雲兒呼嚕抗議，但不願將掛在嘴裡的鼩鼱放下。

火心回到沙暴身邊，看到她正把其他小貓推向他。他們在她前面邊走邊跌，積雪幾乎埋到耳朵那麼深了，但她繼續推著他們往前走。

雲兒在火心的嘴裡蠕動著。火心把他放回雪地上。雲兒抬頭看他，驕傲地舉高他的獵物。其實火心也覺得雲兒很了不起，雖然風雪那麼大，雲兒卻順利抓到他這輩子的第一隻獵物！

「在這裡等著！」他命令道，然後衝回去幫忙沙暴。他叼起一隻叫得可憐兮兮的小母貓，再用鼻子推著另一隻往前走。

這又濕又冷的一群貓終於狼狽地回到營地。斑臉在金雀花隧道外面等著。藍星站在她旁邊，眼睛瞇著抵擋風雪。她們一看到火心一行貓，立即衝向前去幫忙。藍星咬起雲兒，斑臉叼起另一隻小貓，然後轉身奔回營地裡，火心和沙暴緊跟在後。

一回到空地上，三隻貓將他們嘴裡幾乎結冰的小貓放到地上。火心抖掉身上的雪花，低頭看著雲兒，他還緊咬著他的獵物。

藍星瞪著那三隻小貓。「你們為什麼跑到外面去？難道你們不知道讓小貓狩獵違反了戰士守則！」

斑臉的兩個孩子看見族長憤怒的目光，怕得縮到媽媽的肚子旁，不過雲兒表現得很鎮靜，用又圓又藍的大眼睛回看著族長。他放下獵物，說：「雷族需要新鮮的食物，所以我們決定去獵一些回來。」

他的大膽令火心驚訝。

「這是誰的主意？」藍星質問。

「我的。」雲兒大聲說，頭還是沒有低下來。

藍星瞪著這隻膽大妄為的小貓吼道：「你們在外面可能會凍死！」

雲兒被她聲音裡的憤怒嚇到了，伏下身來。「我們是為了部族才這麼做的。」他辯稱。

火心屏息，不知道藍星下一步會怎麼做。雲兒違反了戰士守則，藍星會不會改變主意、不讓他留下來呢？

「你的出發點很好，」她緩緩地說，「但這麼做是很愚蠢的事。」火心心中燃起一絲希望。但聽到雲兒再度開口，他又怯懼了一下。

「但我抓到獵物了啊！」

「我知道。」藍星冷冷地回答。她盯著三隻小貓看。「我把你們交給你們的媽媽，讓她決定該怎麼處置你們。但我不希望再發現你們又做了同樣的事。懂嗎？」

看到雲兒跟其他小貓都點頭，火心稍微放心。「雲兒，你可以把你捕到的獵物放到獵物堆去。」藍星說，「然後你們三個馬上回到育兒室去，趕快把自己弄乾淨、弄暖和。」火心很驚訝，他在雷族族長的聲音裡聽到的是慈母般的語氣？

只見斑臉的小貓連滾帶爬地往育兒室走去，他們的媽媽跟在後面，雲兒則撿起鼩鼱，踩著積雪走向獵物堆。看見他擺出自豪的神情、抬頭挺胸，火心有些擔憂。但火心又覺得族長看雲兒走開時，眼睛裡似乎閃過一絲欣賞的光芒。

「你們兩個做得很好。」她說，將注意力轉向沙暴和火心，「我會派長尾去把其他搜索隊叫回來。你們回戰士窩去吧，別凍著了！」

「是的，藍星。」火心回答。當他轉頭要和沙暴離開時，藍星又叫住他。「火心，」她說，「我想跟你談談。」她的語氣讓火心感到憂慮，也許他放心得太早了。

「雲兒今天展現了不錯的狩獵技巧，」藍星開口說，「但他如果學不會遵守戰士守則的話，擁有全世界再好的技巧也沒用。現在也許只是基於他的安全來約束他，但將來整個雷族的安全都得看大家能不能遵守戰士守則。」

火心低頭瞪著地面。他知道藍星說得沒錯，但他覺得她對雲兒的期許可能過高了。畢竟雲兒還小，而且在族裡的時間也不長。他想起灰紋，這隻在部族出生的貓，多麼無恥地違反了戰士守則，但他只能默默忍受一股怨恨的痛苦。火心抬頭看著族長。「是的，藍星。」他說，「我一定會讓他明白該有的規矩。」

「很好。」藍星很滿意，轉身往自己的窩走去。

火心走向戰士窩，他不再覺得冷了；藍星的話讓他全身像燃燒般溫熱起來。他走進窩，在自己的位置上坐定，開始舔拭身體。整個下午他都待在窩裡，想著灰紋和雲兒的事。藍星說得對。他在雲兒眼裡看到的驕傲和叛逆，讓他懷疑這隻小白貓是不是能夠適應部族生活。

夜晚降臨，飢餓讓火心走出窩來。他在獵物堆裡挑了一隻小鳥，走到荊棘叢旁吃。天色全暗，雪也沒下得那麼大了。他的眼睛慢慢適應夜色，現在他可以清楚看見營地的入口。

灰紋才出現，火心就注意到他，看著他走向獵物堆。這隻灰貓帶回許多獵物。也許他只是出去打獵而已。

灰紋放下大部分的獵物，幫自己挑了隻肥美的老鼠，走到營地牆邊的一個隱密處進食。火心的希望消逝了。灰紋那漫不經心的眼神告訴他，他的懷疑沒錯——灰紋剛剛又去找銀流了。

火心站起來，走進戰士窩。他很快就睡著了，他又作夢了。

覆雪的森林在他四周展開，在寒冷的月光下閃閃發亮。火心站在一座高聳、陡峭的巨岩上，旁邊站著雲兒——他是成年的戰士，一身白色的厚毛在風中捲動著。他們腳下的石頭都結霜了。

「注意！」火心對雲兒低吼。一隻樹鼠在結冰的樹根旁跑來跑去。雲兒順著他的目光跳下巨岩，無聲無息地落在林地上。火心看著這隻白色公貓窺伺他的獵物，朝對方慢慢爬過去。

忽然他聞到一絲溫暖熟悉的氣味，他的毛拂動起來。他感覺耳旁有股溫暖的氣息，倏地轉過身去。斑葉正站在他旁邊。

她用粉紅柔軟的鼻子碰了碰他的鼻子，布滿斑點的毛在月光下閃閃發亮。「火心，」她小聲叫著，「星族要給你一個警告。」語氣很溫柔，她將目光射進他的眼睛，「戰爭即將發生，火心。你要提防一個你不能信賴的戰士。」

這時傳來老鼠的尖叫聲，把火心嚇了一跳，他往四周望去。雲兒一定殺死獵物了。他轉頭去找斑葉，但她已經消失了。

火心驚醒過來，轉身看看身旁的窩。灰紋捲著身體熟睡著，鼻子埋在厚厚的尾巴下。斑葉的話在火心腦海裡迴響著：「你要提防一個你不能信賴的戰士！」

他打了個寒顫。森林刺骨的寒風似乎在他的窩，纏著他的毛不放，而斑葉身上的甜香氣味則在他鼻孔裡縈繞不去。灰紋在他旁邊動了一下，咕噥著夢話，火心感到恐懼。他知道自己睡不著，但他還是留在窩裡，看著他熟睡的朋友，直到黎明的微光穿透窩牆照進來。

第二十九章

窩裡的光線愈來愈亮，柳皮醒了。火心看她起身、伸懶腰，然後走出去。他看了看睡夢中的灰紋後，也跟著柳皮走出去。

「雪停了。」他說，想要打破冰封的營地裡這片鬼魅般的靜默。他的聲音在空地上迴盪著，柳皮點點頭。

一陣騷動聲伴隨著虎爪和追風的氣味從戰士窩邊傳過來。他們在柳皮身旁坐定後，開始舔拭自己的身體。**準備要去做黎明巡邏了**，火心想。他不知道自己該不該主動加入他們，因為他蠻想到森林裡跑一跑，但又想留在營地裡監視灰紋。斑葉的話仍深深烙印在他的心裡，他無法不去想像灰紋就是那個他不能信賴的戰士。灰紋堅稱他和銀流的關係不會改變他對部族的忠誠，但那怎麼可能呢？光是去看她，就已經違反戰士守則了！

虎爪忽然抬起頭，好像嗅到了什麼。火心全身緊繃，耳朵抽動著——他聽見遠處傳來腳步跑過雪地的咯嗤聲，速度很快。微風帶來風族的氣味。腳步聲愈來愈大。一隻貓快跑過金雀花隧道，朝他們衝過來，所有的戰士都愣住了。虎爪看到風族的一鬚竄入空地，立即弓起背，發出挑釁的嘶叫聲。

這位風族戰士在他們面前煞住，眼神充滿恐懼。「影族和河族！」他喘著氣叫道，「他們正在攻擊我們的營地！我們勢單力薄，但仍舊奮力抵抗。高星不希望再被趕出家園。你們一定要來幫助我們，否則我們將會滅亡！」

藍星從她的窩跳出來，所有的眼睛全都從一鬚身上移開，轉過去看她。「我聽到了。」她說。她等不及跳上高聳岩，馬上就地發出平時召聚部族開會的吼叫聲。看著大夥兒紛紛從自己的窩裡走進晨光中，一鬚散發出驚恐的氣味，整個營地都聞得出來。

雷族貓聚集完畢，藍星開始說話：「沒時間浪費了，事情正如我們之前所擔心的——影族和河族已經結盟，而且正在攻打風族！我們必須助他們一臂之力！」她停住，看著四周一張張神情沮喪、回盯著她的臉。一鬚站在她旁邊沉默地聽著，圓睜的雙眼抱著希望。

火心嚇壞了。在他們發現無賴貓後，他以為影族族長夜星是可以信任的，現在看來，為了將風族再度驅離家園，影族族長還是不惜違反戰士守則，與河族結盟了。

「但我們在禿葉季裡很虛弱！」斑皮抗議，「我們已經為風族冒過一次險了，這次讓他們自己面對吧。」幾句附和聲在長老和貓后中間喃喃響起。

虎爪站到藍星身旁，回答他說：「你小心謹慎是對的，斑皮。但影族和河族既已結盟，他們前來攻擊我們只是早晚的問題。我們現在與風族並肩作戰，總比以後孤軍奮戰好！」

藍星看著斑皮，他閉上眼睛，豎起尾巴，接受了虎爪的說法。

黃牙走向前，輕聲對族長說：「我想妳應該留在營地裡，藍星。綠咳症的燒或許退了，但妳的身體仍然虛弱。」兩隻貓交換了一下眼神。火心明白，這是藍星的第九條命，也是最後一條；為了雷族，她絕不能冒險作戰。

藍星很快地點了點頭。「虎爪，我要你組織兩支隊伍，一隊負責進攻，另一隊在後面支援。我們必須盡快趕去！」

「是的，藍星。」虎爪轉向戰士們命令道：「白風暴，你率領第二隊，我率領第一隊。暗紋、鼠毛、長尾、塵皮和火心跟著我。」聽到虎爪點到他的名，火心抬起頭，全身興奮起來。他加入的是進攻隊伍！

「你！」虎爪對一鬚叫道，「你叫什麼名字？」那隻風族戰士看起來好像被虎爪的語氣嚇了一跳。

火心替他回答。「一鬚。」他說。

虎爪點頭，幾乎沒停下來看火心一眼。「一鬚，你就加入我這隊。雷族其他的戰士全都加入白風暴那隊。你也是，蕨掌。」

「大家都準備好了嗎？」虎爪大叫。戰士們抬起頭，高聲吶喊。虎爪率先奔向金雀花隧道，其他戰士緊跟著他往前奔。

他們爬上溪谷，進入森林，往四喬木和高地前進。火心邊跑邊轉過頭去看灰紋。灰紋幾乎落在隊伍最後面，面色凝重，眼神空洞地瞪著前方。火心不知道銀流是不是也在戰場上。火心替他的朋友感到難過，然而這次他抱著奮戰到底的決心。自從把風族帶回家後，他覺得自己對他們有責任，絕不容許其他族再將他們趕回轟雷路底下的隧道裡。

火心又聞到斑葉的香氣，他全身的毛豎起來。「要提防一個你不能信賴的戰士！」這次的戰役在許多方面都比以往的更困難。為了證明自己對雷族的忠誠，灰紋沒有選擇的餘地了。

雖然雪已經停了，在寒風中奔行仍然很艱苦。雪地上結起一層薄冰，但戰士們仍然因為體重過重而踩破冰面，陷入較軟的積雪裡。

「虎爪！」柳皮的吼聲從後面傳來。副族長停住，轉過身去。

「我們被跟蹤了！」柳皮叫道。

她的話讓火心全身起了一陣顫慄。他們是不是被設計了？整支隊伍戰戰兢兢、沉默地循著原路往回走。頭頂上方有根樹枝因為被雪蓋住發出咿呀聲，而把蕨掌嚇了一跳。

「慢著！」虎爪嘶叫。

大夥兒在積雪中蹲伏下來。火心聽到有腳步聲朝他們逼近。那聲音聽起來很細小，彷彿許多隻小腳正在走過結冰的地面。心一沉，火心先一步想到是誰了——雲兒和斑臉的兩隻小貓從一根木頭後方走出來。

虎爪在他們前面倏地立起來，嚇得三隻小貓驚聲尖叫。虎爪認出他們後，馬上將身體趴下，四腳著地。「你們在這裡幹什麼！」他咆哮。

「我們要加入作戰。」雲兒說。火心聽了嚇一跳。

「火心！」虎爪大叫。火心趕緊向前，那位褐毛戰士不耐煩地對他吼道：「是你把這隻小貓帶進族裡的，你來處理吧。」

火心看著虎爪冒火的眼睛，知道副族長想要逼他做選擇：是要加入進攻隊、為部族而戰？還是要回頭去照顧他的寵物貓親戚？整支隊伍靜靜地等著火心表態。

火心知道自己會選擇為部族而戰，但他不能犧牲妹妹的孩子。雲兒和那兩隻小貓必須由另一隻貓護送回家。但在這支隊伍裡，哪隻貓是可有可無的呢？

「蕨掌，」火心對灰紋的見習生叫道，「麻煩你送這幾隻小貓回去！」火心等著聽灰紋抗議，但那位灰毛戰士在火心下令他的見習生回營地時，並沒說話。

蕨掌的尾巴垂了下來，火心覺得內疚。「蕨掌，將來你會有很多作戰機會的。」他承諾。

「但是火心，你說過有一天我們會並肩作戰的！」雲兒的抗議聲在樹林中迴響著。虎爪揶揄地看了火心一眼。聽到雲兒這樣說，大夥兒發出一陣笑聲。其實火心對大家嘲笑雲兒覺得很不舒服，毛全豎了起來，但他刻意不露出尷尬的神情。「總有一天我們會的，」他說，「但不是今天！」

那隻白色小貓垂下肩膀。火心看著他不甘願地加入其他貓、跟著蕨掌回營地，安心地歎了一口氣。

「你的選擇叫我驚訝，火心。」虎爪嘲諷說，「我沒想到你這次這麼渴望作戰！」

火心瞪著虎爪，覺得全身血液奔騰，竄流著怒火。「你要是也這麼渴望就好了！」他駁斥道，「那樣你就會在風族戰士陣亡的同時，發出上戰場的吶喊，而不是讓大家耽擱在這裡！」

虎爪厭惡地瞪了他一眼，轉頭對著天空高聲怒吼，然後帶頭往風族營地奔去。火心和其他貓緊跟在後，經過四喬木，向那片通往高地的斜坡直奔。他們跳躍著，腳掌在雪地上沒發出半點聲響。

他們爬上高地，狂風將火心的耳朵吹翻了過來，他幾乎招架不住。風族的狩獵場看起來比平時更淒涼，金雀花也被一層厚雪覆蓋住了。

「火心，你知道往風族去的路！」虎爪的吼聲蓋過呼嘯的風吹聲，「你來帶路。」他放慢腳步讓火心過去。火心覺得很奇怪，副族長是不是不夠信任一鬚，才沒讓那位風族戰士來帶領他們。他回頭看著灰紋，希望他能幫忙，但那位灰毛戰士任憑狂風吹亂他的厚毛，只是低著頭，肩膀悲慘地垮著。別指望灰紋能夠幫什麼忙了！火心轉過頭，看著天空，向星族祈求一個指引。

他很驚訝，在積雪下他竟還能認出那塊土地的地形。他看到了獾窩，還有灰紋上回爬上去以便獲得更佳視野的那塊巨石。他隨著記憶中跟灰紋走過的路線，來到進入風族營地的那個凹洞。

火心在凹洞旁停住。「就在下面！」他吼道。在狂風靜止的那一瞬間，他們聽到下面傳來作戰聲——貓與貓瘋狂作戰的尖叫和吶喊。

第三十章

在狂風中，虎爪以震耳的嘶吼聲指揮雷族戰士，「白風暴，你在這裡等我的號令！一鬚，你率領一些貓穿過營地入口，其他的交給我們！」

一鬚開始奔下斜坡，往厚雪覆蓋的樹叢衝去。虎爪緊追在後，暗紋也跟在一旁。火心跑在那隻敏捷的灰毛公貓後面，穿過進入風族領地的一個狹窄隧道。兩旁的金雀花跟他記憶中的一樣，尖刺、濃密。灰紋和其他戰士則留在斜坡上，準備等第一波攻擊過後，再好整以暇地展開第二波進攻。

火心在空地前煞住，迎面而來的景象讓他眼花撩亂。上次他來這裡時，是為了尋找氣味記號，以便找回失蹤的風族。當時這裡一片荒涼和靜謐。現在，空地上擠滿了扭動、尖叫、戰鬥的貓隻。一鬚說得對——風族貓寡不敵眾，只能絕望地奮戰。影族和河族各有一隊戰士在空地旁觀戰、等待著。但風族卻沒有任何後援隊伍，所有的成員都在作戰，包括見習生和長老、戰士和貓后。

火心看見晨花正與一隻影族戰士扭打在一起。那隻風族貓后看起來既疲累又害怕，身上的毛亂成一團。不過，她仍然敏捷地轉身，對準攻擊者抓下去，但對方塊頭比她大許多，腳掌猛力一揮，就把她摜倒在地。

火心發出怒吼，跳了起來，整個身體落在那隻影族公貓的肩膀上。對方大吃一驚，倏地轉身，想把他甩下來，但他緊抓不放。晨花眼見這位影族戰士被火心拖在地上，趁勢用銳利的爪子耙他的腹部，痛得他高聲尖叫，死命掙脫，快速擠過尖刺的護牆，逃出營地。晨花感激地看了火心一眼，然後轉身繼續作戰。

火心看了看四周，把鼻子上的血滴甩掉。先前在一旁觀戰的影族與河族戰士現在已經加入戰局了。雷族戰士的到來，讓勢均力敵的狀況維持了一會兒，但他們需要第二支隊伍前來支援。火心聽見虎爪高吼一聲，瞬間，白風暴衝進空地，後面跟著灰紋、追風以及雷族的其他戰士。

火心抓住一位河族戰士，用一隻腳掌把他絆倒，再用另一隻腳掌將他踩在地上。他讓那隻公貓在地上滾了一圈，再用後腿往他的肚子踹下去。河族戰士掙扎跳開，結果撞上另一位風族戰士。對方吃驚地轉過身來，火心認出是一鬚；一鬚才轉過來，就對河族戰士展開猛烈的攻擊。火心在一鬚眼裡看到燃燒的怒火，知道自己可以將河族戰士留給這位風族戰士來解決。

這時一聲熟悉的嘶叫引起火心的注意。灰紋正在跟一位灰毛的影族戰士搏鬥，那是濕足，之前曾跟他們並肩作戰，一起將碎尾趕出影族。這兩位戰士的實力旗鼓相當，不過灰紋還是佔了上風，只見他用後腿將濕足踢開，轉過身，找尋下一個進攻的對手。火心看到灰紋後面有一隻河族貓。四周雖然充斥著嘶殺吶喊聲，他仍聽得見耳膜裡血液的洶湧奔騰聲。灰紋會攻擊銀流那族的戰士嗎？

看到灰紋跳起來，火心屏息。灰紋並沒有跳到那位河族戰士的身上；他越過對方，直接落在後面另一位影族戰士的背上。

火心聽到虎爪叫他的名字。他回過頭，看見副族長正在空地的另一頭。那邊的戰況更激烈，四個部族的貓混戰成一團。

在往副族長衝過去的途中，火心的後腿被河族副族長豹毛抓住，整個身體往下倒。

「是你！」豹毛嘶叫道。他們上次是在懸崖邊相遇，也就是白爪失足落水淹死的地方。

火心用力將她甩開，身體一滾躺到地上。太遲了！他忽然意識到自己柔軟的肚子暴露出來。豹毛一秒鐘也沒浪費，她站起來，使勁地撲擊火心。火心只覺一陣風掃過來，就要窒息，接著是尖刺般的利爪掐進他的肚子。他發出痛苦的尖叫聲。他看見虎爪站在空地旁邊，冷酷、面無表情地看著他。

「虎爪，」火心嘶吼，「救救我！」

但虎爪沒有移動，只是眼睜睜地看著豹毛一次又一次地用利爪耙進火心的肚子。

憤怒讓火心生出一股力氣。他痛苦地拔回自己的後腿，往豹毛的肚子猛踢。那一踢將豹毛踢向半空，摔過半個空地，火心看到那位副族長露出驚駭的表情。火心翻身站起來，瞪著虎爪，全身奔騰著憤怒和痛苦。虎爪回瞪他，毫不掩飾眼神中的恨意，然後投入一旁的混戰。

這時，突如其來的一拳擊中火心的後腦，讓他失去平衡。他搖晃了一下，轉身一看，是石毛。這位河族戰士準備補上第二拳，但火心一閃，順勢用力把他推向白風暴。這位雷族貓倏地轉過身，緊咬住石毛的頸背。火心正想往前撲，助這位白毛戰士一臂之力，突然有爪子刺進他的腹部，將他拖回來。他扭身去看是誰，眼角瞥到一身銀灰色的毛——是銀流！

這隻母貓立起身來攻擊他，她顯然已經殺紅了眼，整張臉都扭曲了。血一滴滴滲進她的眼裡，火心知道她沒認出他來。她前掌往後縮，爪子閃了一下，要給火心迎頭痛擊。火心抬眼瞪她，準備好接她這一掌，卻聽到一聲痛苦、熟悉的吼叫聲：「銀流！不！」

灰紋！火心想。

銀流遲疑了一下，搖搖頭，上氣不接下氣地，她認出了火心。她壓低身體，四腳著地，驚訝得瞪大眼睛。

火心本能地反擊，他的血液裡燃燒著戰火。想都沒想地，他跳到這隻河族母貓的背上，把她壓倒在地上。火心把頭往後仰，準備去咬她的肩膀，但她並沒有掙扎。火心看到灰紋的目光刺進他的雙眼。那位灰毛戰士在戰場邊恐懼地瞪著他。

朋友眼神裡的痛苦和不可置信，讓火心恢復了理智。他停住，收回爪子，鬆開銀流。她從他爪下脫身，火速鑽入旁邊的金雀花叢，消失不見了。火心一時沒回過神來，震驚地看著灰紋朝她追去。

火心感覺有人在監視他，他往四周望去，看到暗紋在空地的另一頭看著他。火心心裡一驚：灰紋的戀愛終究逼使他做出了不忠於雷族的事——他竟然讓敵營的戰士脫逃！暗紋究竟看到了多少？就在這時，火心聽到追風求救的吼聲。追風這位戰士正在與夜星，影族善變的族長，辛苦地搏鬥著。火心衝進混戰的貓群當中，朝追風那邊衝過去。

火心憑著直覺縱身一躍，掐住夜星的背，將利爪刺進他的肉裡，把他往後拖。這位黑毛戰士高聲怒吼。也不過幾個月前，火心才與這位戰士並肩作戰，幫助他趕走碎尾。如今，火心以對付影族前族長同樣的狂暴，將利牙刺入夜星的肩膀。

夜星在火心的箝制下尖叫、扭動著。這隻公貓可不是平白無故當上族長的，火心想，奮力抓緊他。但夜星還是掙脫了！幸好追風在旁邊，急起直追，兩位戰士滾過結冰的空地。看著他們掙扎翻滾，火心抓準時間一跳，不偏不倚地落在夜星的背上。這次他攫得更緊，以防夜星再度逃脫，追風也適時加入，他們倆一起又抓又咬，直到影族族長高聲尖叫，他們才放手，往後跳開，但爪子仍然張著未收。

夜星翻身站起來，轉頭對他們嘶叫。火心看到他眼裡燃起怒火，但這位影族族長很清楚自己被打敗了。他往後退，眼睛看向空地四周，看到自己的戰士也被雷族其他的戰士給修理得很慘。他發出撤退的吶喊；影族戰士立即停止戰鬥，跟他們的族長一樣，退向圍繞著營地的金雀花牆。現在空地上只剩河族戰士孤軍抵抗雷族與風族。

火心停下來，喘了口氣，眨了眨充血的眼睛。白風暴和豹毛扭打在一起，鼠毛在旁邊助陣。沙暴則與一隻幾乎有她兩倍大的河族貓對打，但她的對手只有她一半的敏捷。火心看著沙暴繞著對手進攻，又抓又咬，直到那隻河族戰士被她擊敗。

塵皮與一隻煙黑色的公貓在火心身旁不遠處作戰。火心認出對方是黑爪，也就是在高地獵免的那隻河族戰士。塵皮拒絕屈服於不斷朝他襲來的利爪和尖牙；每次遭到攻勢，這位年輕的戰士就會轉身全數奉還。看起來他似乎不需要幫忙，而且火心猜他也不會感激別隻貓的介入。

曲星呢？火心在空地上搜尋那隻河族族長。要找到他不難，影族已經撤退，空地上不再那麼擁擠。火心很快就看到那隻下巴扭曲的淡色公貓；他蹲伏著，與虎爪面對面。兩位戰士互瞪對方，尾巴帶著威脅性地甩動著。不知道誰會先發動攻擊？火心邊看邊感覺到熱血在體內竄流。先出手的是曲星，但虎爪靈敏地躍向一旁，曲星的攻擊落空了。虎爪的動作比較精準，他轉過身撲向曲星的背。這位雷族戰士用長爪掐緊河族族長，曲星立即在他的箝制下癱軟下來。虎爪露出利牙撲咬曲星的頸部，火心屏息看著這一切。

火心幾乎喘不過氣來。虎爪真的把河族族長殺死了？曲星痛苦的尖叫聲告訴火心，虎爪並沒咬中他的脊椎，然而那卻是致勝的一擊。虎爪放開他的對手，讓他脫逃。曲星邊吼邊衝向營地的入口；當他的尾巴從大夥兒的視線中消失時，他的戰士們也跟著奮力掙脫，跟在他後面奔逃。

瞬間，整個風族營地一片靜寂，只聽得到金雀花叢上呼呼的風聲。火心凝視著四周。雷族戰士精疲力竭，受傷慘重；但風族貓的狀況看起來更糟。每一隻貓都流著血，有些則動也不動地躺在結冰的地上。吠臉，風族的巫醫，忙著在傷貓之間來回穿梭，照料他們的傷口。

高星跛著腳走向虎爪，血不斷從他臉頰上滴下來。看著這位風族族長，火心想起幾個月前作的夢——高星站在一團火焰前，火光映出他的輪廓，像是星族派來拯救他們的戰士。「火將會拯救我們雷族。」根據斑葉的預言。然而，看著那些風族貓，疲憊不堪、傷亡慘重，火心懷疑那個夢是否誤導了他。這些貓怎麼可能代表星族所說的，將會是解救他們部族的火？剛剛明明是雷族再度解救了風族不是嗎？

高星輕聲地與虎爪談話。火心聽不見他們在說什麼，但從高星低著的頭，他猜得出風族族長正在表達他對雷族出手幫忙的感激。虎爪直挺挺地坐著，下巴抬得高高地接受高星的致謝。這位褐毛戰士所顯露的傲慢，讓火心很反感。他永遠不會忘記當豹毛幾乎將他撕得稀巴爛時，虎爪站在一旁袖手旁觀的樣子。

「給你。」柳皮替火心帶來一把巫醫給的藥草，柔和的聲音喚醒了他的沉思。火心發出感激的咕嚕聲，柳皮將藥草的汁液擠出來，塗在火心肩膀上的咬傷。那種藥讓他感覺刺痛，但那股氣味也將他直接帶回與斑葉在一起的時空。好幾個月前，她曾給他同樣的藥草去治療黃牙。聞著藥草的氣味，火心想起前一晚作的夢。「提防一位你不能信賴的戰士……」斑葉給她的警告。提防一位戰士？

事實有如一波寒流淹沒了火心——他應該提防的不是灰紋，而是虎爪！他早就知道虎爪有多殘酷，怎麼還會去懷疑自己的朋友呢？火心忽然很確定，不管藍星怎麼說，烏掌告訴他的事是真的。看那隻褐毛戰士今天的表現，火心明白，虎爪的確可以輕易殺害紅尾，然後冷血地走開。

「你打得很好，火心。」追風打斷他的思緒。這隻棕色的虎斑貓熱情地對火心眨眼，跟他保證：「我一定會告訴藍星這件事的！」

「沒錯，」柳皮附和說，「你是傑出的戰士，星族會賜給你榮耀。」火心看著他們兩個，耳朵開心地抽動著。能對自己的部族再度生出歸屬感，讓他覺得很欣慰。

忽然，火心的毛豎起來。暗紋正慢慢穿過空地走向虎爪。他在風族族長高星後面坐下、等著，直到高星走開後，才傾身向前，在虎爪耳邊急切地說話。兩位戰士的眼光不斷瞥向火心。

他看到了，火心想。恐懼讓他覺得暈眩。**他看到我讓銀流逃走！**

「你還好嗎？」柳皮問。

火心知道自己剛剛打了個寒顫。「呃，是的，抱歉。我只是在想事情。」

虎爪朝他走過來，眼裡閃爍著惡意的滿足。

「噢，沒事就好，我去探視一下其他的夥伴。」柳皮說。

「是的——好的。」火心說，「謝謝。」

柳皮撿起藥草，走開了。追風跟在她後面。

虎爪由上往下打量火心，他耳朵塌下，嘴唇捲起，低吼道：「暗紋說你讓一隻河族母貓脫逃了！」

火心知道沒什麼好說的。不管灰紋把情況弄得多糟，他都不可能在虎爪面前背叛他的朋友。他很想對虎爪吼回去說，他竟然在河族戰士想殺害他時，袖手旁觀。但誰會相信火心呢？暗紋走過來，站在虎爪旁邊。火心渴望藍星的智慧和公正，然而她現在遠在雷族的營地裡。

他深吸了一口氣，準備回話。虎爪用威脅的目光瞪著他。火心忽然想通了一點，那就是，即使他對灰紋有任何不忠誠的行為，對虎爪這個偉大的戰士來說，也一點都不重要。那個副族長害怕的仍然是，火心可能已經從烏掌那裡知道紅尾是怎麼死的。但火心跟烏掌不一樣，他不想屈服於恐懼。他看著那位褐毛的副族長，露出挑戰的眼神，低吼道：「她逃脫了，沒錯，就像曲星從你手中逃脫一樣。怎麼了？難道你要我殺死她不成？」

虎爪的尾巴揮打著冰冷的地面。「暗紋說你連抓傷她都沒有。」

火心聳聳肩。「也許暗紋應該去追那隻母貓，問問她那是不是真的！」

暗紋一副很想對他吐口水的樣子，但他默不作聲，讓虎爪開口：「他不需要去追。暗紋告訴我說，你那個年輕的灰色朋友去追她了，也許他會告訴我們她傷得有多重。」

自從他們來到此處加入戰局，火心第一次感到寒風的冷冽。虎爪的目光隱約暗示了一個威脅：那位褐毛戰士是不是猜到灰紋愛上銀流了？

就在火心還在想該怎麼回答時，灰紋出現在營地入口。

「看誰回來了！」虎爪嘲弄道，「你想去問問那隻母貓到底怎樣了嗎？不，等等，我猜得到他會怎麼回答。他會簡單地告訴我說，他沒追上她。」虎爪懶得掩飾眼裡的不屑，走開了。暗紋跟在他後面。

火心朝灰紋望去，這位朋友的臉上盡是疲憊和擔憂。火心穿過空地去看他。灰紋對火心的干預仍然懷恨在心嗎？他會氣火心竟然想攻擊銀流，還是會感謝他讓她逃走？

灰紋沉默地站著，一顆大腦袋低垂著。火心伸出鼻子，輕輕碰觸灰紋冰冷的灰肚子。他感覺到灰紋發出咕嚕聲，他抬起頭。灰紋也回看他，眼神充滿悲傷，但並沒有火心最近時常看到的憤怒。

「她還好嗎？」火心壓低聲音問。

「還好，」灰紋低聲說，「謝謝你放過她。」

火心對他眨了眨眼。「我很高興她沒受傷。」他說。

灰紋看了他一會兒，說：「火心，你說得對。剛剛那場仗真的很難打。我覺得自己像是在跟銀流的同伴作戰，而不是跟敵方的戰士作戰。」他羞愧地垂下眼睛，「但我還是沒辦法放棄她。」

灰毛戰士的話讓火心有種不祥的預感，但他忍不住憐憫起朋友的處境。「這是你自己必須面對的事，」他說，「我沒資格說什麼。」灰紋抬起頭，火心繼續說：「灰紋，不管你決定怎麼做，我永遠都是你的朋友。」

灰紋看著火心，眼裡滿是安慰和感激。然後，這兩隻貓，在他們不熟悉的那片空地上並肩趴下。這是幾個月來第一次，他們的毛友善地靠在一起。頭頂上方，覆滿積雪的金雀花叢為他們提供了臨時的庇護，擋住了傾盆大雪。

WARRIORS 貓戰士

系列叢書

貓迷們！還缺哪一套？

寵物貓羅斯提意外闖入籬笆外的世界，並成為雷族戰士「火掌」，最後運用勇氣與愛的力量，克服所有挑戰，並且成功勝任為雷族族長。

十週年紀念版首部曲

套書1~6集　定價：1500元

四族各方授命的戰士獲得星族賦予的預言，尋找「午夜的聲音」，展開漫長而險惡的旅程，為的就是尋找預言背後的真相。

暢銷紀念版二部曲－新預言

套書1~6集　定價：1500元

神祕的預言伴隨的火星的外孫們—獅掌、冬青掌和松鴉掌因應而生。但隨著種種力量的背後，隱藏著不為人知的危機。

暢銷紀念版三部曲－三力量

套書1~6集　定價：1500元

WARRIORS 貓戰士

系列叢書

貓迷們！還缺哪一套？

黑暗勢力吸收各族成員，破壞和平，甚至分裂星族，以期在最後決戰中撲滅各族。而主角們則與黑暗勢力對抗，尋找星族預言的第四力量，以期在最後決戰中力挽狂瀾。

暢銷紀念版四部曲－星預兆

套書1~6集　定價：1500元

對於貓戰士的正文故事起到了補充或者是完整的作用，故事內容都是獨立的，讓讀者對故事中的角色有更深刻的認識。

貓戰士外傳

描述部族的族長與巫醫誕生的歷程，還有發現戰士守則的真諦，尋找預言以及預言實現的過程。深入了解貓族歷史，讓讀者一目瞭然，輕鬆探索貓戰士世界的知識。

荒野手冊

國家圖書館出版品預編目資料

貓戰士首部曲. II, 烈火寒冰 / 艾琳・杭特（Erin Hunter）
著；吳湘湄譯. -- 三版. -- 臺中市：晨星, 2021.12
面； 公分. --（Warriors；2）
十週年紀念版（附隨機戰士卡）

譯自：Fire and Ice
ISBN 978-626-7009-93-2（平裝）

873.59 110016029

貓戰士十週年紀念版首部曲之II

烈火寒冰 Fire and Ice

作者	艾琳・杭特（Erin Hunter）
譯者	吳湘湄
責任編輯	陳涵紀
協力編輯	呂曉婕
文字編輯	張寧宴、游紫玲、陳彥琪、蔡雅莉
封面繪圖	十二嵐
美術編輯	張蘊方
封面設計	言忍巾貞工作室
創辦人	陳銘民
發行所	晨星出版有限公司 407台中市西屯區工業30路1號1樓 TEL：04-23595820 FAX：04-23550581 行政院新聞局局版台業字第2500號
法律顧問	陳思成律師
初版	西元2008年11月15日
三版	西元2024年05月31日（五刷）
讀者訂購專線	TEL：（02）23672044 /（04）23595819#212
讀者傳真專線	FAX：（02）23635741 /（04）23595493
讀者專用信箱	service@morningstar.com.tw
網路書店	http://www.morningstar.com.tw
郵政劃撥	15060393（知己圖書股份有限公司）
印刷	上好印刷股份有限公司

定價250元

（缺頁或破損的書，請寄回更換）

ISBN 978-626-7009-93-2

Warriors Series (1-6)

歡迎加入貓戰士俱樂部！

貓戰士俱樂部官網

姓　　名：	暱　　稱：
性　　別：□男　□女	生　　日：西元　　年　　月　　日
職　　業：	聯絡電話：
電子信箱：	
通訊地址：	

你最喜歡哪一隻貓戰士？為什麼？

如果您想將《貓戰士》介紹給您的朋友，請務必填寫下列資料，我們將免費寄送貓戰士電子報或刊物給您的朋友，請他與您分享閱讀的喜樂。

姓　名：	年　齡：	電　話：
通訊地址：□□□		
電子信箱：		
姓　名：	年　齡：	電　話：
通訊地址：□□□		
電子信箱：		

謝謝您購買貓戰士，也歡迎您到貓戰士部落格及討論區，與其他貓迷分享你的閱讀心情!

請填妥後對折裝訂，貼妥郵票後寄出即可

郵票
8 元

407

台中市工業區30路1號

晨星出版有限公司

TEL：（04）23595820　FAX：（04）23550581

e-mail：service@morningstar.com.tw

http://www.morningstar.com.tw

請沿虛線摺下裝訂，謝謝！

加入貓戰士俱樂部

【貓戰士俱樂部入會優惠】

可享購書優惠、限定商品、最新消息等會員專屬福利

【三方法加入貓戰士俱樂部】

1. 填妥本張回函，並寄回此回函
2. 拍照本回函資料，Line 傳送
3. 掃描下方QR Code ，線上填寫會員資料

線上填寫

貓戰士俱樂部官網

搜尋Line ID：
@api6044d